书中有故事

叶新 著

SPM 南方出版传媒·广东人民出版社

· 广州 ·

图书在版编目（CIP）数据

书中有故事 / 叶新著 . — 广州：广东人民出版社，
2021.5

ISBN 978-7-218-14665-2

Ⅰ . ①书… Ⅱ . ①叶… Ⅲ . ①随笔－作品集－中国－
当代 Ⅳ . ① I267.1

中国版本图书馆 CIP 数据核字（2020）第 243198 号

SHUZHONG YOU GUSHI

书中有故事

叶新　著

出 版 人：肖风华

责任编辑：李立夫
责任技编：吴彦斌　周星奎
装帧设计：安　宁

出版发行：广东人民出版社
地　　址：广州市海珠区新港西路 204 号 2 号楼（邮政编码：510300）
电　　话：（020）85716809（总编室）
传　　真：（020）85716872
网　　址：http://www.gdpph.com
印　　刷：北京彩虹伟业印刷有限公司
开　　本：880mm×1230mm　1/32
印　　张：9.5　字　数：187 千
版　　次：2021 年 5 月第 1 版
印　　次：2021 年 5 月第 1 次印刷
定　　价：58.00 元

如发现印装质量问题，影响阅读，请与出版社（020-85716849）联系调换。
售书热线：（020）85716826

自　序

　　1934 年 6 月 22 日上午 10 点，胡适先生以清华学校"老三届"、北京大学文学院长的身份，应邀到清华大学作毕业演讲，讲得十分卖力。他在日记里称自己"汗透了一身衣服"，以过来人的经验，奉送台下的毕业生们"三个药方"。其中，第二个方子就是"总得多发展一点业余的兴趣"。当时本年毕业的外文系中等生季羡林同学并未到场，因为靠着在大学写的十多篇散文，他已经找到了一份比大学助教还好的饭碗——高中语文老师，可谓未听其方，已得良效。

　　更没想到的是，十多年以后，季羡林像胡适博士一样，顶着洋博士的名头回国，成了本学科领域的"大咖"，多年以后还写了《站在胡适之先生墓前》，主编了《胡适全集》，在钻研学问之外继续把散文写作作为"业余的兴趣"，洋洋洒洒几百万字，把王力先生所倡导的"龙虫并雕"发挥到了极致。细说来，笔者的写作出书这一"业余玩意"，也是颇受胡适先生"药方"之影响，虽比不得季羡林先生的卓有成效、著述丰硕，但也怡然自得、乐在其中。

笔者当年求学珞珈山下，专业跨文史，有小文一二发表，毕业后则转向编辑出版领域的教学与研究。从事教研工作之余，总想发展点胡适所说的"业余的兴趣"，先是徜徉于史学之中，后又求索于出版领域之内。近代的学者轶事，颇具文史相和之感，便成了笔者兴趣所在。笔者先后以《近代学人轶事》《学人轶事》《往事一抹风流 —— 世说民国学人》等为名出版，也在北京《团结报》、家乡的《黄山日报》等报刊发表了不少"豆腐块"。2012年以后，在出版学研究之外重拾旧好，醉心于文史方面的写作，投稿于《中华读书报》《文汇读书周报》《文史杂志》《南方周末》《中国国家地理》《文史天地》等报刊，集下不少篇什，萌生了结集出版之念。此想法得到笔者的大学同学、广东人民出版社柏峰副社长的大力支持，决定将这些作品结集纳入名家荟萃的"百家小集"丛书印行，对此笔者不胜感激。

段洁和龚婷婷两位编辑在书稿的编辑方面提供了非常专业性的帮助。在他俩的建议和帮助下，笔者将所收录文章分为四辑：

第一辑是"书家心事"，涉及胡适先生晚年的家乡情结和毕业演讲、赵元任和杨步伟夫妇与胡适其人其乡的交集、夏鼐在日记中对学长钱锺书的记述，以及校长蔡元培、文科学长陈独秀等北大"卯字号名人"等，大多是发生在清华园、红楼或者燕园里的学人往事。而笔者解读《朱自清日记》中的有关记录，认为名噪一时的所谓"金（岳霖）林（徽因）之恋"不过是后人的附会而已。

第二辑是"见书访人"，实际上是对季羡林先生《清华园日记》多角度、多层次和集中性的解读。1999年笔者有幸见过季羡林先生，催生了多年以后研究季羡林其人其文的兴趣。2018年8月，笔者在上海的东方出版中心出版了重新识别、注解的《清华园日记》，因此对这本日记做进一步的解读也是水到渠成之事。

第三辑是"见书访事"。笔者喜作翻案文章，钩沉旧人旧事，抽丝剥茧里，找寻他人遗落、错失之物，"故海"拾金之趣，不足为外人道也。比如"可口可乐"的译者并非国际知名的蒋彝，林语堂与赛珍珠产生纠纷不一定是林家在理，中国第一任外交官郭嵩焘曾近距离接触过西方的版权观念，等等。笔者在酝酿和写作博士论文《简·奥斯汀小说在中国的出版传播考论》（以《简·奥斯汀在中国》为名在清华大学出版社出版）的过程中，产生了《吴宓与〈傲慢与偏见〉的教学传播》等三篇小文。而1923年8月太平洋上的"杰克逊总统"号虽然今日不知在何处，但因为梁实秋、冰心、许地山、顾一樵等人的创作活动而在文学史上留下了独特的印迹。

第四辑是"坊间书话"。此辑与前三辑"学人轶事"或"名人雅事"的写作风格不同，是对《查令十字街84号》一书的外围解读及其相关写作。十年前笔者在英国留学期间，同当年的罗丰禄、朱自清、夏鼐、海莲·汉芙、钟芳玲等人一样，曾到访伦敦查令十字街，逛了著名的福伊尔斯书店。虽然马克斯－科恩书店已经倒闭多年，"查令十字街84号"也已更名，但这本书已经在包括中国在内的全世界传播开来，引得一代又一代人来此"朝圣"。

最后感谢《中华读书报》的《国际文化》专栏吴浩（子桐）主编和赵雅茹编辑、《文汇读书周报》的朱自奋和金久超编辑、《文史杂志》的黎明春编辑、《中国国家地理》的刘晶编辑和《文史天地》的王封礼编辑等对拙文的偏爱而特辟版面。在此一并致谢，希望以后还有机会继续合作，有更多的报刊发表和结集出版的机会。

叶 新

2020 年 11 月 20 日

写于京南幽州台下鸣秋轩

目 录

第一辑　　书家心事

第二辑　见书访人

第三辑　　见书访事

第四辑　坊间书话

第一辑　书家心事

胡适先生的徽州情结

——从徽州方言土语乡音谈起

1949 年 4 月，58 岁的胡适先生离国他去，开始了他在美国纽约的流亡公寓生活。9 年后，也是 4 月，他回到台湾，就任中央研究院院长一职，直到 1962 年 2 月 24 日去世。在晚年，他儿孙不能绕膝，唯有老妻相伴。此外，经常陪着他、比较亲近的就两个人：一个是唐德刚，一个是胡颂平。在《胡适口述自传》《胡适之先生年谱长编初稿》这样的"主业"之外，前者留下了《胡适杂忆》，后者写就了《胡适之先生晚年谈话录》。这两本回忆录对胡适的晚年生活做了最好的笔录，特别是后者。暮年"乡音"动江关，两者都展现了胡适先生那浓浓的、挥之不去的徽州故乡情结，表达了他故国难回、亲人难聚的无限感慨。据胡成业的统计："《胡适口述自传》的第一章是故乡与家庭，开篇是'徽州人'，该小节约 2000 字，笔者统计出现徽州人 12 处，出现徽州 5 处，出现徽州商人、徽州盐商、徽州帮、徽州朝奉、徽州士绅共 5 处，可见响当当的'徽州'两字，烙印在胡适先生的骨子里。"①

　　而笔者这样的徽州后学，尤其感兴趣的就是胡适先生谈论徽州的方言与土语，用绩溪话吟诵诗词歌赋。徽州方言是全国独特的区域语言，曾被称为"第八大方言"。每个县的各个乡镇之间都必须用当地普通话来交流，更别说旧属徽州的几个县之间了。胡适先生曾把徽州比作苏格兰，笔者 2009 年曾在苏格兰的斯特灵大学留学一年，感受颇深。估计他指的不仅是两者类似的四处经商的传统、独特的地理文化，还有那浓浓的、难懂的当地口音吧。

　　笔者的老家（歙县溪头）与胡适的老家（绩溪上庄）相距不到 20 公里，两本回忆录中提到的很多方言土语，都让笔者不由自主地用方言来重复，总是显得那么的亲切和熟悉。在本文中，笔者就两本回忆录，特别是《胡适之先生晚年谈话录》，辅以其他相关资料，结合本人的语言体会，试图探讨胡适先生是如何谈方言、论土语、吟乡音的，以求教于各位语言学方家。

---

① 　胡成业. 徽州的胡适 [M]. 上海：文汇出版社，2012：123.

谈方言

国际化的胡适先生曾非常自豪地说："徽州话是我的第一语言。"《胡适之先生晚年谈话录》1961 年 1 月 3 日的记述如下：

（先生）接着谈起语言，说："徽州话是我的第一语言，当然还会说。上海话是我的第二语言。官话是我的第三语言。"

胡适先生 14 岁才离开家乡上庄去上海读书，再加上娶了江冬秀这样的徽州本地女子，两人吃的是徽州饭，讲的是徽州话，徽州话自然是他的第一语言，他到死也不会忘，还能说。就连说上海话、官话，他也一直带着徽州的口音。即便他出国留学，英文听说读写十分熟练，也懂德文，但晚年仍然自豪地说："徽州话是我的第一语言，当然还会说。"

虽然胡适先生以会说徽州话自豪，但是其他人，甚至是安徽其他地方的人未必听得懂。比如唐德刚先生就是安徽北部的合肥人，地处北方方言区，自称属于"安国"，胡适先生夫妇属于"徽国"。他曾说："胡适之先生和我有乡谊，虽然他说起徽州话来，我一句也听不懂。"①

唐德刚在《胡适杂忆》里还有一段非常有趣的记述：

一次我在胡家忽听适之先生在厨房内向烧饭的胡太太，以徽州话唧唧咕咕说了半天，我一句也未听懂。最后只听胡太太

---

① 唐德刚 . 胡适杂忆 [M]. 北京：华文出版社，1992：32.

以国语大声回答说："有东西我就烧给他吃；没东西就算了啊！"

原来那晚胡先生有应酬外出，他要叫胡伯母多烧两个菜，留我吃晚饭，因为他二老食量奇小，而我食量太大，他二人一周之粮，我一顿可以把它吃个精光。防患于未然，所以胡老师要以徽州话，秘密地向太太一再叮咛也。

其实胡先生的故乡和我的故乡，如有超级公路相通，半日之程耳，而语言隔阂若此。[①]

胡适先生在唐德刚这样的小辈面前要面子，不能陪他吃晚饭，还不好意思当面说，只能用徽州话跟胡太太交代（我们家乡话称之为"打筒筒"，念"dá tēn tēn"）多烧两个菜。没想到胡太太听得不耐烦了，直接用国语把两人之间的秘密谈话曝光了。因此唐德刚感慨"半日之程耳，而语言隔阂若此"。

胡适先生也很清楚乡音难懂这一点。1958年5月4日，他在台北中国文艺协会成立周年纪念大会上发表题为"中国文艺复兴运动"的演讲。其中讲道，"从那个地方[②]到安徽（我是安徽人，我不是安徽的国语区域，是安徽极南部徽州人，我们说的话是很难懂，一出门几里话就不同）……"[③]。

虽然现在普通话已经非常普及，但是当地"一出门几里话就不同"的情形仍然没有多大的改变，那各乡各村该如何交流呢？

[①] 　唐德刚.胡适杂忆[M].北京：华文出版社，1992：178.

[②] 　指江苏丹阳。——笔者注

[③] 　胡适.胡适的声音[M].桂林：广西师范大学出版社，2009：250.

这就必须借助县内统一的当地普通话，比如"歙县普通话""绩溪普通话""休宁普通话"等。在各个县区之上有"黄山普通话"或者"徽州普通话"。这些普通话和全国性普通话相比，当然还是有所区别的。

石原皋是胡适先生的晚辈，得到过他的许多帮助，被胡适夫妇亲切地称为"小石头"。他在《闲话胡适》中曾有这样的记述：

> 胡适继承徽州学派的遗风，对于经史是有基础的。他在经史中滚过几十年，有他的独见。我前面举例说过，他对于《说文》也有根基。他常对我说，徽州的语言，还保存一些音韵，他举了许多例子，如"蚂蚁"的"蚁"字，古音"霭"，绩溪人读"蚂蚁"为"蚂霭"。还有绩溪的方言有"淖濿濿"（粥稀薄的意思）、"嚼弓筋"（骂人多言而无识的意思）。这些，他在文章中都已谈过，其余的例子，我记不清了。我只记得，他谈一个"裹"字。他说："乾、裹、糇、饷中的'裹'字，现在全国都叫'饼'了，不叫'裹'了，只有徽州还叫'裹'哩。"①

其中的"嚼弓筋"，我们老家的人也有这样的说法，"嚼"不念"jué"，也不念"jiáo"，而是念"qiáo"。类似的说法还有"嚼蛆""瞎嚼蛆""瞎嚼"等，都是胡说、多嘴的意思。"裹"字，我们一般是在它左边加上食字旁，现在写作"馃"或者"粿"

---

① 石原皋. 闲话胡适 [M]. 北京：中国人民大学出版社，2011：129-130.

了。它类似大家吃的馅饼，过年每家都要做了自吃或者送人。

《胡适之先生晚年谈话录》中还提到了"厕"字的读法，1961 年 4 月 16 日的记述如下：

> 这两天先生可以自己上厕所了。护士小姐把厕所的"厕"字读作"侧"字。金承艺来，他是北平人，也读作"侧"字音。先生问胡颂平："你读什么？"胡颂平说："我的老家读'雌'字音；有时读'司'字音，喊作'茅司'。"先生说："应该读作'侍'或'嗣'的音，你去查一查。"①

胡颂平查的结果是"这个字当便所解的读'ち'，当侧字解的读'ちさ'"②。我们老家说上厕所，都是说"上茅司"，或者"用下茅司"（"下"是"一下"之意）。如果厕所是用茅草当屋顶，就更贴切了。

胡适受过良好的西方教育，本来从小懂事的他非常注重礼节。胡颂平和陪护的护士们都能真切地感受到这一点。《胡适之先生晚年谈话录》1961 年 5 月 10 日有这样的记述：

> 谈起"多谢"二字，《西游记》九十四回用"聒噪、聒噪"，跟我徽州的"口舌噪、口舌噪"同一词根。③

现在徽州老家已经不用"口舌噪"了，直接就是"多谢"，或者"多谢你了"。"谢"一般读"cēi"音；"你"读作"én"。

---

① 胡颂平. 胡适之先生晚年谈话录 [M]. 北京：新星出版社，2006：139-140.
② 胡颂平. 胡适之先生晚年谈话录 [M]. 北京：新星出版社，2006：140.
③ 胡颂平. 胡适之先生晚年谈话录 [M]. 北京：新星出版社，2006：154.

论土语

除了徽州方言，《胡适之先生晚年谈话录》中还记录了诸多徽州土语（俗话），其中以"徽州朝奉"为最。

该回忆录1961年4月3日有这样一段记述：

> 今晚先生又谈起"朝奉"两个字。说："从前出门远行，送行的人要早上请他吃饭，吃饭之后，大家送他出村。到了桥头，远行的人向送行的道谢作揖后，就上轿了。大家都说：'徽州朝奉，自己保重。'我自己现在也晓得'自己保重'了。朝奉是九品的官，可以出钱去捐的。有了这个身份，设使出了事，可以不打屁股的。徽州叫当店的掌柜也叫朝奉的。"①

从前徽商去江浙地区做生意，一般是走山路或者水路，路上比较艰险，生意之途也是变幻莫测，因此家里人总是要他们"自己保重"。另外值得一提的是，按老辈的讲述，从前徽州的村与村之间都是麻石砌成的石板路，村头有十里长亭、放生池、社林等，半路上也有亭子可供歇息。不像现在送人出了门就不管了，当时是要送到十里长亭外，客人看不见了才回家。

正是一代一代徽商不畏前险，才打下了几百年基业，一度掌握了清朝的经济命脉。而徽商"贾而好儒"，徽商二代要么念书求功名，要么捐个官做，转入官场政界，官商结合以加强经商的

---

① 胡颂平. 胡适之先生晚年谈话录 [M]. 北京：新星出版社，2006：131-132.

安全性，特别是盐商。"朝奉"本为官名，宋代朝官有朝奉大夫和朝奉郎，因此胡适先生道："朝奉是九品的官，可以出钱去捐的。有了这个身份，设使出了事，可以不打屁股的。"

"徽州朝奉"体现了徽商"亦商亦儒"的特性。久而久之，它就成了徽州商人（不管是老板还是伙计）的代称、有钱乡绅的习称。外乡人认为"徽州朝奉"多含有贬义，但是徽州人自己认为是褒义语，胡适先生也不例外。

胡适先生这个徽州商人的后代，年纪轻轻就获得了美国哥伦比亚大学博士学位，做了北京大学教授，之后又做了北京大学文学院院长以及北京大学校长，并做过驻美大使，也是个"大儒"，如同徽州前辈大儒朱熹、戴震一样。晚年任职中央研究院院长，也算是"徽州朝奉"了。他欲回国养老、全家团聚而不能，住院时只能"自己保重"了。

此外，胡适先生作为众多"绩溪牛"之一，提倡"徽骆驼"精神。1953 年，他为台湾绩溪同乡会题写了"努力做徽骆驼"的条幅，也是为了褒扬徽州人开拓进取、百折不回、忍辱负重的精神。①

1961 年 3 月 28 日，胡适先生再次提及"徽州朝奉"一词：

先生谈起徽州人称祖父叫"朝"。"朝"就是"朝奉"，最起码的官。称祖母叫"务"，"务"是"孺人"二字念快以

---

① 胡成业 . 徽州的胡适 [M]. 上海：文汇出版社，2012：155.

后的合音。媳妇称公公也称"朝奉"。①

他说朝奉是最起码的官，而且说徽州人将朝奉简称为"朝"，可指称祖父。笔者老家从前都是这么称呼爷爷的，也有"老朝"的说法，或者用叠称"朝朝"。笔者对此印象比较深刻，但是对称祖母为"务"的说法则记忆模糊或者根本不记得了。按胡成业的说法："务"应为"婺"，徽州女氏做寿时，对联写"婺星高照"，体现了对长辈的尊敬。②他的说法应该比较权威，《现代汉语词典》中把"婺"解释为"二十八宿中的女宿"，可为有利的佐证，至少能说明"婺"是对女性长辈的称呼。

从上面可以看出，"徽州朝奉"从对徽州商人的称呼转移到对祖父老辈的称谓。当然，胡适还谈到了其他的人身称谓。1959年1月26日的一段记述如下：

> 胡颂平做好《四十自述》的勘误表。先生看见"立大嫚"的"嫚"字，说："绩溪的妇女是跟孩子称呼他人的。譬如父亲哥哥的太太，我的母亲跟孩子的口气喊她伯母。伯母两个字念得快时便念成'嫚'字；父亲弟弟的太太叫作'婶'。"③

在徽州，妇女的地位是比较低的，一般家里宴请，妇女负责饮食接待，但是没有上桌陪客的机会，往往是在厨房随便吃点，小孩子反而能上桌吃饭。

---

① 胡颂平. 胡适之先生晚年谈话录 [M]. 北京：新星出版社，2006：129.
② 胡成业. 徽州的胡适 [M]. 上海：文汇出版社，2012：187-188.
③ 胡颂平. 胡适之先生晚年谈话录 [M]. 北京：新星出版社，2006：7-8.

"嫚"（读作"mú"）是指父亲哥哥的太太，也就是伯母；"婶"（读作"shēi"）是指父亲弟弟的太太，也就是叔母。笔者父亲曾说歙县西乡岩寺（今黄山市的徽州区）的人叫母亲为"mēi"，不知何字，也许是当地的"母"字音吧。

胡适先生还提到了徽州妇女地位低下的现象。确实如此，现在也是。比如前面提到的"媳妇称公公也称'朝奉'"，就是母亲随着儿子的叫法。妇女不能上桌吃饭，而她们的子女却能上桌陪客，特别是男孩子。现在笔者回家还能感受到这一点，笔者的母亲和弟媳就是如此。

笔者回老家还发现许多人的名字里有"灶"这个字。徽州乡里有"锅灶""烧灶"的说法，"灶"字和火有关。1959 年 5 月 9 日胡颂平有这样的记述：

> 今天先生谈起"他的外祖父的八字里缺金，缺火，缺土，所以取名'金灶'，实在没有道理。"①

胡适先生说他外祖父的名字叫"金灶"，是因为其八字里缺金、缺火、缺土，认为这么取名没有道理。这体现了他的科学精神，但是在徽州农村这种现象比比皆是，这可能代表了乡人对孩子的一种祝愿吧。

除了这些人身称谓之外，胡适先生还谈到了其他的一些土语俗语：

---

① 胡颂平 . 胡适之先生晚年谈话录 [M]. 北京：新星出版社，2006：20.

1. 打手心。

《胡适之先生晚年谈话录》1959 年 1 月 23 日的记述如下：

> 下午，先生翻看一本小说《风暴十年》，翻到 11 页，里面有"甲午战败，八国联军进北京"一句话。先生笑着说："这位作者会编造历史，该打手心。"[①]

"打手心"，也叫"打手板"，指用木尺击打手心，是旧时老师惩罚孩子的一种方式。随着孩子犯错的程度越来越严重，打手心的次数也逐渐增多。这是胡适先生对自己小时候私塾生活的深刻记忆。我们科学的教育理念提倡不要打骂孩子，可是即使是现在的徽州乡人，还认为打是为了让孩子长记性。笔者小时候不仅被打了手心，而且被父母用树枝和竹枝抽打过脊背、屁股和腿部。当时笔者对父母好生怨恨，现在也能理解他们"恨铁不成钢"的良苦用心了。

1960 年 12 月 26 日，他因为《公论报》记者宣中文的一篇报道滥用套语，说："该打，该打手心。"先生这么说，宣中文还真把右手仰转递过来，先生也在她的手心打了几下。宣中文是成年人了，还被打手心。这段记述令人忍俊不禁，让人了解到胡适先生幽默的一面。

2. 害病。

生病，徽州土语叫"害病"，比如 1960 年 2 月 16 日胡颂平

---

① 胡颂平.胡适之先生晚年谈话录 [M].北京：新星出版社，2006：6.

提及"中午的饭桌上，先生谈起'从前又一次害病'"①，这是"官话发音，土语表达"了。

3. 洗面。

胡颂平 1961 年 8 月 6 日的记述如下：

> 蒋梦麟夫妇来谈。梦麟来时坐在冷气机这一边，怕冷，立刻转到那一边去。先生后来告诉徐秋皎小姐："到底梦麟年纪大了。我还不怕冷风，也吃冷水，用冷水洗面的。他不行了。"②

按《现代汉语词典》，"面"和"脸"都是指"头的前部"。我们一般说洗脸，但是胡适先生的说法是"洗面"。这个笔者也常用，比如"洗个面"。还有"吃冷水"，我们一般说"喝冷水"，徽州乡里类似的说法还有"吃酒""吃水"等。

4. 翻脊。

胡颂平 1961 年 10 月 2 日的记述如下：

> 先生因为左边灯亮，侧向左边休息，在背诵晏殊和朱希真的词。后来把左手的脉搏，觉得有间歇，大概是偏左边睡的关系，于是翻一个身向右边睡了。说："我们徽州话是说'翻脊'的，你们怎么说法？"胡颂平说："记得乐清的土话，叫作'翻转脊'。"先生说："大概徽州和浙东同一个语

① 胡颂平.胡适之先生晚年谈话录[M].北京：新星出版社，2006：42.
② 胡颂平.胡适之先生晚年谈话录[M].北京：新星出版社，2006：189-190.

言系统，浙江的水源是从徽州来的关系。"[①]

"翻脊"，我们土话一般叫"翻背"，两者意思相同。说到胡颂平的浙东老家也有"翻转脊"，胡适先生的考据是徽州和浙东为同一个语言系统。浙江的水源，比如钱塘江的上游就在徽州境内，徽商走水路去杭州或者浙东地区做生意，语言类似的可能性是很大的。

5.索面。

胡颂平1961年12月6日的记述如下：

> 晚饭时，张祖诒来，问起昨夜的"光面"送来吗？先生问胡颂平："你们那边叫什么？"胡颂平说："我们叫索面。"先生说："徽州也叫索面，因它像绳索一样。我在《朱子语类》里，也看见叫索面，可见在南宋时代已经很风行了。"[②]

胡适先生认为"光面"就是徽州的"索面"，因为"它像绳索一样"。绳粗而索细，也自有他的道理。笔者也有其他的解释："光面"应该是指"素面"，就是面里没有肉和菜，或者有菜没有肉。

6."苏子"和"码子"。

1961年12月6日这一天接下来的记述还有：

> 先生谈起柿子的核，有各种的形状，有的像梳子，有的是椭圆形的，大小也不一致。我们家乡的小孩子，把柿核劈作两半，掷在地上，不是有阴阳吗？小孩子就用这种柿核来

---

① 胡颂平.胡适之先生晚年谈话录[M].北京：新星出版社，2006：224.
② 胡颂平.胡适之先生晚年谈话录[M].北京：新星出版社，2006：228.

比赛，叫作"苏子"，男孩子玩"苏子"的没有女孩子的多，因为女孩子不出去玩。我从小不爱跟男孩撒野，多跟女孩子在一道，也玩这个玩意儿，每人都有一个袋子装"苏子"的，我也有一个袋子。怎样叫作"苏子"呢？现在想起来，乃是柿核的切音。

先生又说小时候的"码子"，是用花岗石磨成的小石子来玩的。这种玩意儿，现在还有，不过改用布头来包一撮米作为"码子"罢了。①

胡适先生小时候身体弱，不够活泼，但喜欢念书，显得文绉绉的，因原名嗣穈，人称"穈先生"。②因为寡母不让他出门和男孩子玩（笔者老家称之为"野"，比如"嬉心太野"，就是"玩性大"的意思），他只能和女孩子玩"苏子"和"码子"的游戏。

"苏子"笔者不熟悉，也没玩过。但是玩"码子"的游戏笔者记得很清楚，而且是和女孩子一起玩，好多男孩子不屑于此。笔者小时候以为它叫"麻子"，是五个类似的小石头，麻石最好，打磨得一样大小。两人捉对厮杀，看谁能坚持到最后一关。

像"一世夫妻三年半""出门带根绳，万事不求人"等土语，大家都比较熟悉，就不一一赘述了。

---

① 胡颂平．胡适之先生晚年谈话录[M]．北京：新星出版社，2006：228．
② 胡适．胡适自传[M]，合肥：黄山书社，1986：28．

吟乡音

引领一代风气的胡适先生，老来多病，晚景凄凉，心脏病时时危及他的生命。1960年3月19日，他心脏病复发住院半个多月。1961年2月25日，他突然心脏病复发住院，待了56天，到4月22日出院。同年11月16日再次因心脏病复发住院一个半月。住院时不能多看书，要少会客，用徽州话吟诵诗词成了他最大的娱乐。

当然这也是他没生病时，工作之余的一种娱乐方式。《胡适之先生晚年谈话录》1959年2月28日的记述如下：

> 今天先生在卧房里吟诵杜甫的《咏怀古迹》五首的一首。一会出来了，满面笑容地对胡颂平说："真奇怪，我少时用绩溪土话念的诗，现在也只能用土话来念；长大时用官话念的，才能用官话来念。"

胡适先生小时候用绩溪土话念的诗给他的印象是如此的深刻，以至长大时仍然只能用土话来念。1960年3月5日，胡颂平记述他从胡适先生的卧室出来不久，就"听见先生用绩溪的方言在背诗，好像是'庾信生平最萧瑟，暮年诗赋动江关'两句"[1]。他用这种方式来消磨没有妻子江冬秀陪伴的时光，来排解他内心深处的浓浓乡愁。

---

[1] 胡颂平. 胡适之先生晚年谈话录 [M]. 北京：新星出版社，2006：46.

类似的记述还有 1961 年 3 月 2 日的谈话：

> 下午，先生在看《词选》，指着晏几道的一首调寄《生
> 查子》的词，念了"坠雨已辞云，流水难归浦"八句之后
> 说："像这首词，我今天读来还是非常的感动。这本《词选》
> 里的词我都会背的。我现在看了一首，再细细的背诵。"先
> 生是用吟味一首诗或一首词的意境来消磨病中的时光。①

生病期间什么也干不了，"吟味一首诗或一首词"也是聊胜
于无了。不过胡适先生在背诵诗词的同时还不忘考据学问。大学
问做不了，小考据还是可行的。胡颂平 1961 年 3 月 7 日的记述
如下：

> 先生谈起这几天来在背《词选》，还是用徽州话背的。
> 因问蒋捷《一剪梅》里的"江上舟摇，楼上帘招"的"帘"
> 字，温州读什么音？胡颂平说："读'帘'音。"先生说：
> "在徽州，'廉''年'两字是同一个声音的；'老''脑'两
> 字也是同一声音的，这是 L、N 不分的缘故——读英文是很
> 吃亏的，L、N 分不清，从四川、湖北、安徽一带都是分不
> 清楚的。"②

笔者小时候因为老师的教学水平有限，加之家庭语言环境的
干扰，经常 l、n 不分，前鼻音、后鼻音不分，在北京待了近 20

---

① 胡颂平 . 胡适之先生晚年谈话录 [M]. 北京：新星出版社，2006：114.
② 胡颂平 . 胡适之先生晚年谈话录 [M]. 北京：新星出版社，2006：115.

年，还没有完全改过来。胡适先生认为"l、n分不清"的现象并非徽州独有，四川、湖北等地也是如此，以致"年"就是"廉"，"廉"亦是"年"。

胡颂平1961年9月10日的一段记述则谈到了"娘""凉"不分的情形：

> 徐秋皎谈起在《四十自述》里看见先生幼年时代把"凉"读作"娘"字的那一段故事。先生说："徽州的'娘''凉'两字同字同音的。浙江的'娘'字是'N'音，'凉'字是'L'音。从安徽以西，江西、湖北，一直到四川，差不多N、L都不分的。"①

这事是因为护士徐秋皎谈到胡适先生的《四十自述》而起。原来，胡适先生在《四十自述》中提到一个故事：一个初秋的傍晚，胡适先生晚饭后在门口玩。他的姨妈怕他冷了，就拿了一件小衫出来叫他穿上。他不肯穿，她说："穿上吧，凉了。"胡适随口答道："娘（凉）什么，老子都不老子呀。"胡适不到四岁就丧父。年轻守寡的妈妈听到后，把他重重地责罚了一顿。②因此胡适先生后来说他母亲是"慈母兼任严父"，是"我的严师，我的慈母"。可惜他的母亲46岁时就去世了。

---

① 胡颂平.胡适之先生晚年谈话录[M].北京：新星出版社，2006：202.
② 胡适.胡适自传[M]，合肥：黄山书社，1986：30.

尾声

把贺知章的诗句改成"少小离家晚不回，乡音无改鬓毛衰"，是对胡适先生晚年心境的最好描述了。胡适先生一生行走天下，著述无数，"不但没有西化，而且徽州化"（唐德刚语），晚年更是如此。最能体现其"徽州化"的就是他的谈方言、论土语、吟乡音。而且胡适先生谈徽州方言土语，并不是泛泛而谈，而是反映了他的考据学功底，虽是雕虫小技，但他往往抱着做学问的态度。也可以说晚年的他限于精力，做不了大学问，写不了专著和大文章，用这些小玩意儿显示一下他的考据癖，也是聊胜于无了。

再则，笔者今年在北京过年，父母还在歙县老家，也是有着淡淡的乡愁。因此，写作此文也是笔者一种独特的乡土化体验、一种别样的过年方式。笔者如同胡颂平一样，听胡适先生用家乡话娓娓道来，又像是胡适先生的小时玩伴，和他一起亲身体验爱玩的游戏。自认为，这是纪念这位伟大的故乡先贤最好的方式了。

记胡适的一次毕业演讲

胡适先生是个喜欢演讲也很能演讲的人。1948 年 10 月 7 日的《胡适日记》曾记载："此行在武汉住了三天，讲演了十次，虽然辛苦，我很高兴，很满意。"唐德刚 1957—1958 年记录的《胡适口述自传》中，专辟一小节"公开演讲的训练"，记载胡适先生为了作公开演讲的正式训练，曾在 1912 年夏天选修了一门训练讲演的课程，由此开始了他后来有训练的演讲生涯。他认为在美国留学时期的公开讲演对他大有裨益。他发现"公开讲演时常强迫我对一个讲题作有系统的和合乎逻辑的构想，然后再作有系统的又合乎逻辑和文化气味的陈述"。

胡适先生一生演讲无数，作为名人曾在中国大学生的毕业典礼上发表演讲。本文主要围绕胡适、季羡林、夏鼐的日记记载，着重谈谈 1934 年 6 月胡适在清华大学发表的一次毕业演讲。

讲者卖力，听者无意

胡适在 1934 年 6 月 22 日的日记中写到"到清华大学作毕业演讲，汗透了一身衣服。在清华午餐"，晚上回家又"写《大公报》星期论文，《赠与今年的大学毕业生》，两点写成"。他在第二天的日记中又写到"四点到辅仁大学作毕业演讲"，这应该是同一个内容在清华和辅仁演讲了两次，而正式发表在《大公报》上的则是在清华大学这一次演讲基础上进行补充的完善稿。

此时的胡适，在校身份是北京大学的文学院院长兼中文系主任。他既然为演讲"汗透了一身衣服"，显得十分卖力，那么这一次演讲的效果怎么样呢？我们来看看《夏鼐日记》里是怎么说的。夏鼐是清华大学 1934 级（第六级）历史系学生，他 1934 年 6 月 22 日的日记记载：

> 上午 10 时行毕业礼。来宾演讲是胡适。4 年前在光华时曾听过他在毕业礼上的致辞，这次也不外那套陈话。说"自己有三张药方，好比观音赐与孙行者的三根毫毛，可以给你们将来救急用：（1）多找出几个问题，以作研究；（2）多弄点业余的玩意儿，在职业外发展自己的天才；（3）要有自信心，自强不息，不问收获，但问耕耘。"实则根据自己这几天的经验，毕业即同失业，什么也谈不到。胡适所说的，依旧是局外人的风凉话而已。

四年前也就是 1930 年的夏天，夏鼐毕业于上海光华附中。

他认为胡适此次在清华的致辞与四年前他在"光华"听到的演讲类似。光华附中是上海光华大学附属中学，不知道他在这里所说的"光华"是光华大学还是光华附中。

"那套陈话"指的是关于"三个药方"的演讲主旨。两次演讲的内容基本相同，但是作为听讲者的夏鼐的心态已经不一样了。他说根据自己这几天的经验，毕业就是失业。为什么这么说呢？请看他6月19日的日记：

> 下午与刘古谛、张宗燧、宁有澜、董文立同赴燕京，应陈凤书之邀，聚餐于燕京东门外餐馆，大家都是光华附中同班毕业的，侥幸的能够再叙一处，现在毕业后，更不知后会何时了！宁君已决定赴美国麻省理工大学（麻省理工学院），陈君下学期毕业后拟赴英国伦敦大学经济学院，刘君拟赴日本庆应大学，张君正在预备考留美，反顾自己的前途，顿生渺茫之感。

夏鼐和光华附中在北京求学的同学们一起参加毕业聚餐，但是别人大多有了较好的去处，唯独他自己前途渺茫，就业无门，求学无路，因而认为胡适所说的只是"局外人的风凉话而已"。

以《清华园日记》闻名的季羡林先生，与夏鼐同级，不过不同系。前者在西洋文学系，后者在历史系。那么他是怎么记录胡适的这次演讲的呢？他在同一天的日记中记载："今天早晨行毕业典礼，我没去。"与夏鼐同学相比，他找到了一只不太好的饭碗，以西洋文学系毕业生的身份去山东济南省立高中当国文教员，乃是不得已而为之。因此即使是他景仰的胡适先生发表的毕业演讲，他也懒得参加了。

有人也许会认为胡适作如此演讲不合时宜，因为此时的日本正对中国虎视眈眈；有人也许会认为作为青年导师的胡适已经落后于时代，毕业演讲是隔靴搔痒；有人也许会认为胡适与当时的学生已经颇有隔膜，因为诉求不一。考虑到毕业生前途这一点，只能说演讲者功成名就，有备而来；听讲者前途迥异，各有体会。

关于胡适毕业演讲的考辨

前面提到，胡适在 1934 年 6 月的毕业演讲中提到了送给毕业生的"三个药方"。而据夏鼐的说法，类似内容的演讲胡适在1930 年也同样讲过，但是我们在《胡适全集》中找不到类似的演讲词，在他的日记里也找不到讲过的痕迹。反而是 1929 年 7 月的《中国公学毕业纪念册》刊登有《中国公学十八年级毕业赠言》(《胡适全集》第 3 卷)，可找到类似后来毕业演讲的一些端倪。比如他在文中说要送给毕业生一句话，那就是"不要抛弃学问"，但是这与后来的"三个药方"之说还是有很大的差异的。

因此，笔者起了念头，想查阅《胡适全集》收录的这次演讲的具体内容，在第四卷中找到了《赠与今年的大学毕业生》一文，主要内容也是"三个药方"。开头一段就讲道："我们祝他们的成功，同时也不忍不依据我们自己的经验，赠与他们几句送行的赠言——虽未必是救命毫毛，也许做个防身的锦囊罢！"与前面夏鼐在日记中记载的"自己有三张药方，好比观音赐与孙行者的三根毫毛，可以给你们将来救急用"相比，意思差不多，但是少了"观音赐与孙行者"。这让人有点怀疑是否是同一次演讲。再看页下注——"原载于1932年7月3日《独立评论》第7号"，文后标明的日期是"三十二，六，二十七夜"，也就是"1932年6月27日夜"。

从内容看似乎是同样的内容，从创作和发表日期看差了两年。笔者进一步检索上海图书馆的"民国时期期刊全文数据库（1911—1949）"，确实能查到1934年发表于《国闻周报》第11卷第26期的《赠与今年的大学毕业生》，文末注明"录六月二十四日天津大公报星期论文"。

在文章的开头，胡适就说，"两年前的六月底，我在《独立评论》（第七号）发表了一篇《赠与今年的大学毕业生》，在那篇文章里我曾说，我要根据我个人的经验，赠送三个防身的药方给那些大学毕业生"。他随后讲了"三个药方的大概"，说：

> 这是我对两年前的大学毕业生说的话。今年又到了各大学办毕业的时候了。前两天我在北平参加了两个大学的毕业典礼，我心里要说的话，想来想去，还只是这三句话：要寻问题，要培养业余兴趣，要有信心。

但是，我记得两年前，我发表了那篇文字之后，就有一个大学毕业生写信来说："胡先生，你错了。我们毕业之后，就失业了！吃饭的问题不能解决，哪能谈到研究的问题？职业找不到，哪能谈到业余？求了十几年的学，到头来不能糊自己一张嘴，如何能有信心？所以你的三个药方都没有用处！"

但是，胡适先生的"诗和远方"不能解决当下毕业生的"苟且"！"毕业即失业"是他们面临的首要问题，吃饭糊口是他们的头等大事，所以他的三个药方全无用处。因此，对于"这样失望的毕业生"，胡适接下来又开了第四个药方："你得先自己反省，不可专责备别人，更不必责备社会。"他还举出几个例证来说明只要毕业生有能力，就肯定不会被社会埋没。没想到这篇文章引发了社会民众对"毕业即失业"的大讨论。直接相关的文章就有徐高阮的《胡适之的青年出路论》（《清华暑期周刊》1934年第2期）、李立中的《大学生失业问题——并质胡适博士》（《新社会半月刊》1934年第11期）、贺岳僧的《大学毕业生出路问题之商榷》（《每周评论》1934年第124期）等。恐离题太远，在此暂不赘述。

从《胡适全集》第44卷的"胡适著译系年"来看，1934年版的《赠与今年的大学毕业生》在后来也曾收录到胡适著作的相关选本，但是安徽教育出版社出版的《胡适全集》却未收，也算是一篇轶文了。或许是编者认为既然篇名相同，内容也会相同的缘故吧。

演讲与撰文不同

这里要说的是，演讲和撰文是不同的。1932 年版的《赠与今年的大学毕业生》不知道是否是胡适在某个大学演讲之后又补充成文的结果，因为从胡适的日记、书信等著作中找不到相关的佐证。但从 1934 年版《赠与今年的大学毕业生》的行文来看，应该是胡适在"1932 版"和在清华大学（1934 年 6 月 22 日）、辅仁大学（1934 年 6 月 23 日）两个大学演讲的基础上，又补充写成了给《大公报》的星期论文，刊登在 6 月 24 日的报纸上，因为文中有"前两天我在北平参加了两个大学的毕业典礼"的记述。不过在清华大学的演讲是"过去时"，在辅仁大学的演讲是"将来时"，因为据日记记载，该文是在 6 月 23 日早上 2 点写成。

如果按夏鼐 1934 年 6 月 22 日的记载，胡适只讲了"三个药方"。那么第四个药方其实并没有在清华大学的毕业演讲词中出现过，抑或胡适的这次演讲只是对 1932 年版《赠与今年的大学毕业生》的照本宣科，或者有所展开。第四个药方及后面的例证只是在给《大公报》写的星期论文中有所发挥的。因为没有对这次演讲的现场记录，因此也无从考证。

"三个药方"偶尔重提

就"三个药方"的毕业演讲而言，1960 年 6 月 18 日，胡适还在台南成功大学的毕业生典礼上演讲过。演讲稿发表在第二天的《中央日报》上，从行文风格来看，这是由人记录而成，主要内容与1932版的《赠与今年的大学毕业生》相似。在这次演讲中，他老调重弹，说："我要送你们的小礼物只是一个防身的药方，给你们离开校门，进入大世界，作随时防身救急之用的一个药方。"

从胡适的演讲题目"一个防身药方的三味药"来看，"三个药方"变成了"一个药方"。但是这个防身药方有三味药："问题丹""兴趣散""信心汤"。其实它还是"三个药方"，换汤不换药。"问题丹"对应的是1932年版的"总得时时寻一两个值得研究的问题"；"兴趣散"对应的是"总得多发展一点非职业的兴趣"；"信心汤"对应的是"你总得有一点信心"。其中的例证替换或者另加了不少，比如在"兴趣散"里，除了弥儿（J.S.Mill）和斯宾塞的例子之外，还列举了英国前首相丘吉尔和美国前总统艾森豪威尔的例子，增加了美国汽车大王亨利·福特的例子，并阐述了"航空工程与航空工业的历史"。因为台南成功大学是一所工科大学，胡适演讲的对象是"学工程的青年人"。

1932年版《赠与今年的大学毕业生》的最后一句是"成功不必在我，而功力必不唐捐"。而在1960年的这次演讲中，他先说了"功不唐捐"，最后一句是："青年的朋友，你们有这种信心没有？"69岁的胡适，还是一副不老的"青年导师"风范。

杨步伟与胡适

杨步伟，祖籍安徽石台。她是我国著名语言学家赵元任的夫人。赵元任夫妇与胡适有着长达 40 年的深厚友情。

夫君赵元任与胡适

胡适是赵元任在美国康奈尔大学的同学。1910 年，他们一起考取第二批赴美官费留学。在录取的 72 人中，赵元任名列第二，而胡适是第 55 名。赵元任先后获得康奈尔大学哲学硕士学位和哈佛大学哲学博士学位，而胡适先后获得康奈尔大学文学硕士学位和哥伦比亚大学哲学博士学位。胡适 1917 年回国后，担任北京大学教授。赵元任 1925 年回国后，任清华国学研究院导师、清华大学教授。1948 年，两人都因为在自己研究领域中所做出的杰出贡献，一同当选为首届中央研究院院士。

赵元任夫妇的新式婚礼

1921 年，赵元任与杨步伟经过一年多的恋爱后，决定在 6 月 1 日"正式"结婚。两人都是留学生、新派人物，商量结婚仪式要怎样才算别致、创新。杨步伟说："结婚就结婚，要简单，不要任何仪式。"赵元任十分赞成。

结婚那一天，新郎、新娘只给胡适、朱徵两人发了请柬，此外没有邀请任何人。为了不让他们带礼物，也没告诉他们今天要结婚。胡适是赵元任的同学，朱徵是杨步伟在日本留学时的同学，此时正接手后者的森仁医院。

饭后，赵元任从口袋里掏出两张纸，说："今天请二位做个公证。"胡适一看，其中一张是结婚通知书，另一张是结婚证明。胡适、朱徵两人看完后，才知道赵元任和杨步伟今天正式结婚，自己是来充当证婚人的。于是他们就在结婚证明上签下了自己的名字。

幸好，胡适接到请柬后，猜测他们二人可能要在这一天举行婚礼，为防万一，他就用报纸包了一部自己圈点过的《水浒传》带在身边。签完名后，他把报纸打开，以《水浒传》作为贺礼，避免了"无礼"的尴尬。赵元任夫妇见礼物正合心意，也就高兴地收下了。

第二天，《北京晨报》以"新人物的新式婚礼"为大标题，将他们这无婚礼的结婚仪式大大渲染了一番。

"新娘欠我香香礼"

1941年6月1日，赵元任夫妇结婚二十周年，为表祝贺，胡适写了一首"打油诗"：

蜜蜜甜甜二十年，人人都说好姻缘。

新娘欠我香香礼，记得还时要利钱。

杨步伟一直不知道诗中的"香香礼"是什么意思，为何还时要利钱。后来，她才恍然大悟，"香香礼"是外国人时兴的在婚礼上"kiss the bride"（吻新娘）的意思。看来，胡适还是对当时他们两人搞新式婚礼，让他措手不及有所埋怨，借机幽默了一回。

胡适劝杨步伟写自传

胡适一直提倡口述史学，经常鼓励周围的朋友写自传，他自己就写了《四十自述》一书。1946年，胡适去美国哈佛大学讲学，在哈佛任教的赵元任设宴招待他。在饭后闲聊的时候，胡适问赵元任多年未断的日记为何不发表出来？赵说他自己的日记不过每日记其大纲，要写出能发表的文章来，需要花很多时间和功夫。他反而觉得杨步伟几十年的人生经历还值得写一写。胡适拍手表示欢迎。杨步伟回答，按中国的习惯须名人才配写传，一个普通人恐怕没有资格。胡适不以为然，说哪有的话，人人都能写的，你写自述或半生的回忆都可以。在胡适和丈夫的鼓励下，杨步伟花了三四个月的工夫，于 1947 年写出了《一个女人的自传》，交赛珍珠丈夫办的纽约 John Day 出版社出版。后来，她又一鼓作气，写了《杂记赵家》。这两本传记成了后人研究赵元任生平历史的绝好史料。

赵元任夫妇畅游黄山

赵元任是我国著名的语言学家，人称"中国语言学之父"。他和夫人曾于20世纪30年代两次畅游黄山，这两次黄山之行给他们留下了极其深刻的印象。

1936年春天，受中央研究院历史语言研究所的委派，赵元任到安徽的徽州地区调查方言。杨步伟就跟着到徽州各处去游玩，并且最喜欢各乡的民间风俗。游黄山是那次徽州之行的最大收获。除了杨步伟之外，同游黄山的还有赵元任、罗常培、杨时逢等五人。上山之前，他们做了充分的准备。杨步伟的三哥十年前曾经参与编撰当地县志，游过黄山，所以知道山内的一些情形。他告诉杨步伟，山上只有石耳和冬菇等干植物可做菜，如果去玩必须多带食物，以免挨饿。因此，他们预备了许多牛肉罐头、牛奶、火腿等。杨步伟等人上山坐的是两人抬的藤椅轿子。一共七顶轿子，六顶坐人，一顶专带食物。

第一天，他们住在狮子林，第二天游玩了鲫鱼背、望乡台、文笔峰等处。鲫鱼背最为惊险，两面两千多尺深，当中就一条二尺多宽的通路，没有铁栏杆，因此有些地方十分危险，若有大风，可以把人刮下去。随行的轿夫说，除了母猴子之外，从来就没有女人上去过。同行的男人都没敢过去，杨步伟却一再坚持，并在轿夫的搀扶下登上了鲫鱼背。同行的人十分佩服杨步伟的勇气，还特地为她照了张相。望乡台是凭空伸出去的一块大石头，可以看黄山所隔断的两面县份，杨步伟站在上面可以看见她的家乡石台县。第三天，他们住在文殊院。文殊院没有专门给客人住的房间，因此庙里的和尚就在正厅大佛像的周围，用木板隔了几间小房子，给远来的客人住。晚上休息的时候，他们隔着半高的墙可以看见黑漆漆的大佛像头。罗常培等人还在他们住的房间里发现了几口棺材和许多坛和尚的骨灰，这更为此增添了阴森森的气氛。

由于公务在身，杨步伟一行只玩了三天就匆匆下山了。但是，这次黄山之行给杨步伟留下了极其深刻的印象。黄山的每一处风景都真是出人意料的好看而又雅致。他们每经过一个山谷或穿过一处山峡，就像换了一个天地，奇形古怪的松树和野兰、菊花、杜鹃花等随处可见，杨步伟顿时产生了"入山不想出山了"的感觉。她许愿以后每隔一两年就来一趟玩个够。果然，第二年，杨步伟第二次上了黄山。

从黄山下来后，杨步伟经过歙县等地，并到了好友胡适的老家，以为真是山清水秀之乡，所以就写了封信给胡适。信中有这样一句话："你们有这种好风水的地方，所以出了你这个人。"胡适是一个家乡观念很重的人，常在同事和好友面前夸耀家乡的人文、山水甚至食品（如"一品锅""徽州饼"等）。见杨步伟对他的家乡如此赞美，他大为高兴，在回信中说："韵卿（杨步伟的字），我要吻你一百次，谢谢你。"

黄山之行给杨步伟留下了十分美好的回忆。她晚年写回忆录时，还在《杂记赵家》中专门记载了此事。

听后人口述历史，了解真实民国大师风貌
微信扫码

"金林恋情"不可能发生在 1932 年 6 月新证

——兼及金岳霖 1932 年的国内外行踪

　　梁思成先生的第二个妻子林洙在《人物》1990 年第 5 期发表的《碑树国土上、美留人心中——我所认识的林徽因》中第一次提到了"金林恋情"：

　　　　我曾问起过梁公（即梁思成），金岳霖为林徽因终身不娶的事。梁公笑了笑说："我们住在总布胡同的时候，老金就住在我们家的后院，但另有旁门出入。可能是在 1931 年，我从宝坻调查回来，徽因见到我哭丧着脸说，她苦恼极了，因为她同时爱上了两个人，不知怎么办才好。"

　　从现在学术界的研究来看，"金林恋情"应有，但时间有待考证。林洙提到了梁思成去宝坻调查的时间为 1931 年，实际是 1932 年 6 月初。因此学术界不少人认为"金林恋情"最初发生的时间为 1932 年 6 月。

而陆红颖的《林徽因、金岳霖恋爱时、地考辨》（《新文学史料》2014 年第 4 期）则认为"金林恋情"发生的时间不可能在 1932 年 6 月，理由是：1931 年 11 月 19 日徐志摩遇难，11 月 22 日早晨，金岳霖与梁思成、张奚若等人赶到济南与徐遗体告别，然后金岳霖去美国做访问学者一年，归国应在 1932 年岁末。

笔者将从《朱自清全集》中的"日记"有关记述来证明"金林恋情"发生的时间不在 1932 年 6 月，也指出金岳霖归国的日期不在 1932 年岁末。而且，陆红颖的"1932 年 6 月，金岳霖正在美国"这一推论是错误的。

从当时的日记来看，时为清华大学中文系教授的朱自清，从 1931 年秋天到 1932 年夏天在国外访学一年，1931 年 8 月 22 日从北平出发，于 1931 年 9 月 8 日到英国伦敦后，不久即到伦敦大学注册学习英国文学，1932 年 5 月 14 日到了法国，之后在欧洲各国游历，7 月 8 日从意大利布林迪西上船回国，1932 年 7 月 31 日回到上海，同年 9 月 3 日到的清华大学。

这一段时间的日记先用中文后用英文书写，从起程到 1931 年 11 月 3 日用中文，11 月 4 日到回国之日用英文。将英文部分内容翻译成中文的译者是李钢钟，由杨张基校正。（遗憾的是，朱自清这一段时间的日记的英文原文因为其家属的原因，至今尚未公布于世。）而从 1932 年 2 月 12 日这一天开始，其日记中频频出现一个姓"秦"的人。

这一天的日记："与秦君及泰勒（Taylor）小姐邂逅，她是那种所谓的摩登女郎。"而 2 月 15 日的日记写道："凌先生和泰勒小姐谈话时太放肆了，他们谈到了怀孕和节育等问题。据陶先生说，当秦先生叫泰勒小姐'莉莲'时，他立即不吭声了。"

这两天的日记不仅出现了"秦君"，而且一个名叫"莉莲"的"泰勒小姐"也由此现身。笔者曾看过赵元任夫人杨步伟的自传《杂记赵家》，其中提到金岳霖的美国同居女友"Lillian Taylor"。《金岳霖的回忆与回忆金岳霖》一书附录的"金岳霖年表"中称其为"秦丽莲"。按威妥玛式拼音法，现在的"金（Jin）"当时拼成"秦（Chin）"，因此可以推论这位"秦君"实际上是"金君"，也就是金岳霖了。

而其后，朱自清在英国时的日记中还有 10 则出现了金岳霖。在英国期间的 5 月 7 日，金岳霖还和朱自清访问了剑桥大学的国王学院、圣约翰学院和三一学院。两人荡舟在剑河（也就是徐志摩在其名篇《再别康桥》中提到的"康河"）上时，金岳霖还教朱自清划船。1922 年，金岳霖曾在剑桥大学从事研究工作，此次是故地重游。

而在英国期间，朱自清似乎也见证了金岳霖和其美国女友秦丽莲的最终分手。

他 4 月 3 日的日记记载："V.L. 秦午后来访，他想为泰勒（Taylor）回纽约向我借二十英镑，我答应了。"4 月 4 日的日记记载："把泰勒要借的钱给了她。泰勒小姐启口还要向我借十五英镑，她说如钱端升能从北京借钱给她，她将于五月中旬把钱还我。她给他拍去电报，但星期四前得不到回答。如借钱事落空，她就不得不改变计划，也就不需要钱了。她说她已养成中国人的习惯，花钱不注意，而她姐姐则从不向人借钱，在美国胡乱花钱被认为是一种犯罪行为。"

"V.L. 秦"似乎是"Y.L. 秦"，对应"金岳霖"三个字。笔者曾在亚马逊网站和谷歌电子书库中查到已出版的金岳霖的博士论文 *The Political Theory of Thomas Hill Green*（《T.H. 格林的政治学说》），署名为"Y.L.Chin"。秦丽莲要回美国纽约，金岳霖为此向朱自清借了 20 英镑。但第二天，秦丽莲又借了 15 英镑，总计就 35 英镑了。而朱自清 1932 年 2 月一个月的房租才两镑五先令，因此这是一笔不小的数目了。秦丽莲也承认自己这个胡乱花钱的毛病在美国被视为一种犯罪行为，而将其归咎于"她已养成中国人的习惯，花钱不注意"。在朱自清其后的日记中，这位"泰勒小姐"就再也没有出现过了。这是不是就是她和金岳霖两人最终分手的节点也未可知。

1932 年 5 月 13 日，朱自清和金岳霖两人结伴从英国伦敦去了法国巴黎，而让朱印象深刻、殊为遗憾的是"秦将照相机失落在出租车里"。在此之后，两人曾一起走访巴黎的卢浮宫和杜勒伊利宫，直到 6 月 5 日朱自清离开巴黎去比利时的布鲁塞尔，金岳霖还到车站送别，两人就此分手。其后，朱自清访问了比利时、荷兰、德国、瑞士、意大利。同年 7 月 8 日，他在意大利的布林迪西港登上康蒂·罗莎号邮船，启程回国，直到 7 月 31 日回到上海，走海路花了 23 天的时间。

他在这天的日记中写道："到上海。遇王礼锡、楚玉、胡秋原、秦、强、卢。"如果此"秦"是指"金岳霖"，那么就是后者比他更早回国了。

再回到 1932 年 6 月这个"金林恋情"发生的节点，为什么是不可能的呢？从欧洲回国要花 20 几天的时间，即使 6 月金岳霖和朱自清分手后立即坐船回国，到时也是六月底七月初了。

接下来再论证金岳霖不可能是 1932 年底从美国回国的，我们来看朱自清的日记。1932 年 9 月 3 日，他回到了清华大学。第二天的日记记载："午饭在金家"。从 1932 年 8 月 1 日起到 1934 年 7 月 19 日，他的日记都用中文书写。如果说 7 月 31 日日记中的"秦"不能确定是金岳霖，9 月 3 日的"金"应该就是他了。

还有更能证明金岳霖此时已经回国的证据。朱自清 9 月 14 日的日记记载：

> 昨接校中来信，嘱今日演说，惶悚之至。今日说三点：一提倡英货，二西人对中国人之态度，三纯粹艺术论，勉强敷衍而已。

而同一天，还是清华大学外国语文学系三年级学生的季羡林，在其《清华园日记》中写道：

> 十时举行典礼，首由梅校长致辞，继有 Winter、朱自清、郭彬（斌）和、萧公权、金岳霖、顾毓琇、燕树棠、（余肇池）等之演说。

朱自清说了什么呢？季羡林的记载如下：

> 朱自清也说到经济恐慌，欧洲人简直不知有中国，总以为你是日本人，说了是中国人以后，脸上便立刻露出不可形容的神气，

真难过。又说到欧洲艺术，说：现在欧洲艺术倾向形式方面，比如图画，不管所表示的意思是什么，只看颜色配合的调和与否。

两相比较，季羡林没有记录的是朱自清说的第一点"提倡英货"。而金岳霖说了些什么呢？季羡林的记载如下：

> 金岳霖最好。他说他在巴黎看了一剧，描写一病人（象征各国国民），有许多医生围着他看，有的说是心病，有的（说是）肺病，有的主张"左倾"，有的（主张）"右倾"，纷纭莫衷一是。这表示各种学说都是看到现在世界危机而想起的一种救济办法，但也终没办法。他又说在动物园里有各种各样的动物，而猴子偏最小气，最不安静。人偏与猴子有关系，语意含蓄。结论是人类不亡，是无天理。他一看就是个怪物。

从金岳霖的言论，季羡林判断"金岳霖最好""他一看就是个怪物"。哲学家的思维总是不同凡响吧。

从金岳霖在1932年9月14日开学典礼上发表过演讲来看，他肯定不是1932年底回的国，而是同年9月之前甚至7月底之前就回国了。

总之，通过朱自清的有关记载，我们可以得出结论：陆红颖在《林徽因、金岳霖恋爱时、地考辨》一文中提到的金岳霖"从美归国也应在1932年岁末，1932年6月，金岳霖正在美国，不可能与林徽因在北总布胡同相恋"，其中"金林恋情"不可能发生在1932年6月这一论断是对的，但是金岳霖1932年6月也不可能在美国，更不可能是1932年岁末从美国回国。

夏鼐日记里的钱锺书

2020年是夏鼐和钱锺书两位先生诞生110周年，不过一个是2月7日出生于浙江温州，一个是11月21日出生在江苏无锡。夏鼐1930年考入燕京大学，第二年转学到清华大学历史系二年级，钱锺书1929年入学，1933年毕业，两人有两年共处清华园的机会，但并不认识。1934年夏天，夏鼐考取留美公费考古学门，但于第二年9月入学英国伦敦大学学院考古系，1941年回国任职于中央研究院；钱锺书1935年夏天考取英国庚款公费留学，就读于英国牛津大学英文系，1938年秋天回国任教于西南联合大学。两人同处英国四年，也没有相识的机会。两位先生的见面和认识是在1949年以后的事情了。他俩都任职于中国科学院和后来的中国社会科学院，一个在考古所，一个在文学所，因此有了熟识的机会。而夏鼐也在自己的日记中记下了两人相识的点滴。

君子之交淡如水

钱锺书这个名字第一次出现在《夏鼐日记》（华东师范大学出版社 2011 年版）中是 1949 年 7 月 12 日。暂时赋闲家中的夏鼐在当天的日记中写道"阅钱锺书《谈艺录》"。第二天也是同样的记录。《谈艺录》于 1948 年 6 月由上海开明书店初版，夏鼐读到此书已经是一年以后的事情了。

1949 年 7 月 15 日的日记则有了比较详细的记载："阅毕钱锺书《谈艺录》（1 ～ 377 页）。此君天才高而博学，其文词又足以发挥之，亦难得之佳作也，惟有时有掉书袋之弊，乏要言不烦之趣。"此后还有 300 余字的举例说明，在此不录。清华历史系出身的夏鼐认为他这位外文系的学兄才高博学不假，但"有时有掉书袋"之缺点。夏鼐读书极多，特别是上大学以后，几乎是一本接一本地读，而且范围很广，不限于历史，这在《夏鼐日记》中有很明显的体现。

值得一提的是，夏鼐还看过钱锺书的《管锥编》。1982 年 5 月 9 日的日记记载"在家阅钱锺书《管锥编》第一册"，5 月 25 日则记载"下午在家，阅毕钱锺书《管锥编》第一册（1 ～ 400 页），其一生功力，俱见于此书中，不朽之名作也"。因此，虽然这是日记中的随手记载，但确是相当中肯之评价。

1950 年 7 月，夏鼐进京就任中国科学院考古研究所副所长；1949 年钱锺书任清华大学外文系教授，1953 年到中国科学院文学研究所工作。这才有了两人的第一次见面。夏鼐在 1953 年 11 月 6 日的日记中写道:"在郑先生办公室遇及钱锺书君夫妇。""郑先生"即时任考古所所长的郑振铎。夏鼐到郑振铎的办公室与其商谈考古所 1954 年的工作计划,见到了钱锺书杨绛夫妇,但此后的交往是少之又少。

同在"五七干校"

1969 年 11 月,钱锺书所在的文学所作为中国科学院学部"先遣队"下放到河南省罗山县的"五七干校",不久转到河南息县的东岳公社,编为第二连。第二年 5 月,夏鼐所在的考古所也来到息县"五七干校",编为第十连。他 7 月 30 日的日记记下了钱锺书的一件趣事:

> 收到家信,即写回信第 10 封。这里的东岳公社有邮局,各连有邮递员,每日去邮局送取邮件。我连是武夺琦同志,听说文学所是钱锺书同志。据云,他帮助邮局里工作同志辨认难识字,寻出偏僻的地名,解决不少问题,所以很受优待,常得茶水款待。这真是"大材小用",他自己却谦虚地说:"废物利用!废物利用!"

翻阅杨绛的《干校六记》,也有类似的记载:

> 默存在邮电所,帮助那里的工作同志辨认难字,寻出

偏僻的地名，解决不少问题，所以很受器重，经常得到茶水款待。当地人称煮开的水为"茶"，款待他的却真是茶叶沏的茶。

这证明这是一个在"五七干校"广为流传的真人真事。才高八斗、喝过洋墨水的钱锺书老先生在此地的用处是帮助邮局工作人员辨认难字，经常受到茶水款待，真的是"大材小用"，而钱锺书的说法是"废物利用"。到了 1972 年 3 月，钱锺书和杨绛一起回到了北京，而夏鼐则晚来早走，1970 年 10 月即回了北京。1971 年的五六月间，夏鼐奉命参与接待日本社会科学代表团，因外事活动频频见诸报端，还在"五七干校"艰苦劳动、不知何时回京的学部同志们很是羡慕，但也不敢大发牢骚。钱锺书后来告诉夏鼐说，他们不禁低吟吴梅村《圆圆曲》中诗句："旧巢共是衔泥燕，飞上枝头变凤凰。"

汉学大会同台发声

1978 年 9 月，夏鼐和钱锺书作为中国代表团的成员，参加在意大利举行的第 26 届欧洲研究中国会议（也称欧洲汉学大会），因而两人有了就近交流的机会，《夏鼐日记》里的相关记载也就多了起来。夏鼐在会上做了题为《近年来中国考古新发现》的报告，会议主席称赞报告内容丰富，见解深刻。而夏鼐在 9 月 5 日的日记中也记录了当天上午钱锺书做报告的情形：

> 钱锺书同志的《古典文学研究在现代中国》很受欢迎。报告完毕后，英国 Van der Loon 表示希望不要忽视像报告中提及的严可均《全上古三代秦汉六朝文》的增订工作。法国 Ruhlmann 询问，古典文学中的形象思维到底是怎么一回事？能否介绍现代文学研究的现况？由钱同志作答后，即暂告休会。

不像夏鼐的报告，钱锺书是直接用纯正流利的英语做报告，而且引用意大利作家的话时说的是字正腔圆的意大利语，在回答问题时也是不断引用英国、法国和德国文学中的典故，语惊四座。值得一提的是，即使是初次在这样的场合露面，钱锺书对其他国家学者发言中的不妥之处，也是及时发问，提出异议。

当时的中国刚刚打开国门，我们对外面的世界一无所知。美国哥伦比亚大学东亚研究所夏志清教授没有参加这次欧洲汉学大会，但是讲了会议期间发生的一个故事："有一位意籍汉学家同钱初晤，觉得名字很熟，即拍额叫道：'对了，你是夏某人书里的一个专章。'遂即拿书给钱看。"钱锺书这才知道夏志清已经将其列入《中国现代小说史》专章，并且粗略翻阅了这本书。而在1979年4月访美前夕，钱锺书致信夏志清，提到上年在意大利开会时"晤俄、法、捷译者"，其指的是这三国译者早就将《围城》翻译成了本国文字。这让钱锺书颇感意外，也喜出望外。

在代表团成员之间有空闲谈时，钱锺书说起在昆明西南联大任教时的一件事情。夏鼐9月9日的日记是这么记的：

> 钱谈起在昆明时，闻一多先生曾对他说起他的学生陈梦
> 家在《平民》上发表文章，开头说："请教于闻师一多，师
> 曰……余以为非也。"批判老师，抬高自己，拿老师的未成
> 熟的口头意见，作为靶子来攻，深致不满，此与偷窃老师见
> 解作为己见，为另一种利用老师的方法。

省略号所代表文字不知是当天的日记未记，还是后来整理出版时省略。不过这件事情也反映出陈梦家做学问的独特方式，以及闻一多对陈梦家做法的不满。从夏鼐的这则日记记载似乎也可看出他和钱锺书两人对陈梦家的非议态度。

同时"荣升"副院长

夏鼐1950年担任中国科学院考古所副所长，1962年升为所长，到1982年已经是年过古稀，将任名誉所长，该是退下来的时候了，没想到中国社科院名誉院长胡乔木一项突然的人事安排打乱了他的退休计划。这年6月2日的日记记载："傍晚，梅益同志来电话，说乔木院长约我明晨去院部。"具体什么事呢？当时没说，请看第二天的日记：

> 上午，应乔木院长之约，前往院部。下车便遇到钱锺书
> 同志，也是应约前来，不知何事。小会议室已坐上胡乔木、

马洪、梅益三位同志，坐下后寒暄几句，胡乔木院长便单刀直入地提出，要我们二人挂名担任副院长。

理由是社科院要借重两位学者的大名，在对外活动中体现学术性，挂名副院长但不用负责任何行政工作，以三年为期。钱、夏二位遭此突然"袭击"，首先当然是推辞：

> 钱公推辞说，前一时期梅益同志代表院部几次登门要求担任文学所名誉所长，坚决拒绝，如果现在担任副院长，岂不成为王安石"小官不做，大官不辞"了么？我也推辞说，仍是担任名誉所长，事情可能少不了，不必再兼任副院长了。

1930年入学清华大学物理系的胡乔木院长一听急了，一再坚求，他的这两位清华校友才松口可以试任一年。当天夏鼐在日记里写打油诗一首，奉赠钱锺书学长，兼以自嘲：

> 伏案终期老未休，无端被召上高楼。
>
> 樗材聊作补丁用，时人错认作封侯。

不过，网上也有人言之凿凿，推断钱锺书的外文系师弟、夏鼐不同系的同级季羡林先生也想谋这个职位，蔡德贵的《季羡林口述史》倒是记录了有关的对话，有心的读者不妨去看看，在此恕不赘述。夏鼐在日记中也有提到季羡林，但只是工作上的偶尔接触，证明他与季羡林之间的关系远不如他与钱锺书之间的亲密。

同挂名副院长之后，夏鼐和钱锺书的关系似乎更亲密了一些。说起来，两人除了是清华大学的校友，还是上海光华大学的校友呢。不过，夏鼐是 1927 年到 1930 年在光华大学附中高中部学习，而钱锺书是 1933 年从清华毕业后到光华大学外文系教了两年书，两人无法交集。1983 年 4 月 12 日，夏鼐收到钱锺书的来信，道："顷得沪友寄来剪报一纸，与兄皆金榜挂名，王先生于弟素昧平生，赐联亦未知闻。渠似与兄雅故，联语或已登记室矣，仍寄奉一粲。"

信中的"王先生"即王蘧常先生，是夏鼐高中时的国文老师，因此钱锺书说他和夏鼐是"雅故"，指的是有师生之谊。剪报是指 3 月 27 日王蘧常先生发表的《联语偶存》，一共八联，其中有两联是赠予钱锺书、夏鼐两位光华校友的。

一联是"赠默存兄书"。上联为"熔铸百家，远惊海客"，指的是《管锥编》海内外知名。下联是"雕镂万象，独得骊珠"，其中，"骊珠"见《庄子·列御寇》，指的是《围城》等作品。

另一联是"书寄夏鼐学弟"。上联是"真积力久，终昭懋绩"，"真积"见《荀子·劝学》，指的是夏鼐长于考古学，被英 国聘为皇家科学院院士；下联是"藏修游息，犹忆茅茨"，"藏修"见《礼记·学记》，指的是光华刚刚成立时，是在茅草房里上课。虽然夏鼐年纪略长于钱锺书，但毕竟是受教于王蘧常先生，因而被称为"学弟"。夏鼐去世后，王蘧常为这位过去的学生撰写了挽联："讲授茅茨，早识茂才，天祝奈何先我去。通邮邃古，谁继绝学，才难岂为一人哀。"犹忆那茅屋讲学艰苦而美好的岁月。

在 1984 年末日记的年终总结中，夏鼐先生提到与钱锺书同挂名副院长之事：

> 幸亏院中的事，虽挂名（第一）副院长，但是"有言在先"，坚持"三不主义"，即不上班（不要办公室）；不批阅公文，连画圈也不画；不参加会议（钱锺书副院长是做到了，我仍参加了 Ⅱ/18、Ⅲ/28-29[①] 两次院务委员会会议，实则这会今年也只开了两次）。

在坚持"三不主义"方面，夏鼐认为自己不如钱锺书，可见钱先生的原则性之强。第二年的 6 月 17 日，夏鼐在日记中写下"上午坪井清足来所讲演，谈《日本的考古学》，由王仲殊同志主持，听众约……"至此戛然而止。当天下午，夏鼐先生在家中审阅《世界考古学大事年表》译稿时突感身体不适，被送往医院救治，2 天后即与世长辞，而他的三年挂名副院长之期届满。

这也给他与钱锺书先生虽亲密但不频繁的交往画上了一个句号。特以此文纪念两位先生诞生 110 周年。

---

① Ⅱ/18、Ⅲ/28-29：2 月 18 日、3 月 28 日—29 日的简写。

"卯字号名人"

　　"卯字号"在"五四"前后是北京大学文科教员的预备室。1917年，蔡元培出任北京大学校长，为了振兴北大文科，实行了"兼容并包、思想自由"的方针，请了许多当时学术界的新旧名人任文科教授。旧的如辜鸿铭、黄侃、刘师培等，新的如胡适、钱玄同、周氏昆仲等。"卯字号"一时成了"群贤毕至"的场所，也成了新旧思想直接交锋的战场。因此，当时所有出入其中的文科教员都被称为"卯字号名人"。

　　而狭义的"卯字号名人"却与个人属相有关。"卯字号"最有名的故事，就是"两只老兔子和三只小兔子①"的故事。"两只老兔子"是指陈独秀和朱希祖，二人均生于光绪己卯年（1879

---

①　农历兔年出生。

年）。陈独秀被蔡元培延揽为文科学长后，锐意改革，把以往死气沉沉的北大整治得欣欣向荣，成为蔡元培不可或缺的助手。朱希祖留学日本时，曾与周氏兄弟、钱玄同、黄侃等人在章太炎门下受学，是章氏学派的重要人物。进入北大后，他任文科专任教授，主讲"中国古代文学史"和中国文学史要略。"三只小兔子"是指胡适、刘半农和刘文典。胡适在美国留学时，因同乡陈独秀极力相邀，遂放弃唾手可得的博士学位，回国进入北大，主讲中国哲学史，一举成名，成了北大教授。刘半农因陈独秀之邀任文科预科教授，主讲文科文法，是《新青年》的编辑及主要撰稿人，在新文化运动中是一个"很打了几次大仗"的著名人物。刘文典早年师事章太炎和刘师培，长于小学经学，1919 年进入北大，任文科教授，并任《新青年》英文编辑。

"卯字号名人"还有第三种说法，即"老中小三只兔子"：蔡元培、陈独秀、胡适。蔡元培生于同治丁卯年（1867 年[①]），胡适抓住这一特点，俏皮地说："北大是由于'三只兔子'而成名的。"确实如此。蔡元培是北大改革和新文化运动的领导人物，而陈、胡则是其行政上和学术教学上的得力助手。他们三个是当时北京大学的灵魂。胡适此言一出，众人无不称妙。北大"三只兔子"之说，遂广为传诵。

这些"卯字号名人"都由于北大而成名，或为学术界领袖，

---

① 此处是按照农历算的。

或为共产党创始人，或为学术名人，其业绩均可圈可点。他们由于"同在一个战壕"，而结下了深厚的友谊。1934年，刘半农去西北考察，不幸染上了回归热，回北京后不久去世，年仅四十三岁，是最早去世的"卯字号名人"。在刘半农的追悼会上，同为"小兔子"的胡适回首往事，说："北大早些年大多同仁，差不多都知道二院前边有个卯字号的宿舍，而我们几个人和刘半农又是卯年出生的，终日住在卯字号里同陈独秀等谈天，好像成了一派，所以那时有人说我们几个人既然是卯年出生，同时又住在北大卯字号宿舍，乃起了几个外号，就是北大'老兔子、小兔子'。这虽是开玩笑的话，可是现在想起当时的情形，却令人难过至极！"沉痛之情，溢于言表。

听后人口述历史，了解真实民国大师风貌
微信扫码

第二辑　见书访人

季羡林的同班同学

　　季羡林先生考入清华大学西洋文学系（后改为外国语言文学系），属第六级（"1934级"，按当今的说法，应该是"1934届"），1930年秋天入学，1934年夏天毕业。这一年，他同时考上了清华和北大，为什么最后选了清华？按季羡林的说法，"为了想留洋镀金，我把宝压在了清华上"。为什么要进西洋文学系？季羡林给出的理由是"外国教授多而驰誉学坛，天下学子趋之若鹜"。相信季羡林的同系同学都抱有同样的想法。

　　季羡林在《清华园日记》引言中说："清华报考时不必填写哪一个系。录取后任你选择。觉得不妥，还可以再选。我选的是西洋文学系。"那么，有多少人入学后报考了外文系呢？据季羡林的同班同学王岷源1988年在《五十八年的友谊：怀念我敬佩的学长施谷同志》一文中的回忆："在1930年夏天和我一起考上清华大学外国语言文学系的仅有十九人，到了 1934 年毕业时就只有十八人，其中有两人还是中途插班过来的。"因此和季羡林同过班的同学中，并不是每个人都和他"同进同出"。王岷源为此提供了一种说法，我们将在此基础上做一番考证。

按王岷源的说法，第六级刚入学分系就有 19 个人选外文系，这在当时的文学院是人数最多的了。到 1934 年夏天毕业时，文学院第六级（41 人）毕业生分系统计及比例如下：中国文学系（9 人，21%）、外国语言文学系（18 人，44%）、哲学系（4 人，10%）、历史系（6 人，15%）、社会学及人类学系（4 人，10%），其中外文系绝对是第一大系。但与上一届也就是钱锺书所在的第五级相比，无论是人数还是比例都要有所逊色。当时文学院 53 名毕业生中，外文系 27 人，占总数的一半多。不过，在清华大学文学院中，无论是从入学还是就业来说，无论是从人数还是比例来说，外文系始终是第一大系。

将《清华大学史料选编》第二卷（下）刊登的"一九三○年录取新生名单"和随后的《国立清华大学第六级毕业生一览》比对，二者皆有也就是"同进同出"的是张君川、陈兆祜、季羡林、何凤元、陆以循、吕宝东、施闳诰、唐锦云、左登金、王岷源、吴景芳、武崇汉，总计 12 人。其他毕业生中，邹立琛情况不详，张章达本为 1929 级新生留级而来，陈光泰、崔金荣、尤炳圻 3 人均为 1931 年从他校转专业而来，彭国元则是 1929 年转来清华，但留级到了季羡林他们班。

　　除此之外，季羡林还有一个同学不得不提。他在 1932 年 8 月 25 日《清华园日记》中讲道："阅报见姚锦新（我们系同班女士，钢琴家）出洋，忽然发生了点异样的感觉。"姚锦新是前国务院副总理姚依林的姐姐，1930 年与季羡林一起进校，但选的是政治系，第二年才转到外文系，但是后来中断学业，去了柏林音乐学院专攻音乐 5 年，回国后与清华才子、与季羡林同去德国攻读博士的第五级学生乔冠华谈过恋爱，之后在美国与文学家陈世襄结过婚，最终回国当了中央音乐学院教授，成了一代著名音乐家。

　　再说毕业生，按王岷源的说法是"18 人"，这与《国立清华大学第六级毕业生一览》公布的名单是一致的。"第六级"到 1934 年共入学 235 人，毕业 134 人，占 57%，真是严进严出啊。外文系有 18 人毕业，这个比例就相当高了，因为同期历史系只毕业了 5 人，不过出了吴春晗（吴晗）这样的历史学家、夏鼐这样的考古学家，而两人都是转学生。

　　从钱锺书所在的"第五级"（1933 级）来看，到 1933 年共入学 267 人（含 1929 年备取 19 人），毕业了 172 人，占 64%；外文系有 27 人毕业，而同期中文系只有林庚等 5 人毕业了，哲学系只有乔冠华、周辅成等 4 人毕业了。

　　外文系第六级毕业生的出路如何呢？主要还是当中学英语老师。《清华暑期周刊》1934 年第 3/4 期刊登了一篇《得其所哉》的文章，对西洋文学系 9 位本科生的出路做了如下报道：

　　施阅诰：上海立达学园英文教员；

武崇汉：保定培德中学英文教员；

左登金：绥远省立第一中学英文教员；

季羡林：山东省立第一中学国文教员；

何凤元：天津扶轮中学英文教员；

王岷源：投考本校研究院；

陈光泰：投考本校研究院；

崔金荣：河北省立第四中学英文教员；

尤炳圻：赴日留学。

再加上吴景芳在北平东北中山中学当英文教员。在 7 位担任中学老师的同学中，季羡林舍易就难，因为他学英语、德语而就任国文教员，似乎抢了中文系毕业生的饭碗，这也是不得已而为之。因为他除了德语四年全是"E"（"超"），其他成绩并不是太好。王岷源和陈光泰两位则因为成绩优异，投考了本校研究院外国语文学部，而何凤元和吕宝东随后也步了前者的后尘。哪想到季羡林借着本系本级唯一的德语专门化毕业生身份，一年以后去了德国留学，还用了 6 年时间攻下了估计是同班同学中唯一的博士学位，并以极高的学术成就获得了陈寅恪先生的欣赏和推荐，1946 年去北大当了东语系教授兼系主任，开始其辉煌的学术生涯。

从后来的学术地位、名气、职位来看，在清华外文系第六级毕业生中，能与季羡林相提并论的，唯有王岷源、张君川、施闳诰和崔金荣了。

季羡林在班上和王岷源、施闳诰这两人走得很近，因为有上大三、大四时一起给吴宓主编的《大公报·文学副刊》供稿的经历。但季羡林对他俩都颇有怨言，时不时躲在日记里说他俩的"坏话"。比如1932年9月8日的日记是这么说的："在我认识的西洋文学系同班中，我没有一个看得上的。Herr 王脾气太神经质，注意的范围极小。Herr 施简直是劣根性，这种劣根性今天又大发作。"再比如1933年8月31日的日记是这么说的："同施王诸君（所谓我们这个 group）总觉得不自然，虽然同班三年，但了解一点谈不上。我以前以为或者自己太隐藏了，不让别人了解。但是倘若同他们谈两句真话，他们又要胡诌八扯了。只要你一看那红脸的样子（王）和嘴边上挂着的 cynical 浅笑（施）也要够了。"

王岷源在《五十八年的友谊：怀念我敬佩的学长施谷同志》中自述，为了公平起见，清华大学校方"规定清华毕业生不管大学分数如何，一律与外校毕业生同样参加研究生入学考试。我记得那年外语系共录取7名研究生，前4名都是本校毕业的，我侥幸居第一"。从清华大学研究院毕业后，1936年他考上了清华公费留美，到第三年才辗转去了美国留学，拿下了耶鲁大学的英美文学硕士学位，回国后长期担任北京大学西语系教授，但著作并不多。

施阀诰大三一开学就出了本书《诺贝尔文学奖金与历届获得者》，送了一本给季羡林，引得后者说要"打算替他吹一吹"（见1933年1月12日《清华园日记》）。不过毕业后他很快走上了革命道路，并改名为施谷。1949年中华人民共和国成立后，他长期在外交界任职，1978年被院长胡乔木调入中国社会科学院，筹办西欧所并担任负责人、顾问等职。这两位的职业是和外语专业最挨边的了。

接下来就是张君川和崔金荣这二位。前者 1940 年到浙江大学外文系讲授德文、俄文和戏剧，中华人民共和国成立后到杭州大学外语系任教，与朱雯教授一起主编《莎士比亚词典》，成为公认的中国莎学泰斗。后者改名"崔金戎"，抗战胜利后也曾在北大任教，后来不仅在北京外贸学院当了教授，而且为商务印书馆的"汉译世界学术名著丛书"贡献了《长征记》（色诺芬著）。

杨祖功的《欧洲研究所创始人施谷老师琐忆》曾记载，谈到同学季羡林时，施谷发出感叹说：人家出国留学，成了专家。现在学术兼职就有 30 多个，"我"则成了个"万金油"干部。与他颇有同感的是胡乔木。同级的历史系新生胡乔木（当时叫胡鼎新）刚一入学，就摸黑儿来劝季羡林参加革命活动。他自认为是父亲和叔父"两房承一子"，"觉悟低，又怕担风险"，只能让胡乔木失望地走了。在 60 年后两人最后一次见面时，胡乔木极力赞扬季羡林在学术研究方面取得的成就。季羡林顿时感到惶恐不安起来，就说："你取得的成就比我大得多而又多啊！"对此，胡乔木没有多说什么话，只是轻微地叹了一口气，慢声细语地说："那是另外一码事儿。"值得一提的是，和施、胡一样从事过革命活动的还有何凤元。他在校期间担任过中共清华地下党的支部书记，1935 年 6 月调入北平市委工作，在"一二·九"运动中作为北平市委组织部部长指导了这次运动。中华人民共和国成立后，他担任了新中国第一任民航局局长、中国驻国际民航组织首任代表，不幸于 1977 年因癌症去世。

除了这些革命者之外，季羡林他们班还有一个在抗战期间跟周作人、钱稻孙走得很近的同学，那就是尤炳圻。他是清华第一级李健吾的内弟，姐姐尤淑芬也是1934级化学系学生，不过在毕业前夕因为结婚怀孕而辍学。1930年秋天，他考上了北京师范大学国文系，第二年才转到清华大学外语系。1934年毕业后，他东渡留学日本东京帝国大学研究院，研究英国文学和日本文学。他曾经翻译了英国的著名童话《杨柳风》（《柳林风声》），由开明书店出版，叶圣陶为之作序。他还翻译了日本文豪夏目漱石的《我是猫》，向中国读者第一次介绍了这部日本文学名著。周作人"落水"后，他随之当上了伪北京大学文学院秘书，并担任日文系副教授，代替系主任钱稻孙管理系务。抗战胜利后，他并未被深究。1950年后，他担任西北师范学院中文系教授，继续译介日本文学，1984年去世。

有意思的是，他们班还出了姚锦新、陆以循、唐锦云三位音乐家，与他们本来学的外语专业相比较而言，这也是"另外一码事儿"了。其中的陆以循1934年毕业后考取了日本东京音乐学院上野分校，专攻小提琴演奏，1936年回国。上海报刊对其曾有过"北有马思聪，南有陆以循"之称。1950年以后，他担任清华大学音乐室主任直到退休，长达35年之久。

遗憾的是，虽然在外文系第六级同学中，季羡林先生是最长寿的一个，晚年专文回忆了李长之（李长植，1936年哲学系毕业生）、胡乔木、吴组缃（吴祖襄，1933年外文系毕业生）等校友，但是目前并没有发现季羡林对他的同班同学的专门回忆文章。虽然想来很奇怪，但个中缘由就不得而知了。

"惟有清华可通融"

　　季羡林先生在 1932 年 8 月 25 日的日记中讲道"入了清华，简直有腚上长尾巴的神气"。确实如此，在 1930 年夏天到北平来投考大学的八九十名山东学子中，只有季羡林和他山东济南高级中学的同学王联榜同时考取了清华大学、北京大学（另有一位宫兴廉同学考取了北大）。王同学最终去了北大数学系。为了实现留洋镀金的"出国梦"，季羡林把宝押到了前身为留美预备学校的清华大学，于是一脚进了清华园，锁定西洋文学系，最后果然得偿所愿，赢得了洋博士的头衔。而在当年全国投考清华的五六千学子当中，只有区区 200 人得偿所愿，录取率在 3%~4%。笔者不由得回想起了当时北平各大学中流传的一句谚语"惟有清华可通融"。

　　在 20 世纪 30 年代的北平，有所谓的"五大学"之说，即北京大学、清华大学、燕京大学、北平师范大学和辅仁大学。此外还有诸多的私立学院，其中就有以培养法官著名的朝阳学院，它与东吴大学法学院并称为"北朝阳，南东吴"。除了与清华大学有关的谚语"惟有清华可通融"，北平其他的大学或者学院也有谚语来说明其办学特色。这些谚语从 20 世纪 30 年代一直流传到 40 年代末，说法各有不同，成为当时大学一道亮丽的风景线。

而到了 20 世纪八九十年代，这些谚语又被三四十年代的老大学生屡屡提起。比如 1935 年毕业于北京大学中文系的张中行先生，1986 年出版了《负暄琐话》一书，其中《邓之诚》一文的开头如下：

> 我上学时期，学生界有个流传的韵语："北大老，师大穷，惟有清华可通融。"这个半玩笑话有言外之意，是，如果有条件，最好上燕京大学。因为那里阔气，洋气，可以充分容纳年轻人的骄矜和梦想。所谓条件，主要是金钱，因为花费多，出生于寒家的上不起。其次是体貌不能很差，因为差得不够格，就会与阔气、洋气不协调。也许还有再其次，可以不管。且说我自己，自知条件不行，所以宁取北大之劳。

张中行因为自觉够不上燕京，去了北大，其结果是没有听成邓之诚老先生的课。因为邓先生是燕京大学教授，不到北大兼课。他所说的这句韵语，给笔者留下了极其深刻的印象。笔者 1994 年夏天到北京上班不久即买了这本书，当时已经是第六版了。

1996 年 4 月，笔者又买了邓云乡先生的《文化古城旧事》。所谓的"文化古城"时期，是指从 1928 年到 1937 年，前后约十年，这也许是中华民国大学发展最稳定的黄金时代。邓云乡是张中行先生正宗的小师弟，1947 年毕业于北大中文系。该书有"学府述略"版块，记录了他所熟知的北平学校故事种种，读来饶有趣味。他也记录了与张中行先生说过的类似韵语，不过他称之为"顺口溜"："北大老，师大穷，燕京、清华可通融。"这里"可通融"的除了清华，还有燕京大学。而在"清华"专节中，他把"燕京、清华可通融"记成了"燕京、清华好通融"。他还说：

> 这几句话前两句话好理解，后面是什么意思呢？是说一些名家闺秀们，各校女生中，在考虑终身大事、物色婚姻对象时，北大、师大毕业生均不在眼中，最好是欧美留学生，不然清华、燕大的毕业生还可"通融通融"，也就是差强人意了。

在当今北京的大学教育界，也有所谓的"清北人师"四大名校之说，当时也许可以称作"燕清北师"了。其中的变化在于，1949 年之后北大挤占了燕园，又新成立了中国人民大学。邓云乡先生单从当时北平闺秀、各校女生择偶的角度来谈这四大名校，也给笔者留下了同样深刻的印象。

不过，张中行、邓云乡先生提起的类似谚语并不是他们的首创，而是记录从前的大学旧闻，这让笔者不禁有了追索其源头之念。

从目前笔者所见的资料来看，最早的说法始于 1933 年 12

月刊行的《摄影画报》第 46 期。该杂志发表了《北平学生的谚语》，第一则如下：

> "北大老，师大穷，惟有清华可通融"这句谚语有两种解释，一是男中学生考大学的标准，一是女中学生选爱人的标准。

这句谚语涉及北大、师大、清华三所顶尖大学，系当时男生选校、女生择偶的标准，不过没有燕京大学。

而《大学新闻》1935 年第 19 期刊登的《穷师大的学生生活》则提到"北平有句很流行的口语，就是'北大老，师大穷，惟有清华好通融'"。这与上文的说法仅有一字之差，也验证了邓云乡先生的"好通融"和"可通融"两说之存在无疑，不过也没有燕京大学。

1935 年 5 月 27 日的《中央日报》刊登了《清华与燕京》，讲道：

> "北大老，师大穷，清华燕京倒还好。"这三句话北平的学生差不多全知道的。意思是说北京大学的学生都太老了，师范大学的学生又太穷，女学生要嫁人，清华与燕京的学生倒可以对付。在北平人的眼光里，清华和燕京的学生是有钱的，漂亮的和年青的。

我们发现，虽然该文说的也是女生的择偶标准，但是其中加入了燕京大学，而且"可通融"变成了"倒还好"，因此成了"清华燕京倒还好"。不过，这样一来就不押韵了。

《中国学生》1935 年第 1 期到第 3 期刊登了长文《北平五大学学生生活外观》，叙述较为详细。其副标题是"北大老，师大穷，惟有清华可通融，辅仁是座和尚庙，朝阳满院法官风"。不过正文中由"可通融"变成了"可融通"，也无法押韵了。而且后面又多了"两句"，分别提到了辅仁大学和朝阳学院。这样一来，有五座大学名列其中，不过没有燕京大学了。该文分了五个标题——"北大老，老在哪里？""看师大学生穷干的法门""清华可通融的时代已过去了！""和尚生涯原是假""何时始得到公庭？"，并对这五所大学逐一进行评点，重在说办学特色，与择偶标准无关。而要说最大的特色，当然是辅仁大学只招男生，不愧为"和尚庙"。

与此同时，《汗血周刊》1935 年第 17 期刊登了《师大学生的"穷干"》。其中讲道："北平教育界有个歌子道：'北大老师大穷，惟有清华燕京可通融。'"前一句不变，后一句同时提到清华、燕京，但不再是对称的七个字了。依笔者的后知后觉，也许改成"唯有清燕可通融"更好。

《青年月刊》1937 年第 5 期刊登的《师大学生和穷的挣扎》，在上文基础上又作了发挥：

> 在北平有句歌子道："北大老，师大穷，惟有清华燕京的小伙儿们可通融。"这句歌子是近代女性们在北平各大学的学生当中择婿的标准。

这样一来，后一句的字数更多，显得就更不对称了。

时代在变化，谚语的内容也在变化。《沙漠画报》1940年第21期刊登一则新闻："辅仁大学自本年度起，男女生合并上课，和尚庙之绰号将成历史上之陈迹。"文中专门提到"辅仁是个和尚庙，六根不净休想进门"，而"增添女院使和尚庙旁又添了个尼姑庵"：

男女生合班上课，这真是辅仁校史上应大书特书的一件事，辅仁庙的和尚与尼姑全都还俗，今后"和尚庙"与"尼姑庵"之绰号，将成中国教育史上之陈迹！

该文在"辅仁是个和尚庙"后面加了句"六根不净休想进门"，叙述的是从前的历史，现在辅仁大学在设置女院的基础上又推行男女生合班上课，"辅仁是个和尚庙"这句谚语也就不合时宜了。

《东方杂志》1944年第11期刊有《北大与北大人——"北大老"》。作者为朱海涛，即朱文长，当时教育界大佬朱经农之子。他父亲曾做过北大教授，儿子则是北大学子。他在文章的一开头讲道：

"北大老，北大老，惟有清华可通融！"是北平每一位女学生所熟知的话。我初到北大时自负年青，对这话颇不服气。

过了些日子有机会出城，走入了清华园，悲哀得很。到这里一比，自己果然老了！他们的学生就是年青，而且许多许多青年得出奇，像是一群十五六岁的孩子。只管是蓝布大褂，但干干净净的熨得笔挺，一张张红润的笑脸，在宽广无垠的碧草地上闪着，不容易见到北大常见的那种"老气横秋"或"自思自叹"的面孔。

朱海涛自恃年轻，不服气"北大老"之说。但到了清华园"实地考察"，又承认自己的"老气横秋"了。

同年出版的《南北》新 5 期则有《五大特色歌中师大穷赋》，其中说道：

> 抗战前北平大学中流行一个歌谣：
>
> "北大老，师大穷。
>
> 清华燕京可通融。"
>
> 后来辅大学生又续上两句："辅仁是个和尚庙，六根不净莫报名。"名为"五大特色歌"。

该文指出，"辅仁是个和尚庙，六根不净莫报名"是辅仁大学学生的续句，这样就组成了完整的一首诗。可是前两句都各提到两所高校，后两句独尊辅仁，这也是辅仁学生的自恋与自大了。还有一点与以前说法不同的是，前面提到可通融的是"清华燕京"，不是"燕京清华"。因此虽然谚语的主要意思不变，但随着历史的演进，表述也有所增删。

季羡林先生因为去了清华大学外语系，实现了他的留德梦，戴上了博士帽。1946 年回国后，他因为陈寅恪先生的推荐，直接去北大东语系当了教授兼系主任，1952 年随之去了燕园常驻，则是"惟有北大可通融"了。

季羡林与荷尔德林的早期译介

—— 兼对其本科毕业论文的考证

季羡林先生是德国著名诗人荷尔德林（Johann Christian Friedrich Hölderlin，1770—1843）的早期译介者之一，他将其译为"薛德林"。《季羡林文集》（江西教育出版社 1996 年版）第十三卷收录了两篇相关文章，一篇是《近代德国大诗人薛德林早期诗的研究》，文后有季羡林写于 1934 年 8 月 4 日的"后记"；另一篇是《现代才被发现了的天才 —— 德意志诗人薛德林》，文后标明写作日期是 1934 年。在后者的"跋"中，季羡林先生开头就讲道："这是我 61 年前清华大学的学士论文，原名 *The Early Poems of Hölderlin*，是用英文写成的。"2009 年，外语教学与研究出版社再版了《季羡林文集》，这两篇文章被收录《季羡林文集第七卷：杂文及其他（一）》之中，内容基本不变。

既然季羡林本人作如是说，那么《现代才被发现了的天

才 —— 德意志诗人薛德林》应该就是从季羡林的本科毕业论文翻译而来。但是，从篇名来看，"近代德国大诗人薛德林早期诗的研究"则与 *The Early Poems of Hölderlin* 更为类似，其"后记"中还讲道"我曾在《清华周刊》上写过一篇关于他的文章，对他的生平、他的天才被发现的经过、他的诗都粗略地谈了谈"，与前者的题目和内容极其相似。

笔者由此产生一些疑问，季羡林先生的相关回忆是否存在错误？他的本科毕业论文指导老师是谁？毕业论文到底是哪一篇？他发表了哪些关于荷尔德林的译介文章？在此，笔者试图就季羡林本人的多篇回忆文章、《清华园日记》等相关史料考证之。

本科毕业论文指导老师的考证

季羡林先生乃长寿之人，晚年写了不少回忆文章，98 岁高龄还专门做了《大国学：季羡林口述史》的口述工作。在这些著述中，有多处关于自己大学生活及写作生涯的回忆。而在这些回忆中，关于他的毕业论文指导老师的说法各异，总结起来有三种。

第一种说法：艾克教授。

1. 季羡林先生在《清华大学西洋文学系》一文中回忆说：

下面介绍两位德国教授，第一位是石坦安，讲授第三年德语。不知道他的专长何在，只是教书非常认真，颇得学生的喜爱。此外我对他便一无所知了。第二位是艾克，字锷风。他算是我的业师，他教我第四年德文，并指导我的学士论文……我在上面提到过，我的学士论文是在艾锷风老师指导下写成的，是用英文写的，题目是 *The Early Poems of Hölderlin*。英文原稿已经遗失，只保留下来了一份中文译文。一看这题目，就能知道是受到了艾先生的影响。

2. 他在《我和外国文学的不解之缘》一文中回忆说：

我是德文专门化的学生，从大一德文，一直念到大四德文，最后写论文还是用英文，题目是 *The Early Poems of Hölderlin*，指导教师是艾克。内容已经记不清楚，大概水平是不高的。

3. 他 1997 年接受巫新华博士的采访，在"水木清华"中回忆说：

我的学士论文是 *The Early Poems of Hölderlin*，教授是 Ecke（艾克）。

4. 他晚年出版的新版《清华园日记》中新增一篇《我的老师们》，其中说：

艾克（Ecke）德国人，讲授"第二年德文""第四年德文"。他在德国大学中学的大概是"艺术史"。研究明清家具，著有《中国宝塔》一书，他指导我写学士论文 *The Early Poems of Hölderlin*。

从这四处记述我们可以得知，他的毕业论文指导老师是艾克教授。艾克还讲授"第二年德文""第四年德文"两门课程，而石坦安教授只讲授"第三年德文"。但季羡林的回忆有误，艾克实际上讲授的是"第三年德文"课程。

第二种说法：先是艾克，后是石坦安。

他在《德文教师艾克》一文中回忆说：

> 开始艾克是（我的）学士论文的指导教师，后来艾克工作满五年离开岗位（带工资休假），到英国去了。谁来代替他呢？就是石坦安。这个石坦安呢，作风跟艾克不一样。

> 艾克喜欢 Hölderlin（荷尔德林），所以我的论文就是用英文写的，*The Early Poems of Hölderlin*，《荷尔德林的早期诗歌》，为什么是"早期"呢，那时候我的德文也不行，"早期"啊，就是把他年轻时候的诗啊，勉勉强强看上几遍。看荷尔德林的早期诗歌，是看德文版的，写论文是用英文。德文的东西看行。

从这里可以看出，季羡林的毕业论文指导老师先是艾克教授，因为艾克工作满五年休学术假，去了英国。因此石坦安教授接替他继续指导季羡林的毕业论文。

第三种说法：石坦安。

2009 年 2 月 21 日，季羡林先生接受了蔡德贵采访，蔡德贵将此整理成文字，出版成书。据蔡德贵 2010 年出版的《季羡林口述史》：

> 蔡德贵：您是艾克最好的学生了，毕业论文也是他指导的。

季羡林：毕业论文不是他了，是石坦安。因为那个艾克到哪里去了？

蔡德贵：可是您日记里提到的是艾克啊。

季羡林：最初名字是艾克，后来他不在，不知道他到哪里了，是石坦安指导的。

蔡德贵：您的毕业论文薛德林是受艾克影响的。

季羡林：薛德林是艾克的，他喜欢薛德林。不知道他哪去了，后来他反正不在。

蔡德贵：那是不是济南以后就走了，换石坦安了？

季羡林：嗯。

在这里我们可以看到，季羡林说他的毕业论文指导老师是石坦安教授，不是艾克教授。但他承认，将薛德林作为毕业论文主题，是受了艾克的影响。

从这六处不同的回忆中，我们可得出肯定的结论：季羡林的毕业论文题目是 *The Early Poems of Hölderlin*，用英文写成。

关于毕业论文的指导老师，这三种说法各异，那么哪一种才是真实的呢？我们来看看季羡林先生在《清华园日记》中的记述。《清华园日记》是他在 1932 年到 1934 年，也就是上清华大学西洋文学系大三、大四时期写的日记，时间跨度是 1932 年 8 月 22 日至 1934 年 8 月 11 日。关于《清华园日记》的真实性，季羡林在 2002 年将日记交付出版时说，他希望"把原文照相影印，错别字无法改，漏掉的字无法填""目的是向读者献上一份真诚"。因此，其日记的可信度是毋庸置疑的，当时记述的可靠性远高于后来的诸多回忆。

从《清华园日记》的记述来看，关于艾克最早的记载出现在1932年9月12日："我还想旁听 Ecke 的 Greek 和杨丙辰的 *Faust*。"该页下面关于"Ecke"的注解介绍他的全名是古斯塔夫·艾克（Gustave Ecke），1928年至1933年任清华大学德语教授，其中提到"作者学士论文 *The Early Poems of Hölderlin* 指导老师"。

9月14日清华大学举行开学典礼，午饭后就上课，但是这天的日记记载说"上德文而艾克不至"。艾克是"第三年德文"的任课教师，但是没来上课。第二天季羡林去旁听艾克的"希腊语"，艾克又没来。直到9月20日，艾克才来上课，见当日的日记记载："德文艾克来了，决定用 Keller 的 *Romeo und Julia auf dem Dorfe*。""第三年德文"的课程教材选用的是瑞士德语作家戈特弗里德·凯勒的《乡村的罗密欧与朱丽叶》。

《清华园日记》关于艾克离开清华休学术年假之事，见1933年8月23日的日记：

> 今天我同田德望合请艾克，地点是西北院，菜是东记作的，还不坏。
>
> 吃完了后，又同到合作社去喝柠檬水，同到注册部去解决三年德文考试问题。他大概这是最后一次来清华了。他预备下星期出国。

艾克与季羡林一起去清华大学注册部交上"第三年德文"的

课程成绩单后，就离开了，因为他下周就要出国。随后虽然还有关于艾克的记载，但再提到两人见面的记述则出现在 1934 年 8 月 1 日的日记中："在艾克处吃了饭，谈了半天，他送我一张 Apollo 的相片，非常高兴。"这是艾克休假完毕回来的事情了。

而在 1932 年 9 月 20 日到 1933 年 8 月 23 日的日记中，却没有任何一条关于艾克指导季羡林毕业论文的记载。因此上述第一、二种说法均有误，艾克从未指导过季羡林的毕业论文。

直到 1933 年 10 月 25 日的日记中才出现关于毕业论文的记载：

> 过午上 German Lyric，我已经决定了我的毕业论文题目 ——*The Early Poems of Hölderlin*，Steinen 也赞成，他答应下次给我带参考书。

艾克走了以后，石坦安教授成了季羡林唯一的德语教授。而正是在石坦安的"德国抒情诗"（German Lyric）课上，季羡林定下了毕业论文的题目 ——*The Early Poems of Hölderlin*。因此，上述第三种说法才是正确的。

本科毕业论文写作及其发表

（一）本科毕业论文的写作

季羡林将荷尔德林早期的诗作作为毕业论文主题，最早的构思是在 1933 年 9 月 17 日。这天的日记写道：

读 Hölderlin 的诗，我想从头读起，每天不要贪多，但必了解，我想写一篇《薛德林早期的诗》。

从日记内容可以看出，《薛德林早期的诗》和最终写成的毕业论文 The Early Poems of Hölderlin 是基本对应的，但他并没有说明这是他要写的毕业论文题目。

从此以后，他继续研读和试译荷尔德林的诗作。比如 9 月 19 日的日记写道："仍然读 Hölderlin 的诗，有一首 An einen Heide geschrieben 曲调回环往复，觉得很好。" 9 月 21 日的日记写道："仍然读 Hölderlin 的诗，单字觉得似乎少一点，几天的加油也究竟有了效果。" 比如 9 月 24 日的日记写道："晚上读 Hölderlin，渐渐觉得有趣了。"虽然他的德文基础还不够好，但是通过坚持不懈地研读也收到了一定的效果。

但是新学期的新课程又挤压了他的时间，季羡林在 9 月 27 日的日记中写道："功课渐渐堆上来，于是头两天那种悠然读着关于 Hölderlin 的诗的文章，或 Hölderlin 的诗的心情，已经跑得无影无踪了，所以不得不把一天的时间分配一下 —— 每晨读 Hölderlin 诗一小时。"

随后，季羡林因生母去世，回家奔丧，几乎一个月的日记未记，因此他是否还在继续研读荷尔德林的诗作旁人不得而知。而从 10 月 25 日的日记来看，他定下了毕业论文的题目 ——The Early Poems of Hölderlin，指导老师就是石坦安教授。

石坦安，全名 Diether von Steinen（狄特尔·冯·石坦安，

1902—? ），德国人，德国柏林大学哲学博士，1929 年 9 月到清华大学任教，讲授拉丁文等课程。

石坦安教授不仅肯定了季羡林的选择，而且给予了必要的帮助，比如借参考书，答疑解惑等。比如 11 月 1 日的日记写道：

> 下午上 German Lyric 的时候，Steinen 给我指定了几本参考书，关于作 Hölderlin 的论文的。他并且借给我了一本 Max Kommerell 的 *Der Dichter als Fuhrer*，其中有讲到 Hölderlin 的一节，据他说是论到 Hölderlin 的顶好的文章。

而此后，11 月 8 日的日记则说："过午上德国抒情诗，问了 Steinen 几个关于 Hölderlin 的诗的问题，解答颇为满意。"11 月 15 日的日记又说："过午上 German Lyric，问了 Steinen 几个关于 Hölderlin 的诗的问题。"

在指导季羡林写毕业论文这件事情上，石坦安教授还是比较认真负责的，有指导他的学术能力，也乐于解答他提的任何问题。

从 1933 年 10 月 25 日定题到 1934 年 1 月，他一直没有动手写作。一方面是因为课程的压力，另一方面当然是因为荷尔德林的诗并不那么好懂。比如 1 月 27 日的日记写道："想到毕业论文就头痛。Hölderlin 的诗，我真喜欢，但大部分都看不懂，将来如何下笔作文。"而 1 月 31 日的日记又说："的确有许多事情等我作，譬如论文，就是其一。但终日总仿佛游魂似的，东晃西晃，踏不下心读书。"从此可以看出，毕业论文的写作成了他的一个心病。

直到 1934 年 3 月 5 日，他才正式动笔写作，到 3 月 27 日写完，花了约三周时间。他在 3 月 5 日的日记中写道：

> 开始作论文，真是"论"无可"论"。

> 晚上又作了一晚上，作了一半。听别人说，毕业论文最少要作二十页。说实话，我真写不了二十页，但又不能不勉为其难，只好硬着头皮干了。

20 页也就七八千字的篇幅，但对他而言，难度不小。到 3 月 21 日，石坦安开始催他交毕业论文，这一天的日记说："Steinen 要毕业论文，又须赶作交上，这种应制式的论文实在没有什么价值。我们大半对自己所选的题目没有什么话说。"这是季羡林自己选的题目，荷尔德林也是他喜欢的诗人，但要以此作毕业论文，就没法以乐趣来决定取舍了。

经过几天的奋战，连写带抄，毕业论文终于完工。季羡林在 3 月 27 日的日记中说："论文终于抄完了。东拼西凑，七抄八抄，这就算是毕业论文。论文虽然当之有愧，毕业却真的毕业了。"

据季羡林的自述，该论文并不是用德文写成，而用的是英文，同时有中文本。季羡林先生在《清华大学西洋文学系》一文中回忆说："英文原稿已经遗失，只保留下来了一份中文译文。"因为没法比对中文译文，所以不知道发表了的文章是毕业论文的全部还是部分。篇名虽然带有"研究"，但总体上感觉单薄，按版面字数算，也就 5000 字不到，其中的许多诗作还不满行。而《现代才被发现了的天才——德意志诗人薛德林》总计有 12 000 字之多，从写法和篇幅上看，倒更像是论文，被后人误认为毕业论文也在情理之中。

这篇文章的一些内容也被后来的毕业论文吸收，比如：

> 1796 年的夏，在他写给他的朋友璐于弗的一封信上，他说："我现在是在一个新的世界里，在另一方面，我可以相信，我知道美与善是什么。但是，我既然看到它们了，我只好对一切我的知觉发笑。亲爱的朋友！在世界上，真的有一个'生物'（Wesen），我的精神可以寄托在那里，多长时间也行。当面对着自然的时候，我又感觉到我们的思想和理解是真的幼稚呢。爱与崇高，柔静与生力，精神与感觉与外形，混合成了一个整一的人格，在这个'生物'里。"

而《近代德国大诗人薛德林早期诗的研究》的类似内容如下：

> 他写给一个朋友的信说："我现在是在一个新的世界里了，在世界上真的有这样一个生物，爱与崇高，贞静与生命，精神、灵魂与一切完美的外形都在这生物身上化成了一个整个的浑一。"

从引用的这两段话来看，后者是在前者基础上进行删减和改译。而从论文内容看，以前积累的一些译文也用上了，比如《命运歌》等。1933 年 11 月 9 日的日记提到他应好友林庚的要求，重译了《命运歌》。从篇幅上看，论文中关于《命运歌》的翻译及对命运的论述还不少。

为了文凭而写作，季羡林也是心中有愧，但结果确是出乎意料。他自认为并不认真的毕业论文写作，最后得了个"优"。该论文并不是严格意义上的学术性写作，且加上了他的"幻想力"。不过，他认为这是他学术研究生涯的"发轫"。

大学期间，季羡林有不少课程的成绩并不是"优"，比如1934年2月8日的日记记载，吴宓的"中西诗文比较"课程，季羡林只得了"I"，分数较低，他十分生气。

但是季羡林这一级的德文专门化的学生较少，也就一两个人而已，并不看重德文类课程以外的成绩。因此，包括毕业论文在内全部德文课程"优"的成绩，使得他有幸得到了1935年去德国留学的机会，但是荷尔德林不再是他的最爱了。翻遍六卷本《季羡林日记：留德岁月》（江西人民出版社2014年版），只发现1943年6月8日有如下的记述：

> 今天有Hölderlin feier（荷尔德林的庆祝活动）。原来自己看错了时间，晚上才举行。回家看了会报，吃过晚饭，又出去到Aula（行政中心）去参Hölderlin（荷尔德林）纪念会，大礼堂里挤了一个满，大概有二千人。先奏Beethoven（贝多芬）的音乐，接着Prof.Pongs演讲，Intendent Friedrich（总监弗雷德里克）念Hölderlin（荷尔德林）诗，又奏Beethoven（贝多芬）的音乐，散会，已经十点了，外面下着雨，回到家来就睡。

（二）本科毕业论文的发表

前文讲到1996年，江西教育出版社出版了《季羡林文集》；2009年，外语教学与研究出版社修订再版了该文集。其中前者的

第十三卷和后者的第七卷都收录了两篇与荷尔德林相关的文章，一篇是《近代德国大诗人薛德林早期诗的研究》；另一篇是《现代才被发现了的天才——德意志诗人薛德林》。但到底哪一篇才是发表了的毕业论文呢？

《现代才被发现了的天才——德意志诗人薛德林》的文后标明写作日期是 1934 年。在文后的"跋"（写于 1995 年 1 月 7 日）中，季羡林先生开头讲道："这是我 61 年前清华大学的学士论文，原名 *The Early Poems of Hölderlin*，是用英文写成的。因为我的导师（Gustave von Ecke，字锷风）教授是德国人，不通华文。"

如果季羡林此说不误，那么该文是从他 1934 年写就的毕业论文 *The Early Poems of Hölderlin* 翻译而来，但是两者的篇名比对起来相差很大。从篇名来看，"近代德国大诗人薛德林早期诗的研究"与 *The Early Poems of Hölderlin* 更为类似，其"后记"中讲的"我曾在《清华周刊》上写过一篇关于他的文章，对他的生平、他的天才被发现的经过、他的诗都粗略地谈了谈"，与前者的题目和内容倒极其相似。

那么这两篇文章是否相互搞错了？《近代德国大诗人薛德林早期诗的研究》是从毕业论文翻译而来，而《现代才被发现了的天才——德意志诗人薛德林》才是发表于《清华周刊》上的？但这又是季羡林先生偕其助手李铮亲自编选，并由该文集编委会审定的文集，具有一定的权威性，怎么才能确定这是作者的一个错误呢？那只能从它们当初的发表情况入手了。

经查，《现代才被发现了的天才——德意志诗人薛德林》发表于《清华周刊》1933 年第 39 卷的第 5、6 合期上，而不是所谓的"1934 年"，不可能来源于他的毕业论文，季羡林 1995 年 1 月 7 日写的"跋"有误。《近代德国大诗人薛德林早期诗的研究》发表于《文学评论》1934 年第 2 期，发行日期是 1934 年 10 月，与笔者在上文的推断吻合。

"跋"中这个不该有的错误导致的结果是：不少有关文章，包括季羡林的传记都认为季羡林的毕业论文指导老师是艾克教授，《现代才被发现了的天才——德意志诗人薛德林》是从他的毕业论文翻译而来。比如蔡德贵的《季羡林传》（北京大学出版社 2006 年版）、吴晓樵的文章《荷尔德林早期的中国知音》（《中华读书报》2006 年 10 月 11 日）、叶隽的论文《现代中国的荷尔德林接受——以若干日耳曼学者为中心》（中国比较文学 2011 年第 2 期）都采信了"跋"的说法。

《文学评论》是李长之联合其老师杨丙辰教授主编的一种文学杂志，其资金来源是他翻译《近五十年来德国的学术》一书中《英国语言学》一文的 200 元稿费。原来商定是月刊，由大学出版社出版。但后来改成立达书局出版、大成印刷社印刷，实为双月刊。1934 年 8 月 1 日出了第 1 期，10 月 1 日出了第 2 期就停刊了。作为该杂志的主编，李长之既编又写还译，而好友吴组缃、林庚、张露薇、张天麟，老师杨丙辰教授、郑振铎教授也帮忙不少。

作为李长之的好友，季羡林对《文学评论》的贡献甚大。他为该杂志的第 1 期写了《寂寞》一文，为第 2 期贡献了两篇文章，除了《近代德国大诗人薛德林早期诗的研究》，还有一篇《救救小品文》。

在《近代德国大诗人薛德林早期诗的研究》的一开头，季羡林就把薛德林与歌德相比，认为"在整个德国文学史上，只有两个诗人够得上称为伟大的：一个是几乎每个人都知道的歌德；一个是几乎没有人知道的薛德林（Hölderlin）"。"在精神上，薛德林也正补了歌德的缺陷。歌德只代表了德国文化的一半，倘若没有薛德林，这一半将终归成了一半，但却出了薛德林，他们俩合起来把德国文化完成了。"在后记中，他意犹未尽，还说："他的彗星似的光芒立刻照澈人们的心，同歌德争德国最高文学的宝座。我们敢断言：将来的世界一定是薛德林的。"出于发现荷尔德林的狂喜，无限抬高他的文学地位、推动他在中国的译介成了季羡林的崇高使命。

尤其值得一提的是，除了《文学评论》杂志外，雄心勃勃的李长之还办了文学评论社，意图出版文学评论等方面的书籍。在第 2 期的《文学评论社出版丛书预告》中，他提到了"理论之部"（5 本）、"文学史及评传之部"（3 本）、"创作之部"（5 本）、"名著翻译之部"（8 本），四个系列 21 本书，其著译者与《文学评论》的作者群体高度重合。季羡林一人就有 3 本，创作的一本即《因梦集》（散文集），翻译的两本，除了尼采的《查拉图斯特拉如是说》，还有荷尔德林的《奚陂里雍》，其介绍语如下：

这是德国近代伟大抒情诗人薛德林早年作的一部最热情

的小说，由专研究薛德林的学者译出，可为一件最痛快的事。

《奚陂里雍》今天一般译为《许佩里翁》。在李长之的介绍中，季羡林俨然成了"专研究薛德林的学者"，不免有些夸大。当然翻译 Hyperion，也是他一直的追求。《清华园日记》中，1933 年 7 月 9 日的日记如下：

> 仿佛记得读 Hölderlin 的 Hyperion，就在这两天的一天开始的，而且还决心译它一下。

1933 年 8 月 31 日的日记如下：

> 我又想到自己的工作，下年一定最少要翻译两部书，一是 Hölderlin 的 Hyperion，一是 Thomas Mann 的 Der Tod in Venedig。

1934 年 6 月 13 日的日记如下：

> 我想今年暑假把 Hölderlin 的 Hyperion 这样一字字地细读一下。

特别是 1933 年 8 月 31 日的日记与上述的《文学评论社出版丛书预告》有内在的联系，但包括 Hyperion 在内的三本书随后并没有出版。季羡林 1934 年夏天从清华大学毕业后，应聘山东省立第一中学讲授国文等，教学压力颇大，无法分心；另外离开北平浓厚的创作氛围，没有李长之等好友的就近激励，季羡林靠写作出人头地的想法也就淡了些，更别说 1935 年烦琐的出国事宜给他带来的烦恼了。

从以上可以看出，既然在荷尔德林的译介上有这么好的开端，如果机缘巧合，季羡林会有更多的译介文章和译作问世，那么被同学称为"薛德林专家"就名副其实了。

季羡林与荷尔德林在中国的译介

说到季羡林译介荷尔德林的开端，首先要从他对荷尔德林的兴趣讲起。观《清华园日记》，1932 年 8 月 25 日的日记记载"又读 Hölderlin 的 *Ein Wort über die Iliad*"，第一次提到了荷尔德林及其作品《关于〈伊利亚特〉的几句话》。11 月 9 日的日记则说"今天晚上写信到日本买 Hölderlin 的 Life"，这应该是关于荷尔德林的一本传记，委托日本的丸善书店购买，11 月 9 日丸善回信说书没有了。而 11 月 14 日的日记中说，在德国作家中，他喜欢荷尔德林这样的唯美派诗人。

11 月 22 日的日记则提到了焚烛夜读 *Hölderlin's Leben*（《荷尔德林的生平》）的感受：

> 刚才我焚烛读 Hölderlin——万籁俱寂，尘念全无，在摇曳的烛光中，一字字细读下去，真有白天万没有的乐趣。这还是第一次亲切地感到。以后我预备作的 Hölderlin 就打算全部在烛光里完成。每天在这时候读几页所喜欢读的书，将一天压迫全驱净了，然后再躺下大睡，这也是生平快事罢。

对他来说，阅读荷尔德林的作品是一大生平快事，创作也随之提上了日程。他在 12 月 26 日的日记中记载：

> 上德文时同 Ecke 谈到明年是 Hölderlin 的死后九十年纪念，我希望他能写点东西，我替他译成中文。他说，他不敢写 Hölderlin，因为 Hölderlin 是这样的崇高，他写也写不出，他介绍给我 Stefan George 的东西，说 Stein 那儿有。

1933 年是荷尔德林逝世九十周年，原本季羡林想让艾克教授写一篇纪念荷尔德林的文章，他来译成中文发表，但是艾克对荷尔德林"仰之弥高"，不敢动手。因此，季羡林决定自己来写。艾克还说石坦安教授有德国诗人格奥尔格的《日与事》（*Tage and Taten*）这本书，对他写作有帮助，因此季羡林在 1933 年 2 月 23 日的日记中记载：

> 今天借到 Steinen 的 *Tage and Taten*，因为里面有篇文章讲到 Hölderlin。Steinen 说这篇文章非常难懂。

> 借回来后就抄，因为他急着要还回去。

《现代才被发现了的天才——德意志诗人薛德林》中也提到了格奥尔格和他的《日与事》：

> 在他的一本论文集《日与事》（*Tage and Taten*）里面特别有一栏叫作"赞辞"（Lobreden），在这里面，他有一篇短文——短，真的，短得有点儿可怜了，然而比洋洋数千言的大文章，并没少说了什么。

格奥尔格的这篇短文加深了季羡林对荷尔德林其人其作的理解。除此之外，他还从图书馆借了几本德国文学史以及其他一些著作。季羡林 3 月 18 日日记中"还想作我对于 Hölderlin 的认识"的记载，实际上和《现在才被发见了的天才》第三部分的标题"我对他的认识"是十分对应的。

当然，写作这样一篇文章并不是容易的事情，见其 3 月 28 日的日记：

> 明天放假，晚上颇觉得轻松，于是想到作 Hölderlin。抱着头硬想，只是想不出什么东西，外面也或者因为明天没课，人声、笑声似乎特别加多了——真讨厌。

> 拼命，在床上，想了一晚上，好歹想起了个头，但也不怎样满意。而今才知道作文章的难，作不出文章，心里终放不下，半夜里醒来，终于又点蜡写了一点。

从 1932 年 12 月 26 日动念写作，都过去了 3 个月，文章还没有完成，不免让他着急。不过，《荷尔德林全集》的买到大大加快了他的写作进度。

虽然丸善书店的回信让他感到失望，但他并没有因此断了买荷尔德林作品的念想。我们来看他 1932 年 12 月 7 日的日记：

> 决定买 Hölderlin 全集。下德文后，问 Ecke，他说，Hellingrath 和 Seebass 合辑的全集已绝版，但能买到 Second hand，晚上随写信到 Max Hössler 问是否可以代买。

荷尔德林在 1843 年去世后，其著作长期湮没无闻。1913 年，诺伯特·冯·海林格拉特（Norbert von Hellingrath，1888—1916）开始编辑出版《荷尔德林全集》，他 1916 年死于"一战"战场后，弗雷德里克·泽巴斯（Friedrich Seebass）和路德维希·冯·皮格诺特（Ludwig von Pigenot）接手继续编辑，直到1923 年才出版了 6 卷本的全集。《荷尔德林全集》的编辑出版，加上德国大哲学家海德格尔的极力推崇，引发了德国乃至全世界的"荷尔德林热"，荷尔德林的声名也迅速传到了中国。季羡林因艾克教授的介绍，才萌发了购买《荷尔德林全集》的意图，马上写信让上海的璧恒公司代为购买。

1933 年 2 月 11 日回校之后，季羡林收到了璧恒公司的信。见信之后，他的第一反应就是"我订 Hölderlin 准没有了"。然而，"不然，却有了"。他欣喜若狂——"我想跳，我想跑，我不知所措了。我不敢相信，我顶喜欢的诗人，而且又绝了版的，竟能买得到。我不知所以了。"荷尔德林是他"顶喜欢的诗人"，当时能买到他的全集，即使是二手书也让他欣喜若狂。

1933 年 4 月 1 日，璧恒公司终于把《荷尔德林全集》寄来了，但是那天太晚了不能取，这让他遗憾了一晚上。1933 年 4 月10 日上德文课的时候，季羡林把《荷尔德林全集》拿给艾克教授看，后者大为高兴。艾克说："你大概是中国第一人有这么一部书的。"他想"能有这么一部 Hölderlin 全集，也真算幸福"。

出于得到《荷尔德林全集》的狂喜，他还把它写进了他的一篇文章中。1934 年 2 月 6 日的日记记载：

> 看 Hölderlin 的诗，一行也不了解，但也就看了下去，仿佛是淡淡的影子飘在面前，又仿佛什么也没有，但一旦意

识到了的时候却的确在看书。

　　还有，我每次（只是这几天来）一坐下看 Hölderlin，脑子就纷纷起来，回旋着想，想的总不外是要作一篇什么 essay，什么题目，怎样作，往往对着书想几个钟头，多半没结果，时间也就这样过去了。

　　今天又是在这样情形之下，想到一个题目《回忆》，于是立时拿出笔来 Sketch，文思汹涌，颇不坏，什么时候写成，却就不得而知了。

笔者在翻阅《清华园日记》时，总有这样的印象：他的散文往往是在干别的事情时，比如上课或者看书等的时候构思、写作而成的，是心有旁骛后的结果。《回忆》也是如此，季羡林在宿舍里看《荷尔德林全集》，研读他的诗作的时候有了灵感，这篇散文到 2 月 14 日就基本写成。不仅如此，季羡林还将眼前的《荷尔德林全集》写进了文章里：

　　在不经意的时候，我常把母亲的面影叠在茶杯上。把忘记在什么时候看见的一条长长的伸到水里去的小路叠在 Hölderlin 的全集上。把一树灿烂的海棠花叠在盛着花的土盆上。把大明湖里的塔影叠在桌上铺着的晶莹的清玻璃上。把晚秋黄昏的一天暮鸦叠在墙角的蜘蛛网上，把夏天里烈日下的火红的花团叠在窗外草地上半匍着的白雪上……然而，只要一经意，这些影子立刻又水纹似的幻化开去。同了这茶杯的，这 Hölderlin 全集的，这土盆的，这清玻璃的，这蜘蛛网的，这白雪的，影子，跳入我的回忆里，在将来的不知什么时候，又要叠在另一些放在我眼前的东西上了。

该文发表在 1934 年 4 月出版的《清华周刊》第 3、4 合期上。这也是荷尔德林的另一种译介传播方式吧。

《荷尔德林全集》成了他写作的重要参考书。在后来写成的文章中，季羡林认为在荷尔德林这么一位大诗人从湮没无闻到被重新发现的过程中，除了格奥尔格的贡献之外，前期主要是因为威廉·狄尔泰（Wilhelm Dilthey）的推动。狄尔泰在《体验与诗》（ *Das Erlebnis und die Dichtung* ）中，写有《荷尔德林》的专文，将荷尔德林与莱辛、歌德、诺瓦利斯等大诗人并列，其贡献在于"重新估定了薛德林的价值"。但狄尔泰见到的荷尔德林作品并不全，在他死后，又有许多荷尔德林的手稿和书信相继被发现。接下来季羡林高度评价了海林格拉特和泽巴斯的贡献：

> 这些手稿和书信的发现，是何林葛拉斯（Hellingrath）和纪拔斯（Seebass）的努力，因为喜爱了他的诗，便着手去搜集，这自然是很偶然的事，但是，就因了这"偶然"，我们却能够多读了许多他的诗，我们是幸福的，他们俩对薛德林自然不能不了解，但了解也不深，他们的价值就在作品的发现的本身，因为每个天才的发现，第一步总是搜罗遗著和手稿，以后才能谈到其他，"每个开始，都是难的"，他们就担任了这艰难的开始，而且很令人满意地担任下来，我们怎能不感谢他们呢？
> 两人的最大贡献就在于搜集了荷尔德林的手稿和书信，编辑

了《荷尔德林全集》，使得包括格奥尔格在内的后来人能够进一步了解和研究这位德国大诗人。

《荷尔德林全集》不仅是季羡林写作的重要参考来源，也成了他写作的强大动力。我们来看他的 1933 年 4 月 3 日到 11 日的日记：

4 月 3 日：一天都在作 Hölderlin。限今天作完他的 life。

4 月 4 日：限今天作完我对他的认识。果然——没作完，然而终究也差不多。

4 月 5 日：早晨把文章作完了。

4 月 6 日：开始抄 Hölderlin，抄比作还费劲。埋头抄了一天，还不到一半，真悲观。

4 月 8 日：今天才抄完。

4 月 11 日：晚上 Hölderlin 稿子送了来校对，德文居然排得很不错，也真不容易——当初写文章的时候，看着，不如说觉着，还不坏。抄的时候，我觉得有点儿坏了，这次校稿，简直觉得坏得不可救药，我真就这样泄气吗？

经过前三个多月的酝酿，他在不到十天里完成了这篇 12000 字文章的写作、抄写和校对，完成文章的第二、三部分用了 3 天，抄写用了 3 天，校对用了 1 天，不可谓不快。

该文刊登在《清华周刊》1933 年第 5、6 合期上，4 月 19 日出刊。他的好友李长之 1933 年 2 月刚就任《清华周刊》文艺栏主编，就向他约稿。第二天，季羡林马上投了一篇译文《代替一篇春歌》，这篇译文 3 月 18 日刊登，这是他第一次在《清华周刊》上发表文字。

"第5、6合期"是李长之主编的"文艺专号"。他不仅刊登了《现代才被发见了的天才——德意志诗人薛德林》，自己还翻译了荷尔德林的《大像颂歌》，署名"梁直"。4月8日作的《大像颂歌》"前记"中，提到了他翻译这首诗的缘由，其中说道：

> 当时因为喜欢这诗，便情不自禁地译了出来。用白话译了一遍，又用文言译了一遍。现在羡林兄作薛德林论文，怂恿我把诗附上，他说文言的好些，我也就略加修改，凑个热闹罢，说不定要大煞风景哩。

因此这首文言体的《大像颂歌》，是在季羡林的怂恿之下，李长之为配合他的论文而翻译的，页码接排在季羡林的文章之后。这首诗季羡林也曾经翻译过，他在日记中提到过两次，1932年11月12日的记述如下：

> 早晨，把 Hölderlin 的 *Die Eichbaume* 找出，想再译一遍，只译了两句，又住了。

1933年11月9日的日记记载如下：

> 林庚找我替他译诗，我推了几次，推不开。今天过午，只好把以前译的稿拿出来修改修改。一个是《大橡歌》，根本不能修改；一个是《命运歌》，修改了半天，仍然不成东西——结果却仍然是头痛。

这里提到的"*Die Eichbaume*"，季羡林译为"《大橡歌》"，而李长之译为"《大像颂歌》"。在好友林庚的再三恳求之下，季羡林修改以前翻译的《大橡歌》和《命运歌》，但结果并不让他满意，也就不可能拿去发表。

1933 年 4 月 10 日，李长之为本期的出版写了"编校后记"，不仅提到自己翻译"《大像颂歌》是种尝试"，还说道：

> 在论文中，介绍薛德林的一篇，作者是很费过事的，参考了不少的书籍。诗样的批评文，如轻快的梦，导我们在轻快的梦中和薛德林作为好友。全文讲生平的一节，和末后论了解薛德林的一节，似乎还少一种统摄的联系。——自然，这是指内容上的。

在此，李长之肯定了季羡林的写作努力，也指出了文章的缺点，那就是第二、三部分之间缺乏"一种统摄的联系"。

这篇长文在《清华周刊》的发表，极大地鼓舞了季羡林研读荷尔德林诗作的信心，为其以后将荷尔德林的早期诗作作为毕业论文主题奠定了基础。

由于拥有弥足珍贵、令人羡慕的《荷尔德林全集》，时不时看看或者翻译他的诗，又整天把荷尔德林挂在嘴上，季羡林也被他的同学和好友看作"薛德林专家"。季羡林在 1933 年 9 月 22 日的日记中记载：

> 一天把 Hölderlin 挂在嘴上，别人也就以 Hölderlin 专家看我，其实，自问对他毫无了解，诗不但没读了多少，而且所读过的大半都是生吞活剥，怎配谈他呢，真是内愧得很。

从日记内容看，他并不以"薛德林专家"自居，在为《近代德国大诗人薛德林早期诗的研究》写的"后记"中，季羡林也表达了同样清醒的认识。他说：

> 大概以后我还要写几篇关于他的文章，我这样说，并不是想去注册专利，或挂上薛德林专家的招牌，注册专利我没那样的兴趣，挂专家招牌我又哪里有那种勇气呢！我最大的愿望也不过是，使中国不知道德国有薛德林这样一个人的人知道德国有过这样一个人罢了，倘若读者能比这得到更多的东西，那是读者自己的福分，我连梦想也不敢梦想的了。

他只是想为荷尔德林在中国的译介多做些力所能及的工作，使中国读者对荷尔德林有更多的认知。

结语

随着 1907 年王国维最早对荷尔德林进行译介之后，在 20 世纪 20—30 年代，以北京大学、清华大学的师生为核心，形成了包括卫礼贤、杨丙辰、艾克、石坦安、冯至、季羡林、李长之、杨业治在内的传播者群体。他们采取教学传播、报刊译介等方式，为荷尔德林在中国的早期译介做出了自己的贡献。

在这些人当中，季羡林虽然只发表了两篇文章，却是学术基础较为雄厚、科研潜力较大的一个。如果不是去德国留学时转向了梵文研究，他一定能够在后来的荷尔德林译介中做出更大的贡献。

季羡林毕业"抢饭碗"

作为季羡林大三、大四时的日记,《清华园日记》为我们保留了他清华大学生活的珍贵记录,包括毕业时找工作。早在大三开始之前的 1932 年 8 月 25 日,季羡林就在日记里写下:

> 以前我老觉到学生生活的高贵,尤其是入了清华,简直有腔上长尾巴的神气,绝不想到毕业后找职业的困难。今年暑假回家,仿佛触到一点现实似的,一方又受了大千老兄(美国留学生)找职业碰壁的刺戟(激),——忽然醒过来了,这一醒不打紧,却出了一身冷汗。……现在常浮现到我眼前的幻景是——我在社会上能抢到一只饭碗(不择手段)。

1930 年暑假,包括季羡林在内的百余名山东学子来北平参加清华大学和北京大学的入学考试,结果侥幸过关者仅三人而已。

除了宫兴廉考上北大，他和王联榜两个学校都考上了，王联榜最终选择了北大数学系。而季羡林因为考虑到清华的出国机会多，最后选择了清华大学外国语言文学系。成为国内最顶尖高校的一员，季羡林一开始自然地感觉无论工作、考研还是出国，一切都不在话下。但是大学生活开始进入"下半场"时，现实似乎打碎了他的梦想。

上文提到的"大千老兄"，即许振德的哥哥许振英，后来成为了我国著名的畜牧学家。许振德，字大千，是季羡林外文系的上届师兄，又是清华山东同乡会会长，平时在学校里对季羡林很是关照。许振英1927年从清华学校毕业后赴美留学，1932年夏天学成回国，头顶康奈尔大学农学硕士光环的他，当时却不能找到一份像样的工作。这确实让待在象牙塔里的季羡林不得不去琢磨将来毕业时如何才能找到一份工作，按他的说法是"抢一只饭碗"，这让他的美妙的大学生活变得有点沉重起来。

但找工作并不是当时清华毕业生的唯一出路，我们来看他1932年11月10日的日记：

> 我近来常感觉到肩上仿佛多了点东西。——就是平常所说的担子吗？倘若可能的话，我还想大学毕业后再作进一步的研究。我总觉得大学毕业平常人以为该是做事的时候，我却不以为然。大学毕业是很不容易的，毕业不能继续研究，比中学毕业还难堪（？）。我有个偏见，中学是培养职业人才的地方，大学是培养研究人才的地方。

　　他认为比毕业找工作更好的出路是继续深造，大学有培养研究人才的职能，清华大学尤其如此。当时的清华已经有研究院了，跟他一起上德文课的田德望、上届师兄钱锺书的女朋友杨绛，都是清华大学外语学部的研究生。

　　如果说在大三考虑毕业后的前途还为时过早的话，到大四就不能这么说了。我们来看季羡林1933年8月16日的日记：

　　　　今天一天精神不好，一方面因为还有点想家（笑话！），再一方面就因为看到这次清华公费留学生考试。我很想到外国去一趟，但是学的这门又不时行，机会极少。同时又想到同在一个大学里为什么别人有出洋的机会，我就没有呢？

　　季羡林刚进清华大学时的想法就是要出国留学，而作为留美预备学校的清华学校，当时的学生个个出国留学。比如在10年前的1923年夏天，梁实秋和他的同学们就是坐着"杰克逊总统"号去美国留学的。而到清华学校升格为清华大学后，学生就没有这样好的待遇了。清华大学的学生要出国留学，必须和其他大学的学生一起参加全国性的公费留学生考试，而且只限于去英、美两国留学。看来季羡林当初选择德语方向，是个美丽的错误了。

　　但是去德国留学是季羡林的梦想啊，他在第二天的日记中写道："我最近觉到，留美实在没意思。立志非到德国去一趟不行，我先在这里作个自誓。"他看不上留美，而神奇的是，两年后他的"留德梦"就实现了。1935年夏天，他的师兄钱锺书和他的同级历史系校友夏鼐靠的是考取公费去英国留学，而他靠的则是交换留学生的机会赴德留学，这真是天赐良机，求仁得仁了。

不过，留学是美好的梦想，就业是残酷的现实。到了 1934 年初，大四上学期的考试成绩出来之后，季羡林开始真正着急起来，他在 1934 年 1 月 26 日的日记中写道：

> 分数差不多全出来了，真使我生气，有几门我简直想不到我能得那样坏的分数。这些教授，真是混蛋，随意乱来。
>
> 因为分数的关系，又想到将来能否入研究院，山东教（育）厅津贴能否得到——心里极不痛快。

因为上一学期忙于创作和投稿，季羡林在学习上投入的精力更少了，成绩差是自然的事情，但是学生的心理往往是：就算怪教授不体谅学生，也不能怪自己不努力啊。看季羡林大学四年的成绩单，基本处于中等偏上水平。按规定，这样的考试成绩是不能升入研究院的。

想出国就要参加考试，想不考试升入研究院就要有优异的成绩，看来只有找工作一条路了。这时天上掉下了块馅饼。按季羡林自己的话说是"在这危急存亡的时刻，好机遇似乎是从天而降"。1934 年 2 月 18 日，季羡林进城和同学拍毕业照，在北大碰见了高中同学王联榜。他在这一天的日记中写道：

> 在北大二院门口遇峻岑，他告我宋还吾有请我作高中教员的意思，但不知成不成。我倒非常高兴。

宋还吾当时任季羡林的母校山东省立高级中学的校长，希望请他去做教师。在当时的清华大学，优秀的毕业生可以留校当助教，充当老师阶层的最末一等，薪酬每月才 80 元大洋，而如果去当中学老师薪酬则可以翻倍，也就是 160 元大洋。而当时清华大学学生一个月的伙食费才 6 元大洋而已。

当时的中学校长无论去哪儿任职，都有自己的基本班底。宋还吾校长请季羡林来当老师的初衷，是想让他"出面组织一个济南高中校友会，以壮大宋家军的军威"。但是计划赶不上变化，后来的他组织乏力，并没有很好地完成宋校长的"嘱托"。

季羡林如果能在济南谋得中学教师的职位，也就不至于看婶母的白眼，受家里的非难了，所以这件事让他高兴了好几天。但是升入研究院的梦想也还没有破灭，他在 2 月 26 日的日记中写道：

> 我最近有个矛盾的心理，我一方面希望能再入一年研究院。入研究院我并不想念什么书，因为我觉得我的想从事的事业可以现在才开头，倘离开北平，就不容易继续下去。一方面我又希望真能回到济南做一做教员。对家庭固然好说，对看不起我的人，也还知道我能饿不死。

毕竟北平的平台要比济南大得多，他如果能在研究院做研究，念书是其次，主要是可以实现他的作家梦，努力在北平文坛站住脚，日后考公费留学也在情理之中。不过入研究院有希望，但是没钱。而工作了，就可以自食其力，顺便拯救濒临破产的大家庭。是继续待在象牙塔，还是承担起生活的重担，这使他处于一种两难的选择境地。

1934 年的 4 月初，他匆匆写完了他的毕业论文，开始了他在江南的毕业旅行。4 月 18 日他回到济南的家，但江南风景的小美好，又被婶母给煞风景地打破。他在日记中写道：

> 婶母见面三句话没谈，就谈到我应当赶快找点事做。那种态度，那种脸色，我真受不了。天哪！为什么把我放在这样一个家庭里呢？

家庭不是他停泊的港湾，而是他生活的炼狱。季羡林 6 岁就寄居在叔叔家，婶母的世俗总是让他无法忍受，但也无法逃避。还是赶紧回校园吧！

但是校园的一系列毕业季活动也在提醒他，清华园虽然美好，但是留日无多。5 月 11 日的晚上，大学里的山东同乡会请吃饭喝酒，他在第二天的日记里感慨地说："毕业真不是个好事，昨天晚上被人家欢送的时候，我有仿佛被别人遗弃了似的感觉。"然后是北平的济南高中同学会欢送毕业，这让他感觉"真不好过"。季羡林感觉自己马上就要被赶出清华园，赶出北平城了，但是他心中的矛盾无法化解，见他 5 月 13 日的日记："访峻岑。最近因为快要毕业，心里老有一个矛盾——一方面是想往前进，一方面又想做事。"

他找王联榜还是为去济南高中当教员的事情，问问进展如何，见 5 月 22 日的日记：

> 仍然有矛盾的思想：今天接到峻岑的信，高中教员大概

有成的可能。心里有点高兴，但又觉得，倘若成了，学生生活将于此终结。颇有凄然之感。

一方面想赶紧找到工作，另一方面找到工作就不能升入研究院学习，这可如何是好。不过还是解决工作这一头吧，不能两头都落空。5 月 24 日季羡林进城，又去找王联榜。宋还吾校长的回信让他既高兴又为难。他在这一天的日记中写道：

> 宋还吾有信来，仍然关于教员事。我先以为要找我教英文，岂知是教国文。这却叫我不敢立刻答应。这简直有点冒险。

季羡林以为宋还吾校长请他回山东济南高级中学是当英文老师，从上几届师兄的就业状况来看，当高中英文老师是一个比较普遍而理想的选择。但是宋校长这回是让他当国文教师，一个外语系毕业生去当国文老师，这事比较冒险，季羡林需要静静。看他第二天的日记：

> 教员问题一天都在我脑筋里转着。我问长之，他答的不着边际。我自己决定，答应了他再说，反正总有办法的。

李长之也不能给季羡林明确的答案，季羡林决定先答应下来再说。因此他马上写信给王峻岑，答应到高中去当老师。他的想法是"尽管有点冒险，但也管不了许多"。

还好去当中学老师的决心已下，因为升研究院之事又有了新的说法。清华大学经学校评议会议决，出台了修订通过的《国立清华大学研究院章程》。其第三条规定："研究院学生入学资格，以国立、省立或经教育部立案之私立大学，与独立学院毕业生，经入学考试，成绩及格录取者为限。"

清华大学研究院必须考试通过才能入学，以往的考试成绩好坏则无关紧要了。他在 5 月 31 日的日记中写道：

> 前两天教育部通令，研究院非经考试不能入。昨天评议会议决，毕业后无论成绩好坏，皆须经过考试才能入研究院 —— 我虽然不想入研究院，但想做两年事后再入。这样一来，分数何用？不必念书了。

这样一来，季羡林当中学老师的心就完全定了下来，那种还想努力向上的心也就凉了下来，接下来三天的日记都是"心里更不想念书，觉得反正已经是这么一回事了。念又有什么用？""不愿意念书，学校生活就要从此绝缘，将来同黑暗的社会斗争。现在不快活，还等什么时候呢？""心里空空的，觉得一切都到了头，大可不必再积极想作什么事。但是心里并不是不痛快，认真说起来觉得自己能找到事做，还有点痛快。"

6 月 11 日，他考完了大学的最后一门考试"文字学"，真是感慨万千："终于考完了，题目不难。大学生活于此正式告终，心里颇有落寞之感。"

然后就是 6 月 22 日上午的毕业典礼，胡适先生莅临发表毕业演讲，当时本年毕业的外文系中等生季羡林并未到场，历史系的夏鼐去听了。

此时的夏鼐心情比较忐忑和复杂，他在北京求学的光华附中同学似乎都有美好的前途。而他不愿意马上就业，但是公费留美考试安排在 7 月份，还需奋力一搏。

因此胡适在毕业典礼上赠予毕业生的三个药方，毕竟是"诗和远方"，不能解决当下毕业生的"苟且"！学生们将来能否像胡适先生一样功成名就，当时谁又能预测得到呢？但是后来夏鼐、季羡林在各自领域的功成名就，又无不是实践胡适的"三个药方"的结果。

山东济南高级中学 8 月中旬就要开学，因此季羡林必须回济南和学校面谈具体的教学任务。他 6 月 30 日的日记记载："晚上去见蒋程九，谈了半天。"蒋程九是济南高中的教务长，第二天他又见到了宋校长。"晚上又去见蒋程九，我们一同去见宋还吾，谈的关于教务上的事情。"7 月 5 日的日记记载："早晨去访宋还吾，到高中校内，见到蒋程九先生，谈的仍然关于教务上的事情。"因为离正式开学还有一个月左右的时间，他谈妥教务之后又回到此时已安静下来的清华园，提前备备课，翻译点文章。

工作落定之后，接下来的问题就是如何做好一个国文教师了。季羡林虽然没有教国文的经验，但是毕竟有学国文的经验啊！实际上，他高中和大学的国文教师对如何教国文，并没有一定之规，往往随心所欲。而他要做的是：在随心所欲的原则之外有自己的一定之规，也就是孔子所说的"从心所欲不逾矩"。

对于高中国文的教学内容，季羡林后来回忆说："我根据自己的兴趣，选了一些中国古典诗文。我的任务就是解释文中的典故和难解的词句。"提前备课的内容，在他的《清华园日记》中也有一些反映。

季羡林在 7 月 14 日的日记中写道："先念郑振铎'文学史'。"第二天的日记记载："仍然读郑振铎《中国文学史》。没有清代，非常可惜。"他想借郑振铎先生的《中国文学史》（插图本）整理一下教学思路，然后处理如何选文的问题。

季羡林真正喜欢的是以唐代诗人李商隐为代表的唯美派诗歌，还有明末的小品文。他在 8 月 17 日的日记中大发感慨道：

> 早晨读完《陶庵梦忆》，明人小品实有不可及者，张宗子文章尤其写得好。

> 过午读《近代散文钞》，有几篇写得真好，叹观止矣。

而要找更多的明末小品文，沈启无 1932 年编选的《近代散文抄》成了他按图索骥的"图"。他在 7 月 23 日的日记中还写道："晚上又照例出去散步。归来读《近代散文钞》。袁中郎的文字写得真好！"《近代散文抄》以明代公安、竟陵两派为中心，收录了 17 人的 172 篇作品，对他来说就是一个国文教学素材宝库。

此时的季羡林已经逐渐有了当中学老师的"代入感"，对未来的教学生活也是充满了期待。他在 7 月 18 日的日记中写道："别人当教习，谈话多为教习事，自己觉得可笑。现在自己来当，脑筋里所想的无一而非教习事，不更滑稽吗？"

此时的季羡林，想的不是"假如我是一名中学教师"，而是

"我真的是一名教师"了。

1934 年 8 月 30 日对季羡林来说，是很可纪念的一天。他在这一天的日记中写道：

> 过午第一次上课——这也可以说是我生平第一次上讲堂，所以在事前，心里颇忐忑，唯恐在堂出了笑话。及至上去，飘然了一会之后，也就好了。及至下来了，才知道，上堂原不过这末一回事。但终究是颇讨厌的。

据说季羡林很崇拜的沈从文先生 1929 年被上海公学校长胡适先生邀来学校当老师，第一次上课时根本不敢坦然面对学生，只能在黑板上写下"我第一次上课，见你们人多，怕了，等我十分钟"。而他课前准备的满满当当两节课的内容，10 分钟就草草讲完了。

跟初登讲台的沈从文相比，季羡林老师不会这么慌张，他上完开学第一课的感想是"上堂原不过这末一回事"。

虽然这一年的教学生活还算惬意，但这并不是季羡林的最终理想，而是他的"留德梦"的短暂过渡。宋还吾校长请他来的目的是让他组织一个济南高中同学会，但是他并没有很好地完成宋校长的嘱托，而高中同事的尔虞我诈和虚伪也让他萌生了去意。此时，好运再次砸中季羡林。1935 年，清华大学与德国签订了交换研究生的协定，季羡林报名应考被录取，成了第一批幸运儿。他短暂的教学生涯也就这么结束了。

终其一生来说，季羡林先生可以说是一个幸运的人，但更是一个勤奋的人。善于抓住机会的他是自己命运的掌控者。我们为他感到遗憾，因为他没有亲耳听到胡适先生在清华大学毕业典礼上所讲演的"三个药方"，但是他在德国哥廷根大学找到了自己要研究的问题，完成了被评为优秀的博士论文，做了胡适校长领导的东方语文系教授兼系主任，又在学业之外"龙虫并雕"，成了一名著名的散文家，而他的成功就在于自强和勤奋。是的，他亲身实践这"三个药方"，获得了堪与胡适先生比肩的、属于自己的成功。

又是一年毕业季，大疫当前，毕业生的就业也成了一个难题，想想胡适先生的"三个药方"，想想季羡林找工作的经历，这些也许对我们不无启发。

听后人口述历史，了解真实民国大师风貌

微信扫码

青年季羡林清华购书记

20世纪30年代初期，季羡林先生在清华大学外国语言文学系（以下简称"外文系"）上学期间，为了满足专业学习的需要，在老师和同学的影响下，出于内心有一间看书写作的书斋的梦想，不仅在清华园和北平城里，而且从国外书店及其国内分店订购了不少外文原版书，其中不乏"善本"。笔者主要检索《清华园日记》（外语教学与研究出版社2009年版）的有关记录，对季羡林清华时期的购书经历作简略的考证和评价。

"旧习"不曾改

季羡林从国外书店购买外文原版书，始于山东济南省立高中上学的时候。喜欢学习英语的他曾去信日本的丸善书店购买外国文学书，其中一本是英国著名作家吉卜林的短篇小说集，他还着手翻译过其中的一篇。当时买一本书要花他一个月的饭钱。他节衣缩食存下几块大洋，写信到日本去订书，书到了，又要走十几里路去商埠邮局"代金引换"。拿到新书之后，他有如贾宝玉得到通灵宝玉，心中的愉快无法形容，并由此坚定了考上大学、学习外国文学的志向。[①]

1930 年，季羡林考上清华大学外文系，主修德文专业。该系实际上以英语教学为主，不管来自哪一国的教授，不管什么课程，都用英语讲授。此时经济稍微宽裕的他"旧习"不改，通过各种途径购买"洋书"，原因一则是上课学习参考的需要，再则是老师的熏陶和教诲，更有周围同学的影响，还有那未来在书斋看书写作的梦想。1932 年 8 月 25 日，季羡林在《清华园日记》中写道："我的书斋总得弄得像个样 ——Easy chairs，玻璃书橱子，成行的洋书，白天办公，晚上看书或翻译。""玻璃书橱子"中"成行的洋书"从哪里来？那只能是买，而且是不顾囊中羞涩，马上就要买。正是这种对书的"极大的爱情"和不能自拔，导致他随后一次次地出手买书。

---

① 季羡林.我和外国文学的不解之缘 [M]//.季羡林说：清华那些事儿.北京：金城出版社，2014：14-20.

购书也疯狂

季羡林在《清华园日记》中记载最多的就是他去上海璧恒公司购买外文书的经历。璧恒是一家德国人在上海开的出版公司，地址在上海南京路38号，中文名"德商璧恒图书公司""德国璧恒图书公司"或"上海璧恒图书公司"，主要出版中外双语对照图书。它先后出版过《德文入门》（1931年）、《标准国语教本》（德汉对照，1939年）、《德国工业丛述》（1944年）、《德华大辞典》（1945年）等，还在1940年创办了名为《欧亚画报》（*Europe-Asia Illustrated News*）的中英文对照半月刊，也出过不少有关中国风景的明信片。除了出版业务之外，它还从事为国人从德国代购德文原版书的工作。

该公司的德文名称是"Max Nössler & Co."，季羡林1932年12月7日的日记记载："决定买Hölderlin全集。下德文后，问Ecke，他说，Hellingrath和Seebass合辑的全集已绝版，但能买到Second hand，晚上随写信到Max Hössler问是否可以代买。"

其中提到的"Max Hössler"应该作"Max Nössler"，前者中的"H"是"N"之误，估计是当初日记转写者粗心之缘故。该书本页的脚注只是说"Max Hössler：书商名"，没有具体所指，其实它就是前面一直提到的璧恒公司。但是，该日记却在书中两次将璧恒公司误当成"Maggs Bros"。"Maggs Bros"是位于英国伦敦的一家从事英文珍本书、二手书销售的书店，不太可能经手德文原版书的售卖业务（"Maggs Bros"会在下文提及）。

据《清华园日记》记载，季羡林从 1932 年 8 月记日记之初，就开始向璧恒公司购买图书了。1932 年 8 月 24 日的日记写道："寄璧恒公司十元，订购《歌德全集》。"这十元是购买《歌德全集》的定金。同年 9 月 2 日，季羡林收到璧恒的信，信中说："钱已收接，已向德国代定 Goethe，六星期可到。"他满心欢喜。既然璧恒说《歌德全集》六星期可到，他自然是日盼夜望。可是过了预定期限的 11 月 4 日，书还没到，他发感慨说："我向上海璧恒公司预定的《歌德全集》，计算着早该来了，然而一直到现在不见到。每天上班回来，看见桌上没有信，真颇有点惘然之感呢。"这里在"璧恒公司"之前加了"上海"二字，也再次证明了上述"璧恒"注解之错误。

在此之后，季羡林还担心的是，自己老借钱给同学和老乡，这套全集真到手时，钱要不够了怎么办？从 1932 年 11 月 15 日的日记"亏了《歌德全集》还没来，不然又得坐蜡，大概借钱总是免不了的"，可见一斑。

可是最后《歌德全集》还真的是来不了了。1932 年 11 月 29 日的日记记载道："今天接到丸善来信，说 Hölderlin 没有了。我最近买书的运气一向不佳，前两天接到璧恒公司回信说，《歌德全集》卖完了，今天又接到这信，真不痛快。"真是运气不佳，不仅委托璧恒订购的《歌德全集》没买着，委托日本丸善书店订购的有关荷尔德林生平的书也没买着。季羡林这才有了同年 12

月 7 日委托璧恒购买《荷尔德林全集》的想法。

这天下了德文课之后，季羡林问了任课老师艾克教授关于购买《荷尔德林全集》的事情。艾克说已经绝版，但能买到二手的《荷尔德林全集》，他马上决定写信去璧恒试一试。

过了半个月左右的时间，璧恒公司回信说：《荷尔德林全集》有可能买到，但是须先寄定金。季羡林就立刻写了封信，寄了二十元去。这书大约 1933 年 3 月可到，他也担心定金这么高，"倘若买到的话，还不知道价钱是若干呢？"

不过，这回的运气比买《歌德全集》要好得多。1933 年 3 月 29 日，季羡林收到了璧恒公司的信，之后买到了《荷尔德林全集》二手书。他认为荷尔德林是他"顶喜欢的诗人"，歌德也不在话下，《歌德全集》没买着的遗憾也早被他抛在脑后了。

20 世纪 90 年代，季羡林在一篇文章中回忆说自己"仍然节约出一个月的饭费，到东交民巷一个德国书店订购了一部德国诗人薛德林的全集"。订书的地方是"东交民巷一个德国书店"，这是老来回忆之误（《清华园日记》直到 2002 年才出版）。不过，"这是我手边最珍贵的东西，爱之如心头肉"这句话确实不假。

上文提到的"薛德林"也译为"荷尔德林"。季羡林本来就有编译荷尔德林生平及其诗作的想法，《荷尔德林全集》的到来有如神助。从此，他花了不少时间研读《荷尔德林全集》，偶尔翻译他的诗。在艾克和石坦安两位教授的指导下，季羡林把毕业论文最终选定在了"荷尔德林的早期诗作"这个研究主题上，成为荷尔德林在中国最早的译介者之一。

当然，除了这套《荷尔德林全集》之外，季羡林之前也委托璧恒买了一些其他的书，比如托马斯·曼（Thomas Mann）的《死于威尼斯》（*Der Tod in Venedig*），等等。

再说日本丸善书店。上文提过季羡林在济南北园高中上学时，就有过从日本丸善书店订购吉卜林短篇小说集等外文书的经历。进入清华园后，季羡林继续从丸善书店购买日本出版的外文书，他的同学们也不例外。

1932 年 9 月 29 日，同学王岷源订购的书来了，季羡林评价："其中以 *Faust* 为最好，可惜是日本纸，未免太 Vugar。R.Browning 诗集有美国气。"歌德的《浮士德》（*Faust*）最好，美中不足的是用日本纸印刷的，显得俗气；《罗伯特·布朗宁诗集》则有美国味道。

过了几天，季羡林突然决定也要买这本诗集，200 元的购书款，他愿意分两学期筹措。要知道，当时，他的学费每学期 40 元，每月的膳费才 6 元，都得他的叔父费心筹措，200 元大洋是一笔不小的数目。

本来《罗伯特·布朗宁诗集》就花费太多，但是 10 月 20 日他又想买《但丁全集》、乔叟（Chaucer）的书、《鲁拜集》（*Rubaiyat*），确实捉襟见肘。不仅如此，又过了十几天，他见一个同学"新在日本买了两本书，日金只合中币一元零一分，可谓便宜"。他又不禁跃跃欲试，想再到丸善去买几本书。从随后的日记中可以看出，这些书包括法国作家法朗士（France）的《生平及书信集》（*Life & Letters*）等，季羡林为的是从中选译些有关法朗士文学批评观点的内容，向杂志投稿。

《清华园日记》中没有明显的记录说季羡林购买到了哪本书，但是明显提到了他没买到的一本书，那就是上文所说的荷尔德林的传记。1932 年 11 月 9 日，他给丸善去信，过了 20 天丸善来信说没书了。

由于季羡林经常和丸善书店联系，丸善就一直给他寄送书目，甚至他到德国留学期间也不例外。

除了德国的璧恒、日本的丸善，季羡林在《清华园日记》中还提到了英国的马各斯书店（Maggs Bros），只是日记转写者误注成了"璧恒"。1932 年 9 月 2 日的日记下面有个注释："Maggs Bros 34 & 35 Conduit Street London W.：璧恒公司。"《清华园日记》中提到，季羡林 8 月 24 日给璧恒发信，9 月 2 日已经收到回信，来回才 10 天。在 20 世纪 30 年代初期，中国人去欧洲，要么走水路，要么走陆路。1935 年季羡林去德国留学走的是陆路，9 月 4 日从北平坐火车出发，9 月 14 日到柏林，前后花了十天时间 ①。1933 年浦江清去欧洲游学走的是水路，9 月 12 日出发，10 月 5 日在意大利上岸，前后花了 24 日时间，如果到英国伦敦还得花

---

① 季羡林. 季羡林日记：留德岁月（第一卷）[M]. 南昌：江西人民出版社，2014：76-78.

更长时间 ①。而普通邮件大多走水路。这么来看的话，"璧恒"只能是在国内，不可能位于伦敦。

　　另外，据《清华园日记》记载，季羡林 1934 年 4 月 7 日晚 6 时 50 分从北平坐火车出发，9 日晚 12 时到的上海，前后花了两天 5 个小时。如果邮件走火车，平沪来回十天显得更为合理。

　　综合以上分析，9 月 2 日的日记说"过午接到璧恒公司的信，说钱已收接，已向德国代定 Goethe，六星期可到"，《歌德全集》从德国寄到中国，然后从上海寄到北京要花 6 个星期是合理的。而"Maggs Bros"不可能是上海的"璧恒"，而是位于英国伦敦的一家书店 —— 马各斯书店。

　　马各斯书店是英国伦敦一家专卖珍本书、二手书的老牌书店。它创办于 1853 年，起先位于英国康第街（Conduit Street）的 34 号和 35 号，1934 年搬到几百米外的伯克利广场 50 号。被誉为"书痴"的钟芳玲先生走访过世界上许许多多的书店，最为中意的就是珍本书店。2012 年 8 月 11 日，她在《北京晚报》上发表的一篇文章中讲道，英国有几家书店因为提供书籍与手稿而得到"皇家认证"（Royal Warrant），因此拥有无上的荣誉，其中就包括马各斯书店。2007 年底，钟先生作为顾问，策划了"2007 年香港国际古书展"，马各斯书店也应邀参加。

---

① 　浦江清 . 清华园日记 西行日记 [M]. 北京：生活·读书·新知三联书店，1987：90−100.

　　季羡林在 1932 年 8 月 24 日的日记中说："今天忽然想到买 William Blake 的诗集，共约一镑十先令，是刊在 *Rare books*。"威廉·布莱克的诗集名为《威廉·布莱克：天真之歌和经验之歌》（*William Blake：Songs of Innocence & of Experience*），价钱是一镑十先令，信息来源是《稀见书目》（*Rare Books*），但没说在哪看到，是由哪个书店提供的这个书目。第二天，季羡林和王岷源就相约次日去图书馆找沈先生代购。第三天一早，他们去了图书馆，沈先生说两个月后书就可以到了。但是才过了一天，季羡林就等不及了，他在 8 月 27 日的日记中写道："最近我老感到过得太慢，我希望日子过得快一点，好早叫我看到 William Blake 的诗。"

　　1932 年 9 月 2 日的日记提到"托 Herr 王 ① 索要目录信"，第二天又提到"目录信"的收信地址是清华园，寄送地址是"Maggs Bro，34 & 35 Conduit street，London W.②"。"Maggs Bro"也就是马各斯书店。

　　同年 9 月 29 日的日记又记载，季羡林"晚上读 *Emma*，抄 Rare Books，预备买两本，我也知道 Rare Books 太贵，但是总想买，真奇怪。"这估计是在图书馆抄的，因为他看的简·奥斯丁的《爱玛》（*Emma*）是不能借出来的。

---

① 即王岷源。——笔者注
② 即英国伦敦西区康第街 34 号和 35 号。——笔者注

1932 年 11 月 20 日的日记说："今天接到 Mags Bros 寄来的 rare books 目录。"笔者要说的是，"Mags"中少了个"g"。这就把马各斯书店、《稀见书目》、目录信联系在一起了。

估计是清华大学图书馆经常向马各斯书店采购书，书店寄来书的同时也附送了他们刊印的《稀见书目》，图书馆为了方便清华的师生托购图书，就把该《稀见书目》放在馆中供他们查阅。如此这般，季羡林和王岷源才能得知英国二手书的信息，有了采购之念。而为了得到最新的二手书信息，他们才想到让马各斯书店寄送最近的《稀见书目》的。

比如，1932 年 11 月 4 日的日记提到季羡林又托购了其他两本书，一本是赫伯特·雷德（Herbert Read）的《英国诗歌的各个阶段》（*Phases of English Poetry*），另一本是罗伯特·格雷夫斯（Robert Graves）的书，不知具体的书名。1932 年 12 月 7 日，季羡林忽然决定再托图书馆买书。第二天，他去找沈先生，但是沈先生说他们 8 月委托英国书店订购的书还没来，要打电报去问问，让他们再等一等。

除了马各斯书店，季羡林在《清华园日记》中提到的还有英国另外一家名气更大的书店——福伊尔斯书店。

在同班同学当中，季羡林接触最多的是王岷源。在《清华园日记》中，王岷源被季羡林呼为"王红豆"（红豆乃混蛋的对音），季羡林对他的坏话多于好话。两人后来都一直在北京大学任教，王岷源 2000 年去世，季羡林竟然也没有写关于他的回忆文章。季羡林对他的老师吴宓教授不大恭敬，而王岷源则对吴宓很有感情，十分关注其遗著的整理出版，以 82 岁的高龄将吴宓20 世纪 30 年代《文学与人生》讲授提纲的英语部分译成中文并作注释，并署"王岷源译"，1993 年由清华大学出版社出版。

有意思的是，季羡林认为大他一级的钱锺书"装模作样"，与其交往甚少。而王岷源在 1997 年 12 月钱锺书先生去世后，写了名为《亲切怀念默存学长》的纪念文章，深切回忆他们之间的交往。

据王岷源的回忆，有一次，外文系三、四年级合班上课时，三年级的王岷源和四年级的钱锺书在一起上课，后者看见前者有 *Son of Woman*（《女人的儿子》，关于英国作家劳伦斯的传记）这本书，就借去翻了一下。为了谈这本书的来源，本文顺便提起：

附带说一句：当时清华大学图书馆有个德政，就是可以替学生在外国的书店代购图书。只要学生把想买的书，一本书一张卡片，写好书名、作者姓名、出版社名、出版年、托购者姓名等，交给采购股，图书馆从国外订书时，就附带把学生托购的书也写上。等这些书寄到清华时，图书馆就通知学生，书已买到，原价若干，折合中国钱币多少，请来馆付款取书（我的印象是当时换外币并不困难，汇率也比较稳定，一美元约合中国钱币两元左右）。由于有这个方便，当时清华的教师和学生通过图书馆从国外买书的不少。大概从英国进口的书多半是从一家大书店 Foyles买的，上面提到的那本 Son of Women 的封二左下角就贴有Foyles 的标记；从日本进口的书，则往往是通过丸善（Manzen）

书店购买。[①]

　　这段话的大致意思是清华大学图书馆在向国外书店订书时，可以附带订购本校老师和学生想要的书，如此"德政"极大地方便了清华大学特别是外文系的师生们。而图书馆订购书籍的来源就是英国的福伊尔斯书店（Foyles Bookstore）和日本的丸善书店，比如《女人的儿子》的封二左下角就贴有福伊尔斯书店的标记。

　　除了由清华大学图书馆向福伊尔斯书店托购，季羡林估计也有自己去向该书店买书的经历，因为1933年6月6日的日记记载："早晨跑了一早晨，忙着汇钱，汇到Toyle。""Toyle"估计是"Foyles"之误写，不知是作者日记之误，还是转写者之误。福伊尔斯书店位于伦敦有名的书店街——查令十字街（Charing Cross Road），至今仍然是欧洲最大的书店。清华大学教授朱自清、历史系学生夏鼐（1930—1934年在校）等人到英国游历或者留学时，都走访过这家书店，也许是当年曾经通过图书馆向该书店订购原版书的缘故吧。因为钟芳玲之介，国人熟知的是"查令十字街84号"，虽然位于此的马克斯-科恩书店（Marks & Co）早已于1969年关门歇业，但海莲·汉芙的同名书籍的流行，引得无数国人前去观光，也包括笔者在内。

　　但令人遗憾的是，季羡林到底在这两家书店买到了什么书，《清华园日记》中没有明确的记载。

---

① 　王岷源. 亲切怀念默存学长 [M]// 沉冰. 不一样的记忆：与钱锺书在一起. 北京：当代世界出版社，1999：46-52.

季羡林大学时代的作家梦

　　《清华园日记》既是季羡林对于自己清华园生活的记录，也是他对自己和周围人的创作生活的记录。从大四这一年的日记来看，虽然同是"清华四剑客"，季羡林（1934 年外文系毕业，是为"第六级"）当时的状态，和吴组缃（1933 年中文系毕业，是为"第五级"）、林庚（1933 年中文系毕业，是为"第五级"）、李长之（1936 年哲学系毕业，是为"第八级"）还是不能比。林庚已经出过书，李长之发文很多，而吴组缃正在进行小说的创作。

　　1933 年 9 月 18 日，季羡林在日记中写下"卞之琳来，晚上陪他玩了会。林庚的诗集出版了，送了我一本"。

　　就这么两句话，信息量很大啊！这两句话说的是林庚刚刚出版了他的处女作诗集《夜》，诗集中收录了他 1931 年至 1933 年创作的自由体新诗 43 首，蒙清华大学中文系主任朱自清教授特许作为他的毕业论文，由外文系叶公超教授做他的论文指导老师。此诗集出书时由俞平伯教授作序，闻一多教授设计封面，由开明书店总代售，教授"大咖"们纷纷为之站台，由此可见林庚颇得文坛前辈的提携。

而在同一则日记中提到的卞之琳，在沈从文 30 元大洋的赞助下，早在 1933 年 5 月就出版了处女作诗集《三秋草》。季羡林在同年 8 月 14 日的日记中写道：

> 又会到卞之琳。对他的印象也极好。他不大说话，很不世故，而有点近于 shy（腼腆）。十足江苏才子风味，但不奢华。他送我一本他的诗集《三秋草》。在一般少年诗人中，他的诗我顶喜欢了。

难得的是，首版才区区三百本，卞之琳就送了季羡林一本。而季羡林对卞之琳很是看好，"十足江苏才子风味，但不奢华"，意思是有才华是好事，但如果"才华横溢"就不好，最好是低调而不奢华。在他日记中记录的异彩纷呈的大学朋友圈中，这位"老钱"，他正儿八经的外文系师兄，只出场过 1 次呢。既然江苏人成名只需靠才华，山东苦出身的季羡林只能靠勤奋了。

那为什么这段的开头有个"又"字呢？因为前面还有一段：

> 到北大访李洗岑，因为我常听长之谈到他，我想认识认识。他在家，谈话很诚恳，他能代表山东人好的方面。长之给我的关于他的印象是内向的、阴郁的，但我的印象却正相反。

李洗岑是谁？大名李广田是也，又名曦辰，与"洗岑"谐音，鼎鼎有名的"汉园三诗人"之一。他对这位山东同乡的印象是"谈话很诚恳，他能代表山东人好的方面"。而山东也有才子，不仅李广田是，李长之也是。

你看，就在同一天里，季羡林由才子李长之陪同，不仅初次会到了另一才子卞之琳，和又一才子李广田也是初次见面，想想都激动啊！因此，他在这一天的日记的开头写道："今天是很可纪念的一天，最少对我。"对北平文坛而言，这也是很可纪念的一天呢！

与卞之琳这些才子的见面，带给季羡林的不仅仅是激动，简直是刺激了。之前一年，也就是季羡林大三这一年，他并不是没有发表过文章，但大多是编译，不是真正的创作。大三开学之初，季羡林的老师吴宓教授要季羡林和同班同学王岷源、施闳诰、武崇汉等帮他办《大公报·文学副刊》，就是编译英美文学报刊上的文章，或者写当时新出书的书评。季羡林一开始还是挺有兴趣，在《文学副刊》上一共发表了9篇文章，先是编译欧美文坛消息，后来发表了创作含量更高的一些书评，特别是关于国内作品的书评，比如巴金的《家》等。渐渐地，他对远离新文学的《文学副刊》不满意甚至看不上了，他想搞真正的创作，写诗，写小说。他没有才气，因此他想到了一个突破口，那就是写小品文，也就是散文，洋名"essay"。

而在此时，对老气横秋的《文学副刊》不满意的还有吴宓的东家《大公报》，因此在 1933 年 9 月 23 日，新锐作家沈从文主编的《文艺副刊》创刊，这件事马上被季羡林高度关注，他在这一天的日记中写道："看到沈从文主编的《大公报·文艺副刊》，今天是第一次出版，有周作人、卞之琳的文章，还不坏。"颇有欣赏之意。这一期由周作人的《猪鹿狸》打头阵（署名"岂明"），然后是林徽音的《惟其是脆嫩》（署名"徽音"），接着是卞之琳的诗《倦》、杨振声的《乞雨》，殿后的是沈从文自己的《〈记丁玲女士〉跋》。没有大张旗鼓的发刊词，要的就是静悄悄的革命。

《文艺副刊》在每周的周三、周六出版，而《文学副刊》一周才出版一次。前者对后者不是直接的替代，而是在并行中加以淘汰，《大公报》颇有"总把新桃换旧符"之意。果然到 1934 年初，《文学副刊》停刊了。

也许是因为对《文艺副刊》的向往，也许是受母亲突然去世的刺激，还可能是周围同学的文章发表成就所致，季羡林在 1933 年 11 月 12 日的日记中写道：

> 看到长之作的《梦想》，他把他自所希望的，梦想将来要做到的，都写了出来，各方面都有。我也想效一下颦，不知能做到不？我写的，恐怕很具体，我对长之这样说。是的，我真这样想。

在一个多月后的 12 月 16 日，他在日记中又写道：

> 我老想我能在一年内出一本小品文集，自己印，仿《三秋草》的办法，纸也用同样的。我最近也老想到，自己非出

名不行，我想专致力写小品文。因为，我觉得我这方面还有点才能（不说天才）。

季羡林的脑海里逐渐有了一个作家梦，他想仿照卞之琳的《三秋草》那样出书，不过出的不是诗集，而是散文集。这个梦给他带来了不断的痛苦，也可以说是创作的阵痛。比如"久已想写的'心痛'到现在还没写，写文章就真的这样困难吗？"，比如"幻想着怎样能写出几篇好的文章"，等等。他在 11 月 25 日的日记中表明了他想靠写作谋生甚至成名的宏大抱负：

> 我最近很想成一个作家，而且自信也能办得到。说起来原因很多。一方面我受长之的刺戟（激），一方面我也想先在国内培植起个人的名誉，在文坛上有点地位，然后再利用这地位到外国去，以翻译或者创造，作经济上的来源。以前，我自己不相信，自己会写出好文章来。最近我却相信起来，尤其是在小品文方面。你说怪不？

他想做一个名利双收的作家，他相信自己有写作小品文的才气。他需要有所突破，来建立成功的信念。与拉拉杂杂写了一个多月的《心痛》不同，他的《枸杞树》一气呵成，从构思到写成只花了短短的三天时间，更让他高兴的是，他的"诤友"李长之看后不仅觉得"这篇还不坏"，而且自作主张，帮他把文章投给了他一直向往的《文艺副刊》，而《文艺副刊》在 12 月 27 日和 12 月 30 日竟然将其发表了。这让他喜出望外，他在日记中写道：

> 今天《枸杞树》居然登了出来。不但没有不登，而且还

登得极快。这真是想不到的事。而且居然还有几个人说这篇写得不坏，这更是想不到的事——我真有点飘飘然了。

不仅如此，李长之还说大名鼎鼎的沈从文很想认识他。季羡林以一篇《枸杞树》敲开了《文艺副刊》的大门，也替《文学副刊》敲响了丧钟。虽然《文学副刊》也曾经是他一度看重的发表园地，但是他已志不在此了。他在1934年1月1日的日记中写道：

> 前天听说《大公报》致函吴宓，说下年停办"文学副刊"。这真岂有此理。虽然我是"文副"一分子，但我始终认为"文副"不成东西。到现在，话又说回来，虽然我认为"文副"不成东西，大公报馆也不应这样办。这真是商人。

对《文学副刊》而言，这既是惋惜，更是告别。季羡林感觉文坛不再遥远，他发出了"文坛，我来了！"的呼声。同年1月6日，李长之主编的《文学季刊》创刊举行发布会，知名人士到了一百余人，对北平文艺界几乎"悉数全收"，也让季羡林在物理上一脚踏进了"文坛"。在这里，他不仅见到了想认识他、他更想认识的沈从文，还有巴金、靳以、沉樱、梁宗岱、刘半农、孙伏园、朱自清、台静农等。这些人都来给还是清华大二留级生的李长之捧场，可见北平文坛对他的看重。这是当时的季羡林所无法企及的。

要想成为一个作家，必须像林庚、李长之那样得到前辈的提携，而提携季羡林的前辈说是吴宓也不是，因为路数不同，季羡林不仅走外文系的路数，靠翻译吃饭，更想走中文系的路子，靠创作成名。因此提携季羡林的是他又爱又恨的叶公超教授。

接下来，季羡林又陆陆续续写了《兔子》《年》《回忆》《黄昏》等，李长之有的说好，有的说不好，让他无所适从。他把《年》投给了上海的文艺杂志《现代》，结果被退了回来。他在日记中发牢骚说："我并不太高兴，文章我总以为还是好文章。我只说编辑没眼。"

他人的积极评价或者报刊的发表是对作者努力的肯定。季羡林决定把文章发给叶公超先生看看，结果是叶公超先生约他面谈，并对他大加鼓励。他在 1934 年 2 月 19 日的日记中记录了他们师生见面的情景：

> 他喜欢《年》，因为，这写的不是小范围的 Whim（怪想），而是扩大的意识。他希望我以后写文章仍然要朴实，要写扩大的意识、一般人的感觉。不要写个人的怪癖，描写早晨、黄昏。这是无聊的——他这一说，我的茅塞的确可以说是开了。我以前实在并没有把眼光放这样大。他可以说给我指出了路，而这路又是我愿意走的。还有，我自己喜欢《年》，而得不到别人的同意。几天来，我就为这苦恼着，现在居然得到了同意者，我是怎样喜欢呢？他叫我把《年》改几个字，在《寰中》上发表。

叶公超先生给季羡林指出了小品文写作的路数：不要写小范围的怪想，要写扩大的意识，要引起一般人的共情。这让他茅塞顿开。《寰中》后来改成了《学文》，1934 年 5 月 1 日创刊。其创刊号上不仅有季羡林的《年》，还有林徽音的两篇名作——

《九十九度中》和《你是人间的四月天：一句爱的赞颂》（此后林徽音改名"林徽因"）。能与林徽因的名篇比邻，能在叶公超主编、林徽因设计封面的文艺杂志上发表文章，这让季羡林非常高兴。他认为：

> 《学文》封面清素，里面的印刷和文章也清素淡雅。总起来是一个清素的印象，我非常满意。在这种大吵大闹的国内的刊物（里），《学文》仿佛鸡群之鹤，有一种清高的气概。

自此到1934年8月季羡林毕业离开清华园，他写的文章越来越多，发表的也越来越多，他的"作家梦"仿佛就要实现了。

李长之创办的《文学评论》在1934年10月1日的第1卷第2期上刊登了《文学评论社出版丛书预告》，把即将出版的丛书分为"理论之部""文学史及评传之部""创作之部""名著翻译之部"四部分。

除了季羡林要翻译的《查拉图斯特拉如是说》《奚陂里雍》（荷尔德林的《许佩里翁》）被列入"名著翻译之部"之外，他的散文集《因梦集》也赫然在列：

> 中国真够上散文家的，还不多见。作者的出现中国文坛，虽然是不久的事情，但他的不苟的态度，和明显的受自英国大散文家的影响，是很清楚地在那里显示着的。他才是真有所谓"风格"的散文家，并不是文字写短了就是散文家的家可比。小品文，小品文，中国可有真正的小品文嘛？

这预告真有呼之欲出的感觉，虽然吹得天花乱坠。紧接其后的是林庚第二部诗集《春野与窗》的预告。随后《春野与窗》就出版了，可《因梦集》还不见踪影。季羡林在1935年1月6日的日记中懊恼地写道：

> 接到林庚寄来的《春野与窗》，印刷纸张都非常好，我很羡慕，自己为什么不早把文章整理出一本书呢？今年春天无论怎样总要把《因梦集》出版了。

这固然与季羡林当时的状态有关，他在山东济南高级中学担任国文老师，忙于备课，家庭的干扰也不可避免，写作上有所懈怠是肯定的事情。但是他还是暗暗下定了决心。他在同月14日的日记中写道：

> 昨天接到长之的信，说郑振铎替商务编文学研究会丛书，要替我出散文集，非常高兴，正愁自己不愿意印，当时就整理稿子，整理贴簿，弄了一晚上。今天又接着贴，贴完了，但一算才三万字，未免太少，决意年假写两篇补上。

不过此时李长之的《文学评论》早已停刊，他的庞大丛书出版计划也烟消云散。这里的"文学研究会丛书"即"文学研究会创作丛书"，由郑振铎主编，著名的商务印书馆出版。季羡林的心又动了，想要趁着寒假多写几篇，凑够要出版的字数。

在同年3月22日的日记中，季羡林告诉我们：

> 昨天听洁民说郑振铎主编的文学研究会丛书的出书的预告已经见到了。我心里颇有所动。我想赶快写几篇文章，凑

足一个集子，交给他印了出来。但近来又有作文，我只要改完了这批作文，就算得到自由了。

可是还没等他交稿，事情又有了新的变化。对年轻的季羡林来说，"出书梦""出国梦"，不知道是哪一个先来？清华大学准备派季羡林去德国留学，当年9月成行。要为留学筹款、办手续，要跟任教的学校辞职，要给他办的《山东民国日报·留夷》副刊做交接工作，事情接踵而来。他的"作家梦"暂告一段落，《因梦集》的出版则要等到半个世纪以后了。他后来在序中讲道：

> 记得是在1935年，在我出国之前，郑振铎先生写信给我，要把我已经写成的散文集成一个集子，编入他主编的一个什么丛书中。当时因为忙于办理出国手续，没有来得及编。出国以后，时事多变，因循未果，集子终于也没有能编成，只留下一个当时想好的名字：《因梦集》。
>
> 现在编散文集，忽然又想起此事。至于《因梦集》这个名字的来源，我现在有点说不清楚了。"因梦"这两个字，当时必有所本，可惜今天已忘得一干二净。虽然不确切了解这两个字什么意想，但我却喜欢这两个字，索性就把现在编在一起的解放前写的散文名为《因梦集》。让我五十年前的旧梦，现在再继续下去吧。

到了晚年，季羡林先生龙虫并雕，学术研究与散文创作并重，终于实现了大学时代的"作家梦"，坐实了作家的身份，这不能不说是跟当年努力打下的写作底子密切相关的。

季羡林和臧克家的《烙印》笔墨官司

季羡林先生在 1979 年 4 月 15 日给老友臧克家的一封信中讲道："寄来的诗选已收到。读到《烙印》等诗，回忆到四十多年前的情景。当时我还是清华大学的一个学生，曾几何时，已垂垂老矣。"如果考虑到当初他与这本诗集的相遇情景，这番话说来意味深长，这个故事也说来话长。

信中的"诗选"为此前不久由人民文学出版社出版的《臧克家诗选》，版权页上标明是"1956 年 11 月北京第 1 版 1978年 11 月北京第 2 版"。《烙印》不仅是臧克家第一本诗集的书名，也是其中的一首诗的诗名。这首诗不见于"1956 年版"而见于"1978 年版"的"诗选"，仅列于《难民》之后。这让季羡林感慨万千，思绪又回到了四十多年前的清华园求学时期。那时期给他留下了太多的回忆，而其中的一件就是他与臧克家的《烙印》笔墨官司了。

当时，作为青岛大学国文系三年级的学生，臧克家出版了处女作诗集《烙印》，而季羡林作为清华大学外文系三年级的学生，还没有见过臧克家，两次发表书评批评他的《烙印》，在他俩的朋友圈中引起了一场不大不小的风波。

1932 年 9 月，应清华大学外文系教授、《大公报·文学副刊》主编吴宓先生之邀，季羡林和同班同学王岷源、施闳诰、武崇汉等为之撰稿，这当然也就为季羡林开辟了一块发表阵地。当初他认为《文学副刊》"不大喜欢创造"，在编译了不少欧美文坛消息后，逐渐开始发表新文学书评，对《烙印》的评论是他的第一次尝试。

《烙印》这本诗集出版于 1933 年 7 月，既是臧克家的处女作，也是他的成名作。他的恩师闻一多教授虽然已经离开青岛大学，就职于清华大学中文系，但为臧克家的诗集出资 20 元并作了序，肯定了他的诗"具有一种极其顶真的生活的意义"。而著名作家梁实秋、老舍、茅盾、韩侍桁等也做了极其肯定的评价。文坛的良好反响促使这本诗集从自费出版变成了商业出版，上海的新月书店将其纳入《开明文学新刊》，1934 年 3 月予以再版，到 1949年 2 月已经是第八版。

但是在文坛的一片看好声中，也掺杂着来自季羡林、李长之的不和谐音。季羡林是何时看到这本诗集的呢？

我们来看《清华园日记》的摘录："读臧克家的诗，觉得有些还不坏。"（1933 年 8 月 27 日）"又写了一篇评臧克家诗的文章。"（1933 年 8 月 28 日）"有些还不坏"的言下之意是"有些坏"，季羡林有感而发，一日成文，直接投给了自家的发表阵地《文学副刊》。从当时的情形看，季羡林不可能得到臧克家的赠书，所评的诗集很有可能来自卞之琳、李广田之手。前者鼓励臧克家自费印诗，后者是臧克家的中学同学，他们都为《烙印》的出版出了大力。季羡林在 1933 年 9 月 1 日写道："吴宓送我一本臧克家送他的诗。"臧克家给吴宓先生送了一本，吴宓应该是看不上这种新诗集，转手就送给了季羡林，并且他很快在《文学副刊》第 296 期（9 月 4 日）发表了这篇书评。

这篇不是《烙印》最早的书评，1933 年 9 月 2 日的《益世报》刚发表梁实秋先生的书评，他的评价是正面肯定的，赞赏诗集表现出了作者的个性。他认为最难得的是"作者虽然对于生活的艰苦表示多量的同情，然而他并不流于时髦的人道主义或感伤主义""他不会因了同情的心热炽而抛弃了艺术的立场"。期待文坛评价的臧克家刚刚感受到了文坛前辈梁实秋先生给予的热情，马上就遭受了无名小子季羡林同学泼来的一盆冷水。

臧克家的反应如何呢？季羡林在 1933 年 9 月 13 日的日记中写道：

> 在长之处，看到臧克家给他的信。信上说：羡林先生不论何人，他叫我往前走一步（因为我在批评《烙印》的文章的最末有这样一句话），不知他叫我怎样走——真傻瓜。怎

么走？就是打入农工的阵里去，发出点同情的呼声。

季羡林在书评的一开始就对《烙印》有了这样的定性："本书共包含新诗二十二首，听说是在出版前经过许多人选定的。作者的确写过许多极坏的诗，幸而都在选的时候删掉了，所以留在这集子里的，大半都还令人满意。"其颇有半褒半贬、褒中有贬之意。

他赞赏的是"作者感觉到了生活的痛苦和严重，写了出来。但是又推己及人，想到了别人的，尤其是被压迫者的痛苦，也写了出来。""他替他们诉苦，替他们呼号。"不过他疑惑的是"根据自己的痛苦，能推想到别人的痛苦吗？"他认为作者的问题在于"以一个大学生去写炭矿工、当炉女的心情，总有点像'隔皮猜瓜'"。

因此在书评的最后，他说："在《洋车夫》里的诗人说：'他的心是个古怪的谜。'真的。诗人想要了解这个谜吗？请你再向前走一步。"臧克家要问季羡林的是"不知他叫我怎样走"，季羡林的回答是"打入农工的阵里去，发出点同情的呼声"。

季羡林觉得这个问题还没有谈透，或者说他认为臧克家还不明白这一点，因此有了再评《烙印》的意思。我们来看同年9月13日的日记记载：

> 晚饭后，同曹葆华在校内闲溜，忽然谈到我想写篇文章骂闻一多，他便鼓励我多写这种文章，他在他办的《诗与批评》上特辟一栏给我，把近代诗人都开一下刀。

然后是 9 月 24 日的记载：

> 回来就开始写《再评〈烙印〉》，我现在才知道写文章的苦处——满脑袋是意见，但是想去捉出来的时候，却都跑得无影无踪，一个也不剩了。写了一早晨，头也痛了，才勉强写成，只一千字左右。

季羡林想写文章把包括闻一多在内的当代诗人都骂个遍、开个刀，人称"曹诗人"的曹葆华对此大加鼓励，提出在他主办的《北平晨报·诗与批评》上为此开辟一个专栏。当晚季羡林就开写《再评〈烙印〉》，努力捕捉到处乱跑的灵感，一直写到第二天早上，总算熬出了一千字。

接下来的不久，季羡林因母亲突然去世，回家奔丧，回来再写日记已经是一个月以后了。他在 1933 年 10 月 31 日的日记中写道：

> 前几礼拜，作了一篇《再评〈烙印〉》，是骂臧克家的，不意给曦晨看见了，以为有伤忠厚，劝我不要发表，曹诗人又不退还稿子，我颇为难——昨夜几失眠。

"曦晨"即李广田的字，他作为臧克家的同学，认为此文有伤忠厚，不建议发表。但是曹葆华收了稿子之后又不肯退还，让季羡林左右为难。结果呢，见 11 月 23 日的日记："《关于〈烙印〉的几句话》在《诗与批评》登出来了。"

在该文的开头，季羡林讲道："昨天我在一个朋友那里看到臧先生的信，说：'羡林先生不识何人，他要我往前走一步，不知这一步如何走法？'"

而季羡林教给臧克家的"走法"是：

> 诗人，向前走一步吧，即使不能成为"这群人"的一个
> （成了当然更好），也到这群里去看看，去到他们灵魂的深处
> 去看看，到底是什么情形。坐在红楼上说梦话，把这劳苦的
> 一群当成海市蜃楼，无论自己怎样"像一条吃巴豆的虫"，
> 有那一类的作品作基础，也不会把这海市蜃楼弄得离你更近
> 些。向前走一步吧，倘若你愿意的话：只这一步，会带给你
> 同情的心。

作为季羡林的好朋友，李长之当然是为他站台。《文艺》月
刊 1933 年第 6 期（12 月 1 日出版）也发表了李长之对《烙印》
的书评。他一上来就说："我读他的诗并不多，印象不大好罢
了。"他认为臧克家"显然是还没投身到大众之中，采取了个同
情者的立场罢了"。他以《洋车夫》为例，认为其缺点在于"克
家所写的别人的生活之苦，完全像一个小孩子跑到玩具店的玻璃
窗前，而回头指指点点数说的光景，他并没进去"。他的意见和
季羡林一致，这应该是双方讨论过的结果。

虽然李长之又指出了臧克家在技巧上的一些缺点，但是他还
是看好后者作为诗人的远大前程，因此在文章的最后写道：

> 总之，克家在他诗里有许多可敬佩的根苗，就请他用那
> 坚忍的力，——还得加上点狠心，把不完整的地方除去，无
> 论在内容或技巧上，那末，伟大的枝干，是不久就会呈现于

我们之前的，我们准备着欢迎新时代的新诗人！

《每周评论》1934 年第 127 期发表了《臧克家大吹特吹》一文。作者不知道是何人，一开头就写道："读了臧克家的《烙印》，曾给这青年诗人写了一封长信，当然，在那封信里很少有恭维的句子，因为我是不会恭维人的。"他认为《洋车夫》中的"车上一盏可怜的小灯，照不破四周的黑影"的确是好句子，但是最后一句"夜深了，还等什么呢？"，问得滑稽，认为自己不论是不是个识字的车夫，读到这句诗"亦会愤怒你是在开玩笑吧？"没想到臧克家给他回信说：

> 《洋车夫》末句"还等什么呢"无限深意。（你猜为什么？）不但你没看懂，李长之、季羡林两位朋友，批评此诗也没看懂这句。此句可称，一字一泪，力抵千钧！如果从实落脚，说他为生活压迫……便没有力量了，你明白不？

臧克家认为，季羡林、李长之这"两位朋友"就没作过诗，没看懂他的诗的无限深意，"还等什么呢"这一句在他看来就是"一字一泪，力抵千钧！"

诗从无定论，可以无限解读。不管季羡林、李长之的评价如何，出版界马上看到了臧克家诗歌的出版价值所在。臧克家的第二本诗集《罪恶的黑手》于 1933 年 10 月由生活书店正式出版，自费印制的《烙印》第二年则由新月书店正式再版，既为臧克家赢得了"农民诗人"的桂冠，也使他得到了文坛和出版界的双重承认。

2004 年 2 月 5 日，臧克家以 99 岁高龄辞世。同年 10 月 22 日，待在 301 医院的季羡林先生写下了纪念文章《痛悼克家》，其中提到了当年的这场笔墨官司，又提到对"夜深了，还等什么呢？"这句诗的感受：

> 这种连三岁孩子都能懂得的道理——无非是想多拉几次，多给家里的老婆、孩子带点吃的东西回去。而诗人却浓墨重彩，仿佛手持宝剑追苍蝇，显得有点滑稽而已。因此，我认为是败笔。

臧克家认为是"一字一泪，力抵千钧"，而季羡林的看法是"手持宝剑追苍蝇，显得有点滑稽"，对此做了最终的回应，可惜他的老友已经无法回答了。

不过，季羡林先生也认为"类似这样的笔墨官司向来是难以做结论的，这一场没有结论的官司导致了我同克家成了终身的朋友"。不打不成交。笔墨官司可以打，一生的朋友算是交定了。1946 年夏天季羡林从德国学成归国，没地方住，就直接睡在臧克家家里的榻榻米上，两人从此相知一生。

季羡林大学时代的创作生活

《清华园日记》是季羡林先生在清华大学西洋文学系上三、四年级的日记，时间跨度是 1932 年 8 月 22 日到 1934 年 8 月 11 日。翻开这本《清华园日记》，我们看到的是一个"私密"而"另类"的男生季羡林：看不上老师（比如骂老师"混蛋"等）和看不起同学（比如骂同学"太神经质""劣根性大发""没人味"等），观女篮比赛就是为了"看大腿"，玩骨牌赌博，上课经常"刷"课，大部分考试靠"抄"，"管他娘"等脏话也不绝于耳……这不由得让我们想起我们同样"不那么纯洁"的大学时代。如果不是季羡林要求一定要原样出版"日记"，传主或者其他相关人等会有意识地去过滤掉某些所谓"低俗"的东西。好汉只提当年勇，只字不提当年屎。这样我们就看不到一个"真实"的季羡林，也不会回忆起自己真实的但是被逐渐忘却（不管是有意识还是无意识的）的大学生活。

但话要说回来，从这本《清华园日记》，我们还看到一个"爱拼才会赢"的男生季羡林——一个孜孜于编译和创作、成就不小的西洋文学系德文专业的学生。

写作是季羡林大学生涯的一件大事。关于文章的酝酿、写作、誊写、投稿、刊登、领稿费、退稿等事情，季羡林在这本日记中记录得颇为详细。

季羡林当初创作的动机在于"经济独立"。大学好友李长之有着与他相似的家庭境遇，1932 年 8 月 23 日曾对他说："最好多做点东西卖钱，把经济权抓到自己手里。家庭之所以供给我们上学，也不过像做买卖似的。我们经济能独立，才可以脱离家庭的压迫。"从此季羡林走上了创作的道路，并受到诸多师友的鼓励。老师中，他最大的受益来自吴宓和叶公超，虽然经常"腹诽"他俩的学问、上课甚至品行；学生中，他的创作受李长之的激励和帮助是比较多的。与季羡林的草根家庭出身不同，李长之出身于书香门第，12 岁就开始在报刊上发表新诗和散文，在北大学习期间就为《益世报》编辑《前夜》副刊。1933 年 2 月 20 日，李长之刚刚就任《清华周刊》文艺栏主编，就向好友约稿。第二天，季羡林投了一篇译文《代替一篇春歌》，3 月 18 日刊登，这是他第一次在《清华周刊》上发表文章。

细究起来，季羡林大学时期的创作形式主要有三类：编译、书评、散文。前期（第三学年）以编译和书评为主，主要还是受吴宓的影响；后期（第四学年）主要从事散文创作，收获了来自叶公超、李长之等人的"甜蜜"和"痛苦"。当然，前期和后期只是大致的分期，他后期也作编译，前期也在写作，没有截然的分段。

季羡林 1930 年进了清华大学西洋文学系之后，主修德文，但是大部分时间还是以英语学习为主，因此英文熟练度要远远高于德文和法文。出于课程学习的需要，他起了编译外国报刊文章的念头。

1932 年 9 月 28 日在《华北日报》副刊刊登的《〈守财奴自传〉序》是他较早发表的一篇译文。从 8 月 27 日算起，这篇文章从编译、修改、誊写到最终发表经过了一个月的时间。这期间，季羡林的心情是复杂的，患得患失的。比如，他在 9 月 9 日的日记中写道："我老早就想到阅报室里去，因为我老希望早些看到我的文章登出来，每天带着一颗渴望的心，到阅报室去看自己的文章登出来没有，在一方面说，虽然也是乐趣，但是也真是一种负担呵。"经常去阅报室，但文章迟迟不登，他还在 9 月 11 日的日记里来了一句"国骂"——"我冒雨到图书馆去看报，我的稿子还没登出，妈的。"文章刊登之后，又过了快一个月，季羡林才领到了稿费——二元八角。他立刻庆祝自己的写作生意开张，"用所得的稿费请客——肥鸭一只"。

与约稿相比，自投稿的命运总是不那么确定。因此，借《〈守财奴自传〉序》小试身手之后，季羡林就应他的老师吴宓之邀，为后者主编的《大公报·文学副刊》提供外国文坛消息和书评译文。1932 年 8 月 30 日，他听同学王岷源说，吴宓"有找我们帮他办《大公报·文学副刊》的意思，我冲动地很想试一试"。这个副刊"没有稿子，因为这刊物偏重 theory 和叙述方面，不大喜欢创造"。季羡林从当天早上赶到下午六点半，编译了一篇有关歌德百年祭的文章作为敲门砖，9 月 4 日"拍"向了吴宓先生。吴宓让他浏览《伦敦泰晤士报·文学副刊》（此外还有《星期六文学评论》《美国信使》等），专门编译文坛消息。

在此后的两三个月里，季羡林编译了不少外国文坛消息，比如《浮士德》（*Faust*）的新英译本的出版、著名作家 U. 辛克莱（U.Sinclair）的新作《美国前哨》（*American Outpost*）的出版、T.S. 艾略特（T.S.Eliot）赴美就任哈佛诗学教授，还翻译了赛珍珠（Pearl Buck）的新小说《儿子们》（*Sons*）的书评，等等。对这些文章的性质，季羡林自己的看法是"与其说是作不如说是译"。

除了这些文坛消息，评价国内图书的稿子吴宓的《文学副刊》也是要的。季羡林还写了对巴金的《家》、臧克家诗集《烙印》、鲁迅的《离婚》等书的书评，也引起了一些作者的反应。季羡林一直给《文学副刊》投稿，直到 1934 年 1 月初《文学副刊》被迫停刊。虽然季羡林在日记里对吴宓不是很恭敬，但吴宓在稿费方面待他是不薄的。季羡林也一直承认吴宓是"西洋文学系中最有学问的教授"。

　　当然，除了《文学副刊》，信心不断增强、敢于接受挑战的季羡林也开始应别的杂志之约写稿。1932年11月12日，季羡林在报上看到约翰·高尔斯华绥（John Galsworthy）获得诺贝尔文学奖的消息，不以为然，认为他"究竟是过去的人物了"。没想到过了十几天，瞿冰森托曹葆华作一篇关于Galsworthy的文章，曹葆华不愿意写，转托王岷源，王岷源又转托季羡林。还在跟荷尔德林死磕的季羡林不得不放下手头的工作，接手这个"急活"。不过他还真是认真负责，从同年11月25日的日记"作这篇Galsworthy，真费了我五整天的功夫，参考书十余本，五天之内读千数页的书，而且又读好几遍，又得写，这还是以往没有的记录"可见一斑。12月15日，《北京晨报·学园副刊》终于刊登出了他的"高斯桑绥"，他在日记里大发感慨："真没想到能这样快，虽然已经不算快了，这是我第一次在北晨《学园》发表东西，颇有点飘飘然呢。"更让他开心的是，北京晨报社还给了他10元稿费。

　　这篇文章的成功给了季羡林很大的激励，他在1932年12月29日的日记中写道："最近作了这篇Galsworthy以后，本来懒于动笔的我，现在却老是跃跃欲试了。我计划写一篇Hölderlin介绍和一篇诗的形式问题。后一篇我是想发起点波澜的。"而努力的结果之一就是前面提到的译作《代替一篇春歌》。在一年多的编译过程中，季羡林终于找到了大学生涯的最爱——荷尔德林。最终，在德文教授石坦安的指导下，他用英文完成了毕业论文

《论荷尔德林早期的诗》（*The Early Poems of Hölderlin*），成为荷尔德林在中国不多的早期研究者之一。一年以后，他实现了在日记中写下的夙愿 —— 去德国留学。

听后人口述历史，了解真实民国大师风貌
微信扫码

"亚北已成天鹅肉，人都笑我癞蛤蟆。"

——季羡林所记打油诗小考

季羡林先生在 1988 年写成的《梦萦水木清华》一文中，第一次提到了一首针对其老师吴宓先生诗作《空轩十二首》的打油诗。至今未见有其他当时人或者当事人的回忆。而这首所谓的"七律今译"原本有八句，季先生只记得前四句和最后一句。本文结合季先生的相关叙述和新发现的史料做一番小考。

据季羡林先生在《梦萦水木清华》一文中的回忆，吴宓先生在他教的"中西诗文比较"这门课上，"把自己的新作十二首《空轩》诗印发给学生。这十二首诗当然意有所指，究竟指的是什么？我们说不清楚。反正当时他正在多方面地谈恋爱，这些诗可能与此有关。"

而据《清华园日记》的记载，在 1933 年 9 月到 1934 年 6 月，也就是季羡林大四这一学年，吴宓给季羡林所在的清华大学外国语言文学系第六级同学（1934年夏天毕业）开了"中西诗文比较"这门课。季羡林在1933年9月21日的日记中写道：

> 上吴宓的中西诗文比较，他看重旧诗，并且说要谈到什么人生问题，我想一定没多大意思的。

因为季羡林喜欢新诗，而吴宓喜欢旧诗，而且还要谈及他十分看重的"文学与人生"话题，因此季羡林觉得这门课一定不会有多大意思。而他这种不端正的学习态度很快遭到了学分上的惩罚。他在1934年2月8日的日记中记载：

> 吴宓把中西诗文比较paper（论文）发还，居然给我I，真浑天下之大蛋。我的paper实在值I，但有比我还坏的，也竟然拿E拿S。一晚上心里不痛快，我觉得是个侮辱。

清华大学当时的分数分为五级："E"即优秀，"S"即良好，"N"即合格，"I"即较差，"F"即最差。因此，"I"也就表明刚刚及格而已，季羡林觉得受到了侮辱。最后，季羡林以《中西诗中所表现之自然》作为"中西诗文比较"的结业论文，得了个"N"，也就算刚及格。

也可以说，季羡林对吴宓开设的这门课是有不认同的想法的，而这种想法又来自他对吴宓这个人的看法。据上文的说法，吴宓先生正在多方面地谈恋爱（其实都是柏拉图式的恋爱），也就是同时喜欢很多人，包括毛彦文、欧阳采薇、黎宪初、陈仰贤、高棣华等人，这些故事大多属于"兔子吃窝边草"之类，在清华师生中广为流传。而他为此还在1934年的寒假作了旧诗

《空轩十二首》，并铅印成课程讲义，在"中西诗文比较"课上发给了季羡林他们。

此后不久，有关吴宓个人感情的《空轩十二首》还发表在《清华周刊》第 41 卷第 3/4 期（1934 年 4 月 16 日）上，写明是"三月二十一日跋"。在跋中，吴宓说"以示友生，毁多誉少"，也就是基本上没有得到大家的认可。

"空轩"即吴宓所住的藤影荷声之馆，那这十二首诗又分别是指的谁呢？据季羡林在 1994 年《也谈叶公超先生二三事》一文中的回忆，"据说每一首影射一位女子，真假无所考。"此回忆不确。吴宓在跋中说：

> 全篇结构，第一首总起。第六第七首自序。前半第二第三第四第五首，正面主题，一人一事。后半第八至第十二首，则每首一人，旁衬并列。语有分寸，悉本真实。理近玄虚，情则切挚，原有注，今从略。

按吴宓的意思，第二至第五首写的是同一人，第八到第十二首每首写一人。本来注解有所指，但是当诗文刊登在《清华周刊》时，吴宓主动给删了。而在 1935 年 5 月中华书局印行的《吴宓诗集》中，《空轩十二首》正文后用小字注解标明：第二至第五首写的是他多年的恋人毛彦文，此时她已经嫁给了前北洋政府总理熊希龄。第八到第十二首分别写的是曾宝荪、韩琴慧、卢葆华、陈仰贤、格布士（Harriet L.Gibbs，美国女子）。

而大家传得沸沸扬扬的"绯闻女友"、第四级（1932 年夏天

毕业）外国语言文学系毕业生，也是季羡林师姐的欧阳采薇并未
在其中，因为此时她已经嫁给了曾任清华大学教务长、政治系主
任的吴之椿教授，成了吴宓的前同事甚至是"前领导"的夫人
了。因而吴宓在写《空轩十二首》时略过了她，可是吴宓的学生
们却没放过这位师姐，依然要在校刊上开她的玩笑。

据季羡林在《梦萦水木清华》一文中的描述：

《空轩》诗发下来不久，校刊上就刊出了一首七律今译，
我只记得前一半：

一见亚北貌似花，

顺着秫秸往上爬。

单独进攻忽失利，

跟踪盯梢也挨刷。

最后一句是："椎心泣血叫妈妈。"诗中的人物呼之欲
出，熟悉清华今典的人都知道是谁。

对所谓"七律今译"，在 1989 年《回忆雨僧先生》一文中，
季羡林解释："编《清华周刊》的学生秀才们把他的诗译成白话，
给他开了一个不大不小而又无伤大雅的玩笑。他一笑置之，不以
为忤。"意思是另作了一首大白话诗来解读吴宓的一首诗，意在
开他的玩笑。那到底解读的是吴宓的哪一首诗呢？在 1994 年的
《也谈叶公超先生二三事》一文中，季羡林说是《空轩十二首》
的第一首。他还讲道："'亚北'者，欧阳也，是外文系一位女生
的姓。"那就指的是欧阳采薇了。

笔者近日在"民国时期期刊全文数据库"中搜索"空轩"，发现《空轩十二首》一稿两登，不仅发表在《清华周刊》上，也出现在南京的《国风》杂志同年第 2 期（1934 年 7 月 16 日）上。而且《清华副刊》第 41 卷第 5/6 期（1934 年 4 月 29 日）刊登了一篇题为《肉沫翻译家》的文章，副标题为"善译古诗，令人绝倒！译某文士'空轩诗'尤妙不可以酱油!!!"，作者是"僧"，不知道这笔名是否暗指吴宓先生的字"雨僧"。该文中就有季羡林提到的这首打油诗，此文应该是"僧"假托所谓"肉沫翻译家"之名所作。

该文提到此"翻译家""不但善译东西洋各国文字，更善译各国新旧体诗，而译中国古诗为新诗尤妙"。所谓"译"，不过是用当时白话作打油诗而已。有人就拿出轰动清华园的"空轩诗"试探其"古诗今译"的才能，没想到"肉沫翻译家"略加思索均代译出，惜当时未能一一记下。"僧"多方探询，只得到针对第一、三、五、六首所作的打油诗。其中前三首均为残诗：

第一首仅余第三四两句：

恋爱有道须诱惑，惜没用酒醉倒她。

第三首也只剩三四句曰：

我是清华大傻瓜，您是世界好汉子。

第五首只余后半首，诗曰：

烧香叩头全不灵，几回照镜也不明，我没"刷"她她"刷"我，我要至死有爱情。

其白话雅谑的风格让人为之喷饭，为之笑场。而其中一首针对"空轩"诗的打油诗为第六首，不是季羡林所说的"第一首"。它有八句，季羡林先生只回忆出五句，而这五句也和打油诗第六首略有出入。

在吴宓自序的"第六第七首"中，第六首原诗如下：

力战冲围苦未通，单枪匹马望奇功。舟横绝港迷歧路，身披絮衣陷棘丛。敌笑亲讥无一可，情亏志折事全终。投怀只欲依坤母，泣血椎心诉困穷。

该诗表达出吴宓自己不顾世俗，为了爱情拼杀，最后落得"敌笑亲讥无一可""泣血椎心诉困穷"的下场，但未指明自己拼杀为的是欧阳采薇。下面将打油诗第六首完整过录，并与季羡林的回忆所述逐句对比：

一见 OY 貌似花（一见亚北貌似花），

顺着秫秸往上爬（顺着秫秸往上爬）。

单独进攻忽失利（单独进攻忽失利），

因缘盯梢也挨刷（跟踪盯梢也挨刷）。

亚北已成天鹅肉，

人都笑我癞蛤蟆。

一把鼻涕一把泪，

哭震山河叫妈妈（椎心泣血叫妈妈）。

季羡林没有回忆起的三句是"亚北已成天鹅肉""人都笑我癞蛤蟆""一把鼻涕一把泪"。第一句中，不是"亚北"，而是

"OY"，即"欧阳"拼音的首个字母大写；第四句中，不是"跟踪"，而是"因缘"；最后一句中，是"哭震山河"，不是"椎心泣血"。这倒与吴宓原诗的第八句"泣血椎心"相近，也从一个侧面反映《肉沫翻译家》一文的作者和季羡林都认为吴宓说的是自己追求未成，欧阳采薇"琵琶别抱"之事，而"人都笑我癫蛤蟆"与"敌笑亲讥无一可"正相对应。

而当年"打油诗事件"的当事人欧阳采薇本出身名门，为宋代大文豪欧阳修的第三十二代孙女，上中学时即发表文章。大二时转入清华外语系就读，1932 年夏天毕业。在当年 116 名毕业生中，女生仅有 5 名，而外语系独占 4 名，这四人可谓清华园里的"熊猫"、北平城里的名媛了。因此，欧阳采薇和她的同学如黎宪初等的照片时常被照相馆拿去登在杂志上，让人一睹名门闺秀的风采。

欧阳采薇曾在《回忆清华》一文中深情回忆说："吴宓教授尤其使我永远铭记在心。四年级时，我用英文写毕业论文《希腊悲剧中的妇女》，但不知如何着手，向他求助。他耐心指导，从头教我如何搜集与整理资料，写卡片，最后写成论文，费了不少心血。"让她永远铭记在心的是吴宓教授指导她写毕业论文时所花的大量心血，其他的就让它"飘在风中"吧！

回忆我和季羡林先生有限的几次交往

按理说，普通人如我，是没有资格来写"回忆季羡林先生"这样的文章的。因为我既不是他的弟子门生，也不是他的亲朋故旧。要硬说写这篇回忆文章的理由，那就是 20 年前我大学毕业，80 年前季老大学毕业。2014 年是季老逝世 5 周年，也是我认识他 15 周年。我读了不少季老的书（高头讲章的学术著作如《糖史》之类的除外），对他的思念之情日渐深厚，终于呼之欲出，不得不发了。

1999 年国内出版界的一件大事就是第四届国家图书奖的评选，分初评（7 月）、终评（9 月）、颁奖（10 月）三个阶段。1999 年初，我由所在单位北京印刷学院推荐到当时的新闻出版署图书出版管理司帮忙，有幸认识了季老。

季老从第一届到第四届一直是国家图书奖的评委，那届评奖他是评委会的副主任兼文艺组的召集人，那时的他已经是 88 岁高龄了。听说能见到一直敬仰的季老，我心中当然激动。初评是在怀柔的红螺寺宾馆（钟磬山庄）举行。一天吃晚饭的时候，署里的某位同仁帮我向季老做了引见，说这是北京印刷学院的叶新，想认识他，我们也就这么搭上线了。

季老是易于亲近的。因为待在一起的时间有一周之多，我和季老就熟络起来。趁着吃完晚饭休息的时候，一些年轻人包括我在内，就围着季老说话。季老穿着标志性的蓝咔叽布中山装，坐在花坛边上，衣服上还粘有几根白色的猫毛，估计是在家和猫嬉戏的时候留下的。有人问他胸前的像章是什么，他说是去台湾的法鼓山时人家送的徽章。

当时评委中有不少著名学者，比如任继愈先生、袁行霈先生，等等。晚饭后，任先生和助手常常一起绕着楼遛弯，当时的我确实鼓不起勇气去跟任先生结识。面对这么一位大哲学家，都不知道说什么好。季老比任先生大八岁，但是我们把他当成了一个可亲的长者，可以跳过他的学问，直接去亲近他。

季老是虚怀若谷的。季老是文艺组的评委召集人，他的文集已经由江西教育出版社出版，放在学术组来评，是不用回避的。我们把送评的全部图书放在大会议室的桌子上并排成了一圈，光看着这些书都是享受，更何况是陪着季老"博览群书"。当季老看到自己的文集时，说了句"不值一提"，就过去了。

季老是大智若愚的。评奖，署里的领导自然是要来讲话的。

当时会场为长方形，季老也坐在上方，两边是评委，我们这些工作人员坐在正对着的下方，包括爱好摄影的中国图书评论记者杨平。在聆听领导讲话的时候，我突然发现季老的姿势非常可爱，他两眼望着我们这边，双手托着下巴，思绪仿佛已经去了不知名的远方。我悄悄地捅了捅身边的杨平，让他赶紧给季老来一张。但他怕相机的闪光和响声惊动了如此圣洁、宁静的季老，没有轻举妄动。

接下来就是 9 月份国家图书奖的终评，在香山饭店举行。我之前就去人民出版社的门市部买了一本东方出版社版的《留德十年》，寻思着找机会让他签个名，以弥补 7 月份的缺憾。季老当时坐在大堂，说着"好好"。我就拿出了《留德十年》和早已经准备好的水笔。季老郑重地在书的扉页上签了名，称我为"叶新小友"。

当时的我如获至宝，现在也时时炫耀季老的签名。季老刚来的那天，需要他出席的活动有五六个之多，包括云居寺石经回藏仪式、北京大学教师节庆典，等等，还要抽空接受记者的采访。他抱着既来之则安之的态度，说："我既然进来了，就不出去了。"这说明了他对国家图书奖评选的重视，也表明了他对诸多社会活动不堪其扰、忙里偷闲的态度。听说季老早上很早要起来爬山，大家想陪着他爬到半山腰。可是我那天早上睡过了，也就失去了和季老边爬山边闲聊的机会。

有一天吃晚饭，我刚好和季老挨着，同桌的还有叶至善先生和他的女儿。那天晚饭吃的是饺子，我们和季老边吃边聊，谈得很开心。杨平趁着我不注意，给我和季老抓拍了一张。事后一看照片，我正歪着头吃饺子，而季老就那么慈祥地看着我。季老跟我说话，我却闷着头在吃饺子。事后想来，真是大大的不敬。

饭后，季老要去上厕所，我也陪着一起去。季老先完事，洗了洗手就直接把手放到烘干机下烘干，手上有水当然没法很快干。见此，我就扯下两张擦手纸，帮他擦干双手，然后烘干，这样就快多了。他笑着说："这样挺好！"

然后就是 10 月份的颁奖了。颁奖仪式开始之前，我与季老在厕所碰见过一回。

从那以后，我再也没有与季老本人亲近的机会了，只是时不时买本季老的书看看，回忆一下跟季老见面的日子，也是聊胜于无了。当然，我不懂季老的学问，当初喜欢看他的《留德十年》，认同的是他的作家身份。我当年编《近代学人轶事》(百花文艺出版社 2005 年版)的时候，也没想到要编进他的轶事，因为他还是健在的名人，我希望他健康长寿。虽然他也有很多的轶事，比如当年贵为副校长的他被新生叫着看行李，等等。现在我仍时常翻阅他的《清华园日记》和《留德岁月》，思绪也飘到 20 世纪30 年代初，想象那个时候的季羡林是怎么学习、生活、编译和写作，最终走上学术道路的。

第三辑　见书访事

林语堂与赛珍珠的版税纠纷

80多年前，林语堂和赛珍珠因约稿写书而结缘，由理查德·沃尔什（后来成为赛珍珠的丈夫）所办的庄台出版社（John Day）推出了《吾国与吾民》《生活的艺术》等一系列畅销书，双方实现了"双赢"。过了20年，两人因版税纠纷而分道扬镳，林语堂未能"从一而终"，换了其他出版社，庄台出版社也失去了一个畅销书作家，迎来一个"双输"的结局。60多年来，在这场版税纠纷中双方孰是孰非，在国内无论是报刊文章还是著作论述，呈现出绝对的一边倒趋势，都认为赛珍珠夫妇在版税问题上欺骗了林语堂。但是在具体的表述上又不太一样，总结起来主要有以下三种说法：

观点一：庄台出版社抽取了50%的版税。

施建伟在《林语堂在海外》（百花文艺出版社，1992）中认为：在美国出书，一般来说，出版社提取 10% 的版税，可是，赛氏夫妇的庄台出版社居然提取 50%，比别人多 4 倍。王兆胜在《闲话林语堂》（中国国际广播出版社，2002）等专著、雷小明在《林语堂与赛珍珠为何结怨》（《人民文摘》2008 年第 9 期）论述中也持同样的观点。总结起来，他们的意思是庄台出版社抽取了林语堂 50% 的版税。

观点二：庄台出版社支付了 5% 的版税。

马儒在《林语堂与赛珍珠两个文友的往事》（《炎黄纵横》2012 年第 10 期）等文章中认为：按美国的出版法，出版商要向作者支付 10% 的版税，而赛珍珠出版林语堂的著作都是给的 5% 的版税。陈敬在《赛珍珠与中国：中西文化冲突与共融》（南开大学出版社，2006）、吴小英在《论林语堂的经济生活及其影响》（《漳州师范学院学报·哲学社会科学版》2009 年第 1 期）中都持同样的观点。总结起来，他们的意思是庄台出版社支付了林语堂 5% 的版税。

观点三：庄台出版社就海外版和翻译版的版税抽取了 50%。

董乐山在《边缘人语》（辽宁教育出版社，1995）中讲道：林语堂的书在海外畅销，林才发现庄台出版社把海外版和翻译版的版税抽去了 50%，而不是按惯例的 10%，吃了不少亏。朱艳丽在《幽默大师林语堂》（湖北人民出版社，2005）一书中也持同样的观点。总结起来，他们的意思是庄台出版社在授权国外出版社出版林语堂著作的海外版和翻译版时，把获得的海外版税截留了 50%。

赛珍珠研究权威姚君伟教授与上述这些人的观点一致，认为是赛珍珠夫妇侵占了林语堂的版税，但没有细节上的叙述。纵观上述说法，问题就在于对版税率的高低，各种说法完全不同。

那么这些说法的出处在哪呢？笔者认为只能来自林语堂及其女儿的讲述。1975 年美亚出版社在台北和纽约同时出版了林语堂的《八十自叙》（*Memoirs of an Octogenarian*）英文版，1984 年金兰出版社推出了张振玉教授翻译的中文版，宝文堂书店也在 1990 年出版了此书。英文版中有这么一句话 ——The foreign rights were usually 50% kept by John Day，中文版译为"在外国出书，John Day 公司一般都是保持百分之五十"。

再来看林语堂的女儿林太乙的叙述。1989 年，台湾的联经出版公司推出了由她亲自撰写的《林语堂传》，北京的中国戏剧出版社在 1994 年也出版了此书。书中有这样一段话：一般说来，一本书的海外版及外文翻译版的版税，原出版公司只抽百分之十，而庄台公司居然抽百分之五十。

综合这两段话分析，林太乙的话比较可信，笔者的理解是：根据最初签订的出版合同，林语堂的著作由庄台出版社在美国出版，版税是 10%。如果庄台出版社代理授权海外出版社出版林语堂著作的英文版或者外文翻译版，在海外出版社支付的版税中，庄台出版社抽取其中的一半。比如从英国得到一笔 5000 英镑的版税，林语堂和庄台出版社各得 2500 英镑；而林语堂及其女儿认为这不公平，应该是林语堂得 4500 英镑，而庄台出版社只得 500 英镑。当然双方没有异议的是：林语堂著作在美国首次出版，如果按 10% 的版税，每本书抽取 3 美元，1 万本林语堂就得 3 万美元了。

如果这么理解，张振玉的翻译就大有问题，不仅难以解读，而且容易引起歧义。林语堂和林太乙的叙述是在林语堂著作于美国首先出版的基础上说的，"foreign rights" 是指美国以外的海外版权。英文固然很简洁，但中文翻译必须交代来龙去脉。因此，正确的翻译应该是 John Day 公司通常得到海外授权版税的 50%。

再回到前面的三个观点。以董乐山为代表的观点是正确的，是符合林语堂和林太乙叙述的原意的。从出版社和作者的角度来说，观点一简直无法理解，即使抄书也没有抄对。观点二的意思是别的作者都拿 10% 的版税，而庄台出版社只给林语堂 5%。这两种观点都与林语堂父女叙述的原意相去甚远。

在林语堂与赛珍珠的版税纠纷这个问题上，国内研究者和作家因为抱有同情的态度，又不理解美国的版税制度和通行做法，也没有看到来自赛珍珠夫妇一方的说法，按自己的理解做了错误的解读。

笔者认为，是时候恢复林语堂和赛珍珠版税纠纷的本来面目了。在这个基础上，我们才可以讨论姚君伟先生所说的"出版社侵占林语堂版税"的是与非问题。

郭嵩焘对西方版权观念的认知

　　1877年9月，中国驻英国公使郭嵩焘（1818—1891）在日记中接连两天提到了巴黎世界博览会和万国公法会议。前者被称为"赛奇会"，后者被称为"铿莆林斯法尔齐立法尔姆安得科谛费格林升阿甫英得纳升尔那"，即 Conference for the Reform and Codification of International Law，郭嵩焘的《伦敦与巴黎日记》将其译注为"国际公法讨论会"，即今天"国际法学会"（International Law Association）的前身。1878年8月，新一届国际公法讨论会在德国的法兰克福召开。虽然郭嵩焘受到了邀请，并被推选为这次会议的名誉副主席，即他所谓的"副尚书"，但是出于慎重起见或者说不懂专业的原因，他并没有参加这次会议，只是派属员、在巴黎政治学院就读的马建忠（1845—1900）代为参会。1878年5月到11月，又一届世界博览会在巴黎召开，同时作为中国驻英国公使的郭嵩焘则参加了开幕式。正是在这两次盛会举行期间，也就是 140 多年前，作为外交官的郭嵩焘产生了对包括著作权在内的知识产权观念的认知。

　　郭嵩焘在光绪四年八月初八日（1878 年 9 月 4 日）的日记中写道："屠威斯约娄依狄伦街会议法兰克弗尔公会各条。""屠威斯"即英国法学家特威斯（Travers Twiss），时任国际公法会副会长。"法兰克弗尔公会"即法兰克福国际公法讨论会。据郭嵩焘的描述，这是一次在巴黎召开的相当正式的会议，他和日本驻英公使上野景范应邀旁听。讨论内容如下："凡论审讯他国词讼，及各国互交人犯，及苏 [尔] 士河，及著书家保护章程，各有论辩。"但是郭嵩焘只是详细记述了关于苏伊士运河中立问题的讨论，对于日记中提到的"著书家保护章程"等三个议题没有提及。而在今天看来，这就是关于创作作品的作家的权益，也就是著作权如何得到保护的问题。

　　到了光绪四年八月十六日（1878 年 9 月 12 日），还在巴黎的郭嵩焘又被邀请参加另一个相关会议。他在日记中写道：

　　　　莆里兰得遥往保护制造会。西洋以营造为本业，出一新式机器，得一营造方法，及所著书立说，则使独享其利，他人不得仿效窃取之。然各国律法各别，英国保至三十年，法国保至五十年，其他情形互有参差。而此国所保者不能保之彼国。是以近年来各国文学及讲求制造者相与立公会议之，万国公法 [会] 亦议及此。莆里兰得所邀又专议此事也。吾以不能通知语言文字，乃令马眉叔、联春秋 [卿] 二人偕往。
会名恭克乃巴当得。

"莆里兰得"，即与郭嵩焘交往甚多的英国诗人傅澧兰
（Humphrey William Freeland，1814—1892）。他邀请郭嵩焘参加
的是"保护制造会"，即保护创造的专门会议。他说，西方各国
以制造业为发展的根本，发明了一台新式机器，得到一个新的制
造方法，以及创作了新的作品，则创造者享有其专有权利，他人
未经许可，不得加以模仿、擅自使用。这里不仅提到了发明专利
权，而且提到了"著书立说者"，即作家的权利，也就是著作权。
统而言之，这次会议就是专门讨论知识产权的。

至于保护的期限，各国不一，英国是三十年，法国是五十
年。这样的年限似乎说的并不是专利权，而专指著作权了，因为
专利权的保护期限比著作权的要短。而《伯尔尼公约》刚颁布
时，其倡导的保护期限就是五十年。

而从知识产权特别是著作权的国际保护而言，由于各国制定
的是国内法，他国作品在本国的保护、本国作品在他国的保护均
不能实现。因此，各国的作家和发明家倡导举办国际会议，讨论
知识产权的国际保护问题。而在法兰克福召开的万国公法会议也
有这方面的议题，郭嵩焘 1878 年 9 月 4 日的日记也明显地提到
了这一点。这表明，对知识产权进行国际保护是当时国际法发展
的新动向。

"会名恭克乃巴当得"，《伦敦与巴黎日记》注解为"专利

会"，似乎可以专门指专利保护方面的会，又可以指知识产权保护方面的会。因为傅澧兰这次见面所说的这次会议要讨论的是知识产权。遗憾的是，郭嵩焘因为不懂法语，就让马建忠、联春卿去了，这次安排让我们失去了一个了解会议更多内容的机会。

实际上在巴黎世界博览会期间，总共举行了29次国际会议，其中有3次会议专门讨论知识产权的国际保护问题，分别涉及著作权、专利权和艺术设计保护。这次著作权保护会议就是由法国文豪雨果主持，参加的多是各国著名的作家、学者和出版商。这次会议，通过了一项制定国际版权公约的决定，并成立了"国际文学艺术协会"，这直接催生了1886年《伯尔尼公约》；而专利权保护会议则直接催生了后来的《保护工业产权巴黎公约》。

由于这则日记透露的信息有限，我们无法得知傅澧兰是邀请郭嵩焘参加其中一个会议，还是两个会都参加。但不可否认的是，此时西方各国的国际知识产权保护已经从国内法发展到了国际法的新阶段，而当时的中国还不知道版权、著作权为何物。郭嵩焘能了解的信息极其有限，再加上他的《伦敦与巴黎日记》要到100年后才能刊行，当时的国人能了解到的知识产权知识就微乎其微了。

在郭嵩焘200周年诞辰、巴黎世界博览会120周年的今天，我们探讨他在知识产权观念方面的认知仍有重要的历史意义。

"可口可乐"译名何时在中国出现?

可口可乐公司的中国官网上登有《"可口可乐"——中文翻译的经典之作》一文（2015 年 5 月 8 日），其大意如下：1927 年刚刚进入中国时，"Coca-Cola"有个拗口的中文译名"蝌蚪啃蜡"（另一说是"蝌蝌啃蜡"）。产品的销量可想而知，是独特的口味和古怪的名字所致。到了 20 世纪 30 年代，负责拓展全球业务的可口可乐出口公司在英国登报，以 350 英镑的奖金征集中文译名。旅英学者蒋彝从《泰晤士报》得知消息后，以译名"可口可乐"应征，被评委一眼看中。"可口可乐"是广告界公认最好的品牌中文译名——它不仅保留了英文的音节，而且体现了品牌核心概念"美味与快乐"；更重要的是，它简单明了，朗朗上口，易于传诵。在"Coca-Cola"全球的所有译名中，中文的"可口可乐"是唯一一个在音译的基础上具有实际含义的名称。

这显然是在可口可乐进入中国市场的过程中，可口可乐公司最成功的一个营销故事。当然，这个故事由于多方传播，版本极多，但大都提到了蒋彝在其中的贡献。蒋彝（1903—1977），江西九江人，自 1933 年 6 月起，居留英、美四十余年，致力于向西方传播中国传统文化和艺术，以"哑行者"为笔名在英美出版了 12 本英文游记，如《湖区画记》《伦敦画记》《爱丁堡画记》《纽约画记》《波士顿画记》等，畅销一时。作为民国时期中国文化在西方的著名传播者之一，蒋彝创造"可口可乐"译名之能力不在话下。

但笔者最近检索上海图书馆开发的"民国期刊全文数据库"偶然发现，"可口可乐"译名早在蒋彝 1933 年 6 月到达英国之前已经产生并在中国市场上使用。

据载，早在 1923 年中国人就知道外来的可口可乐这种汽水饮料。1923 年 8 月 6 日刊出的《时报图画周刊》（第 160 期）登有一篇名为《汽水大王》的短文，说的是"美国之富商，有各种大王，今汽水亦有王，即专造可口汽水（Coca-Cola）之康得拉氏"。这位"康得拉氏"即人称"可口可乐之父"的阿萨·坎德勒。从中我们可知，当时"Coca-Cola"已经有对应的译名——"可口汽水"。

而有证据表明，可口可乐进入中国市场的最初译名是"可口露"，并且由可口可乐公司授权华商屈臣氏汽水公司使用，在上海及周边地区销售。《商业杂志》1926 年第 1 期（1926 年 11 月 1 日发行）曾登有《华商上海屈臣氏汽水公司调查》一文。该文说明，屈臣氏公司（Watson's Mineral Water Co.）原由英商卫德胜创办，1919 年由我国广东商人郭唯一等以 9.5 万元接盘。它主要生产柠檬水、沙士水、苏打水、香橙露、葡萄露、无醉淡麦酒等 26 种饮料。该文有专门篇幅提到"可口露之特色"，其中说道：

> 屈臣氏公司汽水之佳，已为社会所公认。民十农商部注册。又香港政府化验所发出证书，证明该公司汽水为最佳饮品。所出之可口露分大可口、小可口两种，为屈臣氏汽水公司之特产。沪上别家无此种汽水，西人争先购买。查"可口"系 Coca 之译音，为植物中之性质温暖者，故冬夏皆宜。其功用最能恢复（消除）疲劳，具有咖啡提精之质，而无刺激之性。且其性极纯正，而不专以甘心芳见长，为老幼长年饮品。此系各方饮客实验之谈也。

其中提到"可口"是"Coca"的译音。而屈臣氏的可口露分为大可口露、小可口露两种，前者每打（12 瓶）定价大洋一元五角，后者为一元一角。而早在 1926 年 5 月 16 日刊行的《国闻周报》第 18 期就已经有"可口露"的广告。按通行的做法，屈臣氏只是购买美国可口可乐公司的糖浆，在中国灌制，因此产品即可称为华商国货。

可口露这个译名一直到 1930 年才被"可口可乐"替代。1930 年 5 月刊行的《商业杂志》五月号就已经刊登可口可乐汽水的广告，标明是"屈臣氏汽水可口可乐"，并出现国外通行的弧形瓶。《妇女旬刊》1930 年 5 月 10 日发行的第 343 期登有屈臣氏的广告，其中还在使用"可口露"的名称。而在同年 6 月 30 日发行的 348 期上已经出现了"可口可乐"的广告，这是目前发现的最早的相关广告。其题头广告语是"美雅怡神　止烦解渴"。广告中还有如下两段话语：

可口可乐佳美之气味，怡悦齿颊，止烦解渴。其卫生有益，又有补养精神之功。

可口可乐，系十四种果汁混合制成。一经啜尝，则其所以风行世界上七十八国之故，便可明知。制瓶及装瓶手续，最为卫生，纯粹无比。儿童饮之，并称最宜。无论何处，均可购得。

这则广告中也出现了弧形瓶，而此前的可口露是装在屈臣氏自有的水瓶中的。广告上还出现了生产商"上海江西路屈臣氏汽水公司"和经销商"杭州直骨牌街第十九号经理处"的名字。

另外，在天津发行的《大公报》1930 年 10 月 27 日第 12 版的"广告专版"也出现了一则类似的广告。而且在 1931 年 1 月 5 日到 3 月 30 日的三个月内，可口可乐公司每隔两周就刊登一则不同的广告，总计 7 则，从天津到全国发起了一场浩大的广告战。每次的题头广告语均有所不同：

1931.1.5：全球畅行之美好饮品；

1931.1.19：人人爱饮可口可乐；

1931.2.2：解渴神怡第一妙品；

1931.2.16：君欲知畅销七十八国之佳美饮品乎；

1931.3.2：美雅怡神　止烦解渴；

1931.3.16：美雅之饮品；

1931.3.30：怡悦口味，助长精神。

这些广告语之行文颇具特色，反复强调可口可乐的口味之佳。7 则广告中的具体话语也是则则不同。

极有意思的是，1930 年 10 月 27 日的广告指明可口可乐"在全世界日销九百万瓶之多"，1931 年 2 月 2 日的广告则指明"日销一千万瓶之多"。在短短 3 个月间，可口可乐的全球每日销量就增加了一百万瓶，可见其发展速度之快。

再对照开头提到的那个故事，我们发现"可口可乐"这个通行的中文译名在中国出现的时间还是要早于 1933 年 6 月蒋彝到达英国伦敦的时间。笔者目前能发现的中文译名出现时间是 1930 年 5 月，比 1933 年早了 3 年多，而如果以"可口"两个字而论，则是在 1923 年 8 月，比 1933 年提前了整整 10 年。再则，笔者用"Coca-Cola"在泰晤士报电子版数据库（The Times Digital Archive，1785—1985）中进行搜索，最早的一条消息是在 1929 年 3 月 13 日，其中提到可口可乐的老板钱德勒先生去世。此后截至 1985 年，该报也没有提到可口可乐出口公司在《泰晤士报》刊登过征求中文译名的广告。

说到这里，我们不由得会猜想，这个连可口可乐中国官网都采信的故事到底是不是真的呢？或者说，蒋彝到底有没有贡献过"可口可乐"这个通行译名呢？如果不是他，那么"可口可乐"的真实译者又是谁呢？希望有智者有教于我。

吴宓和《傲慢与偏见》的教学传播

2013 年是《傲慢与偏见》(*Pride and Prejudice*) 出版 200 周年。《傲慢与偏见》是英国著名小说家简·奥斯丁(Jane Austen)六本小说中最流行的一本,英国著名作家毛姆曾将其列入世界十大小说名著。许多著名作家和文学评论家,包括沃尔特·司各特、安东尼·特罗洛普、乔治·爱略特、勃朗宁夫人、E.M. 福斯特等,都对简·奥斯丁给予了很高的评价,托·巴·麦考莱认为"作家当中手法最接近莎士比亚这位大师的,无疑就要数简·奥斯丁了"。美国著名文学批评家艾德蒙·威尔逊曾说,在英国作家中,"唯独莎士比亚与简·奥斯丁经久不衰。"简·奥斯丁的爱好者被称为"简迷"。截至目前,她的全部作品在中国都已经被翻译出版,当然她也因此有了很多的中国"简迷",包括笔者在内。

那么简·奥斯丁是何时、如何进入中国读者的视野的呢?

也就是说简·奥斯丁的作品在中国是如何传播的，又有着什么样的影响呢？笔者认为，在1949年以前，简·奥斯丁的作品在中国的传播主要有三个路径——译介、教学和出版，而且这三种途径是按时间顺序排列的。其中教学传播主要指大学英文系（包括外文系、西洋文学系在内）的老师将简·奥斯丁的作品纳入相关课程（比如世界文学史、英国文学史、英国小说选读等课程）的教学内容之中，并撰写或者编译出版相应的教材。限于篇幅，本文主要在追溯简·奥斯丁的作品何时进入中国的基础上，以吴宓的相关课程为例，探讨简·奥斯丁的作品在中国的教学传播途径及其传播效果，它们的译介和出版则另文撰述。

简·奥斯丁的作品最早进入中国的时间

从时间上看，简·奥斯丁作品的传播途径依次是译介（专业学术传播）、教学（组织传播）、出版（大众传播），传播方向是从文学界到教学界，再到大众读者中去。

但是，对于简·奥斯丁作品最早译介到中国的时间，目前的大多论述语焉不详。比如，中国社会科学院学部委员杨义主编的"十一五"国家重点图书出版规划项目《二十世纪中国翻译文学史：三四十年代·英法美卷》[①]对"简·奥斯丁翻译"有专节论述。

① 李宪瑜. 二十世纪中国翻译文学史：三四十年代·英法美卷 [M]. 天津：百花文艺出版社，2009：26-29.

其中讲道：

> 当时中国文坛更乐于接受的是笔锋犀利的批判现实主义，因此，她的作品并没有出现比较热烈的翻译情形：翻译的作品不多，同时也没有著名译者加入。不过，由于《傲慢与偏见》在当时的许多大学里都用作英文课本，因而大学英文系的学生对此并不陌生。

这段论述提到了简·奥斯丁作品不佳的翻译情形及其原因，而该书下一段话则与本文的论述主题密切相关，其内容是《傲慢与偏见》进入了我国大学的教学内容。该书作者李宪瑜没有点出译介的最早时间。另外，2012 年初发表的《新中国六十年奥斯丁小说研究之考察与分析》"摘要"则说："国内对简·奥斯丁的译介和评述始于 20 世纪 20 年代。"[①] 这个说法过于武断了，也没指出具体的出处，说服力不够。

据笔者的考证，简·奥斯丁的作品进入中国的时间有可能是 1908 年。该年刊刻的《苏格兰游学指南》讲道：在苏格兰大学入学考试指定的教科书中，1907 年英文文法的四本书中有一本是 "Miss Fusten's *Emma*"，[②] 其他三本是莎士比亚的《仲夏夜之梦》、斯蒂文森的《金银岛》、卡莱尔的《论英雄与英雄

---

① 黄梅.新中国六十年奥斯丁小说研究之考察与分析 [J].浙江大学学报，2012（1）：157–165.
② 容闳，祁兆熙，张德彝，林汝耀，等.西学东渐记·游美洲日记·随使法国记·苏格兰游学指南 [M].长沙：岳麓书社，1985：614.

崇拜》。笔者认为，"Fusten" 当为 "Austen" 之误。因为，两个名字仅一个字母之差，而奥斯丁终身未婚，被称为 "Miss"，*Emma* 只能是她的作品《爱玛》，其他英国作家没有同名的小说。

此后到了 1917 年，也就是简·奥斯丁去世 100 周年，中国才有专门的著作提到她本人及其作品。这一年 3 月，"教育部"下属的 "通俗教育研究会" 会员魏易翻译出版了《泰西名小说家略传》，其序指出该书于 "民国五年（1916 年）四月" 完稿，但译自何书不详。其中讲道：

> 迦茵奥士丁者，英国小说家之一也。……其生平最著名之小说四种 *Sense and Sensibility*；*Pride Prijudice*；*Mansfied Park*；*Emma* 均 于 此 脱 稿。……*Northanger Abbey* 及 *Persuasion* 两书，皆于千八百十八年出版。

其中 "*Pride Prijudice*" 为 "*Pride and Prejudice*" 之误；"*Mansfied Park*" 为 "*Mansfield Park*" 之误，书的最后有所改正。本段提到了简·奥斯丁的六部小说，但没有任何译名。该书附录的《泰西小说沿革简说》又一次讲道：

> 与司各德同时而于小说界另辟一途径者，则为茹因奥士丁女士（Jane austen 生一七七五年，卒一八一七年）氏不以文学见长，而能以家常琐事，轻描淡写，自成一派，此派为从前小说界所无，自氏创始以后，附和者众，至今小说界犹宗祀之。其书最著名者为 *Sense and Sensibility*、*Pride and Prejudice* 等两种，氏之小说，能感人于不觉，其移风易俗之

功，洵非细也。

本段提到了她最著名的两本小说《理智与情感》和《傲慢与偏见》。但这两本小说均没有译名。还有就是，作者的译名为"迦茵"或者"奥士丁"。

据笔者掌握的资料，目前国内并未发现比这更早的译介来源了。

简·奥斯丁作品的教学传播

按时间顺序来看，陈源、吴宓、叶公超或者其学生在其相关著述中提到了他们对简·奥斯丁及其作品的教学传播活动，而且涉及的作品主要是《傲慢与偏见》这本书。涉及的课程主要是"大一英文""英国小说"等，前者是介绍，后者是原著选读。按说文学史特别是"英国文学史"这类课程中应该也有相关内容，但没有任何证明材料可以证实。限于篇幅，以下主要以吴宓先生的相关教学传播活动为例。

国内较早把简·奥斯丁及其作品纳入教学体系的是吴宓先生。吴宓毕业于哈佛大学文学系，获得硕士学位。学成回国之后，他曾任东南大学、东北大学、清华大学、西南联合大学、燕京大学、武汉大学、西南师范学院等学校教授，他主要在外文系任教，也在中文系兼课。主要讲授的课程有世界文学史、欧洲文学史、英文小说、文学与人生、翻译课、中西诗文比较等。

　　吴宓对简·奥斯丁及其作品的教学传播活动，主要在他前期开设的"英文小说"和后期开设的"文学与人生"两门课程当中进行，文学史类课程中是否有此内容，有待考证。

　　1. 英文小说。

　　据吴宓在 20 世纪 70 年代自撰的年谱，1921 年 9 月，回国不久的吴宓在东南大学英文系（后改为西洋文学系）开了四门课：英国文学史、英诗选读、英国小说、修辞原理。这四门课在东南大学连开三年（1921—1923）。其中英语系三年级必修的"英国小说"一门，全学年讲读小说四部，其中一本是"Jane Austen 撰之 'Pride and Prejudice'"，其后注明"后杨缤译为《傲慢与偏见》"。①

　　对照《吴宓日记：1917—1924》，1921 年 9 月 14 日至 17 日的记载如下：

　　　　十四日晨，由图书馆借来书籍若干册。自是晨起，终日伏案，撰作所授四科之讲义。撮其大旨，作为表解。Outlines 印出多份，以备颁给学生。……十七日晨，编撰竣事，即送交张士一君核阅发印。②

　　吴宓备课所借的书籍，文中没有说明，只说明学生开学时能拿到这四门课的讲义，核阅发印讲义的是英文系主任张士一教授。文中对于吴宓要讲读的四本英国小说，学生是自己购买，还

---

①　吴宓. 吴宓自编年谱 [M]. 北京：生活·读书·新知三联书店，1995：221-222.
②　吴宓. 吴宓日记：1917-1924[M]. 北京：生活·读书·新知三联书店，1998：234-235.

是从图书馆借阅，或是讲义中有相关内容，也没有说明。从教学内容来看，"英文小说"应该叫"英文小说选讲"才对。

吴宓从 1918 年起在哈佛大学师从白璧德教授攻读比较文学硕士，1921 年暑假学成归国。他在求学时代学的很多内容自然会成为其以后的教学内容。吴宓 1918 年 9 月 24 日的日记中提到那学期学了四门课，其中之一是 "English Novel from Richardson to Scott（英文小说：从理查逊到司各特）"[①]，按说应该有简·奥斯丁的小说，但日记中未提及。

同年 9 月 26 日的日记中又写道："英文小说一课，每次须读书约二三百页，每周读毕二书，近读 Richardson's *Pamela* 及 *Clarissa* 二书，甚喜之。以为颇肖《石头记也》。"[②]从这可以看出，其阅读量是非常大的。该课程的任课老师梅那迪博士给吴宓开的书单是 70 本书，他在清华学校才读过其中的 10 本。[③]

因为有过这么大的阅读量，吴宓才有信心开好这门课，而且这门课因教学效果好受到学生的热烈欢迎。

1923 年 10 月，吴宓在《学衡》杂志第 22 期发表了《西洋文学入门必读书目》，共计 15 类 60 种。第十一类"英国文学名著"罗列了 11 位英国作家的 11 部作品，其中有简·奥斯丁的 *Pride and Prejudice*。吴宓发表该书目的目的在于帮助学生考学：

①　吴宓.吴宓日记：1917-1924[M].北京：生活·读书·新知三联书店，1998：14.
②　吴宓.吴宓日记：1917-1924[M].北京：生活·读书·新知三联书店，1998：15.
③　李继凯，刘瑞春.追忆吴宓[M].北京：社会科学文献出版社，2001：220.

常见今之学生欲研究西洋文学者，往往奔走千里，投考数校，费时二三载而不得研究之机会。吾愿其各自择地安居，以旅行枉费之资，照此单分期购书，自行潜心研读，必有事半功倍之实益。①

1925 年初，吴宓被聘为清华国学研究院主任，并在大学部西洋文学系授课。同年 4 月 15 日的日记记载：

下午授"英文小说"（二小时）。书如下：

1.*Tom Jones*. 2.*Vanity Fair*. 3.*Pride and Prejudice*. 4.*Richard Feverel*. 5.*Old Wives' Tale*. 6.*Main Street*.②

与四年前相比，此次开课增加了两本小说。两次开课唯一相同的教学资料就是 *Pride and Prejudice* 了。这充分证明了吴宓对该小说的喜爱程度。

1949 年以后，吴宓还开设过"英国小说"课程。据他的学生江家骏的回忆，1950 年，吴宓在重庆西南师范学院任教的同时，还在重庆大学外文系兼课，在二年级讲授英国小说，在四年级讲授欧洲文学史。其中"英国小说"的授课内容仍然包括《傲慢与偏见》和《名利场》。1982 年，吴宓在西南联合大学的高足许国璋认为，江家骏作为吴宓的学生和助手，"能随时向他请教，真是有福气啊！"③

---

① 吴宓.西洋文学入门必读书目 [J].学衡，1923，10.（22）：1-9.
② 吴宓.吴宓日记：1925-1927[M].北京：生活·读书·新知三联书店，1998：15.
③ 李继凯，刘瑞春.追忆吴宓 [M].北京：社会科学文献出版社，2001：76-87.

2. 文学与人生。

在哈佛大学攻读比较文学专业时，吴宓就深受导师白璧德的人文主义影响，而在自身的教学研究和人生历练当中，他逐渐认识到文学的社会作用在于"教育读者，指导人生"。"通过文学来研究做人的道理"成了他开设"文学与人生"课程的目的所在。吴宓在大纲中指出"本学程研究人生与文学之精义，及二者间之关系。清华大学全校各系三年级、四年级、研究生，每周 2 学时，须修全年 4 学分"①。

李赋宁要求，"凡选修本学程之学生，皆应参加课堂中之讨论。而须先读教授指定之中西文学名著若干篇，以为讨论之根据。"据李赋宁的回忆，"吴先生最喜欢引用小说中的人和事来说明人生的道理，因为小说最接近生活，也最全面地反映了生活。"②这是他一贯的教学风格。

1936—1937 年，吴宓在清华大学外文系和北平女子文理学院各开课一门，并为之编选了很长的"课程应读书目"，外国小说占了很大的篇幅，其中提到了《傲慢与偏见》一书：

Jane Austen: Pride and Prejudice（1813）

杨缤译：傲慢与偏见（商务印书馆二册）

杨缤翻译此书也和吴宓先生极有关系。1928 年刚刚入读燕京

---

① 吴宓 . 文学与人生 [M]. 王岷源译 . 北京：清华大学出版社，1993：1.
② 吴宓 . 文学与人生 [M]. 王岷源译 . 北京：清华大学出版社，1993：237.

大学英文系不久，杨缤就翻译了《傲慢与偏见》，此书 1935 年才被商务印书馆列入"世界文学名著"丛书出版。而早在 1932 年春天，吴宓就为之校阅并写了序言，其中讲道：

> 英国奥斯登女士 Jane Austen（1775—1816）所撰《傲慢与偏见》（*Price and Prejudice*）小说，夙称名著，学校多采用为课本，以此书造句工细，能以繁密复杂之意思，委曲表达之极为明显，学生由是得所模仿，且能启发其心灵也。①

杨缤和吴宓都把作者翻译成"奥斯登"。不知为何，两者都把作者的卒年 1817 年错认为 1816 年，实为不应该。吴宓在序中点出了《傲慢与偏见》被许多国内高校采用为课本的理由。尤其值得一提的是，正是杨缤第一次提出了《傲慢与偏见》这个至今通行的译名，吴宓尽管一直将该小说纳入他的教学内容，但在此之前一直没有翻译该小说的名字及作者的名字。

在该书的后记（撰于 1935 年 2 月 26 日）中，杨缤对吴宓表示了"真诚的谢意"，因为"吴先生初读此稿，是在燕京大学英文系教授翻译的时候，彼时承先生鼓励，劝我尽快把它校完拿去出版，又亲自逐句对校，才使本书得有今日的形式"②。

吴宓在燕京大学英文系兼职讲授"翻译术"课程期间，杨缤作为他的学生，请他校读译稿。吴宓不仅对其大加鼓励，而且认

---

① 杨缤. 傲慢与偏见 [M]. 上海：商务印书馆，1935：1.
② 杨缤. 傲慢与偏见 [M]. 上海：商务印书馆，1935：534.

真校阅，完善了译稿，功不可没。

而说到此书得以翻译的原因，还不能不提到当时任燕京大学英文系主任的包贵思（Grace M.Boynton）教授。据萧乾的回忆，1929 年他在燕京国文专修班学习时，曾旁听过包贵思讲的"英国小说"和"英国诗歌"两门课。"杨缤是她最喜欢的得意门生。教英国文学史时，包贵思讲得最起劲的是简·奥斯丁"①。杨缤在译著《傲慢与偏见》正文之前、吴宓序之后还插进了导读性的《撷茵奥斯登传》，该文的参考文献除了《剑桥大学英国文学史》《大英百科全书》《英国名人传略》《英国文学简史》外，还有《燕京大学十八世纪文学班讲义》（美国 Grace M. Boynton 编）。正是包贵思和吴宓的教学传播活动，导致了他们的学生杨缤翻译该书，这是教学传播效果最好的说明了。

在"文学与人生"的课程教学中，吴宓非常重视《傲慢与偏见》一书的社会功用。他认为该书能够帮助学生谙悉世事，属于"公民教育与文学：文学之功用"章节的第 10 个方面：

E.G.Jane Austen *Pride and Prejudice* VERSUS Charlotte Brontë *Jane Eyre*.

比如：J. 奥斯丁《傲慢与偏见》对比 C. 勃朗特《简·爱》。②

① 萧乾 . 杨刚与包贵思——一场奇特的中美友谊 [J]. 学衡，1982（05）：121.
② 吴宓 . 文学与人生 [M]. 王岷源，译 . 北京：清华大学出版社，1993：62.

不仅如此，在"人性之研究"章节部分其又一次讲道：

8. 评论；说教——

（2）Ridiculously make trite and useless moral reflections or remarks.E.G.In *Pride and Prejudice*，Mary is always moralizing.

可笑地发表一些陈腐无用的有关道德的感想和评论。

例：在《傲慢与偏见》中，玛丽总是在说教。[①]

玛丽是贝内特家的老四，喜欢读书，不活泼，爱卖弄学问，比较迂腐。

除了 1936 年、1937 年开设"文学与人生"课程之外，吴宓在 1940—1941 年和 1942—1943 年于西南联合大学任教期间，以及 1946—1948 年于武汉大学任教期间还开设过此课程。在教学的基础上，他一直在丰富自己的课程讲义，讲义直到 1948 年写成，没能分发给学生，更未及时出版。可惜的是，此讲义后来被人借走未还，后人无缘得见其精彩。清华版《文学与人生》只是根据他早年学生的听课笔记编译而成，未免不够完善、精致。

3. 其他课程。

1945 年 9 月起，吴宓在成都燕京大学开设了一门名为"约翰逊博士"的选修课，课上有一个名为程佳因的新闻系女同学。程佳因是吴宓女儿吴学淑的中学、大学同学，也是吴宓的清华同学程树仁的女儿。在授课期间，吴宓和程佳因互有通信。《吴宓书

---

① 吴宓. 文学与人生 [M]. 王岷源，译. 北京：清华大学出版社，1993：99.

信集》收录了吴宓给程佳因的十封英文书信①。这些信的内容，有的涉及课程的内容，有些涉及私人的事情。

从第一到第三封信，抬头都是"Dear Miss Cheng"，到第四封是"Dear Chiayin"，第五封仍是"Dear Miss Cheng"，从第六到第十封，抬头换成了"Dear Jane"。从此可以看出，吴宓对程佳因的称呼越来越亲密，而第九封信的最后写道："as I do regard you as Ethel's friend & as 'my dauther'"②（我确实将你视为学淑的朋友和"我的女儿"）。

称呼发生变化的是第四封信（1945年10月3日），信的第一段如下：

Dear Chiayin:

I like to address you as "Jane", not only for phonetic reasons, but with the literary association of Jane Austen whose reputation has grown higher in the last 20 or 30 years—not *Jane Eyre*, which book（together with its Authoress）I never liked. By the way, the late Mr. 林纾，had translated that novel with the title《迦因小传》，rendering Jane into 迦因，the last sounding exactly as your given name.③

在信中，吴宓喜欢称呼程佳因"Jane"（简），不只是因

---

① 吴学昭. 吴宓书信集 [M]. 北京：生活·读书·新知三联书店，2011：270-293.
② 吴学昭. 吴宓书信集 [M]. 北京：生活·读书·新知三联书店，2011：289.
③ 吴学昭. 吴宓书信集 [M]. 北京：生活·读书·新知三联书店，2011：278.

为她的名字"Chiayin"和"Jane"语音相似，而是因为联想到了"Jane Austen"（简·奥斯丁），而且也不是因为 *Jane Eyre*（《简·爱》）。这本书及其作者，吴宓都不喜欢。

吴宓还说已故的林纾先生曾把 *Jane Eyre* 翻译出来，名为《迦因小传》。吴宓说林纾把"Jane"译成"迦因"，无非是说这两个名字的音极为相似。但是吴宓在此犯了两个错误：一是"迦因"应为"迦茵"；二是《迦茵小传》的原著是哈葛德的 *Joan Haste*，并不是 *Jane Eyre*。

在此，笔者并不是要探讨吴宓和程佳因关系的亲密程度，只是说明吴宓在其他课程的教学过程中，也会涉及简·奥斯丁及其作品。

尾声

当然，除了吴宓先生，叶公超、陈源两位先生也把简·奥斯丁及其作品纳入了自己相关课程的教学内容之中，甚至有了翻译《傲慢与偏见》的打算。但是关于这一点笔者能找到的史料不多，且这一实例不如吴宓的教学实例典型。从教学效果来看，杨缤翻译《傲慢与偏见》并且畅销就是明证。奥斯丁的第二本小说被翻译则要到 1949 年，正风出版社出版了刘重德翻译的《爱玛》，其他四部的翻译则无从谈起。

叶公超与《傲慢与偏见》的教学

从已有史料来看，吴宓先生是《傲慢与偏见》在中国的教学传播第一人。笔者在 2013 年 7 月 3 日的《中华读书报》上发表过《吴宓与〈傲慢与偏见〉的教学传播》。1921 年 9 月，他在东南大学开设了"英国小说"课程，教学内容涉及简·奥斯丁的代表作《傲慢与偏见》。1925 年他到清华学校任教以后，还继续开设了类似的课程。但在清华大学讲授过《傲慢与偏见》的就是叶公超教授了。按说吴宓早就开始讲授类似课程，但他的课程在清华大学没有开起来，反而是叶公超的教学涉及了《傲慢与偏见》，而且引起了不小反响。

叶公超（1904—1981），广东番禺人。字公超，英文名"George"。1920 年去美国上的中学，毕业于美国的爱默斯特学院，后去英国剑桥大学攻读文学硕士学位。1926 年回国后在北京大学英文系任教，当时年仅 23 岁。后任上海暨南大学外文系主任兼教授、清华大学外文系教授、北京大学外文系主任兼教授等。1941 年后在外交界任职，不复教学生涯，曾任国民政府外交部部长、驻美大使等职。1981 年卒于台北。

1928 年 3 月，叶公超参与创办《新月》杂志，编选出版了《近代英美短篇散文选》《近代英美诗选》（叶公超、闻一多编著）。1934 年 5 月，创刊并主编了《学文》杂志，该杂志 8 月即停刊。晚年还出版了《叶公超散文选》（1979 年）。

在长达 15 年的教学生涯中，叶公超讲授的主要课程有大一英文、大二英文、大三英文、英文作文、英国散文、现代英美诗、18 世纪文学、文学批评、翻译等。据他的学生李赋宁的评价，叶公超的教学特点是"语音纯正、典雅，遣词造句幽默、秀逸，讲课生动活泼"①。

1929 年下半年，叶公超从上海的暨南大学转到清华大学外文系任教，教的就是钱锺书他们班的"大一英文"。钱锺书的同学许振德在《水木清华四十年》中回忆说："大一外文系英文课由叶公超先生讲授，课本为英女作家奥斯丁氏名小说《骄傲与偏见》。"叶公超的讲课风格是"只述大意，从不逐字讲解"。

晚一年进校、在外文系德文专业就读的季羡林对此风格也

---

① 李赋宁. 学习英语与从事英语工作的人生历程 [M]. 北京：北京大学出版社，2005：77.

感同身受，他曾回忆说叶公超上"大一英文"课时，一开课就讲《傲慢与偏见》：

> 他教我们第一年的英语，用的课本是英国女作家 Jane Austen 的《傲慢与偏见》。他的教学法非常离奇。一不讲授，二不解释，而是按照学生的座次——我先补充一句，学生的座次是不固定的——从第一排右手起，每一个学生念一段，依次念下去，念多么长，好像也并没有一定之规，他一声令下：Stop！于是就 Stop 了。他问学生："有问题没有？"如果没有，就是邻座的第二个学生念下去。有一次，一个学生提了一个问题，他大声喝道："查字典去！"一声狮子吼，全堂愕然、肃然，屋里静得能听到彼此的呼吸声。从此天下太平，再没有人提任何问题了。就这样过了一年。①

季羡林的记述与许振德类似，叶公超在整个第一学年都用《傲慢与偏见》做教材。季羡林认为叶公超具有世家子的名士脾气，并且承认叶公超的"英文非常好"。

在《清华园日记》中，季羡林对叶公超老师是又爱又恨，他能记起的都是上课请益、发表退稿的那些事。但不知何故，也许是受了叶公超的影响，季羡林爱上了简·奥斯丁的小说，这一点在他的《清华园日记》中多有记录。1932 年 9 月 30 日的日记中开始有"晚上读 Emma 三十页"的记载，最后一则有关 Emma 的

---

① 季羡林. 季羡林说清华的那些事儿 [M]. 北京：金城出版社，2014:9.

日记是同年 12 月 24 日的"看完 *Emma*"，总计有 13 则记载，前后有 84 天，估计季羡林是当闲书看的，可惜的是记载过于简略，没有任何评论。他虽然也订购过不少外文原版著作，但《爱玛》（*Emma*）一书却是从图书馆借阅的。武崇汉是季羡林的同班同学，《清华园日记》中有不少关于他的记录。1988 年，上海译文出版社出版了他翻译的《理智与情感》，这本书后来成为一个经典的译本，这也算是叶公超当年的教学成果之一了。

叶公超在面向全校的"大一英文"课中只把《傲慢与偏见》当教材，并不讲解，像季羡林这样的外文系学生都对他没什么好感，何况那些其他系的学生呢？

比如与季羡林同一年入校的政治系学生丁致中（字珰）就是其中"有印象但没感觉、不喜欢"的一个。季羡林是外文系的学生，他不认同的是叶公超"大一英文"课的教法，与他同级的丁致中不是学西洋文学的，他对叶公超把《傲慢与偏见》作为"大一英文"课的教学内容大有意见，就在《清华周刊》1930 年第 8 期上发表了一篇名为《对于本校第一年英文课的商榷》的文章。该刊的编辑还把这篇文章放在当期的开头，并写了"编者按"。在文章中，丁致中认为学校把"大一英文"定为全校一年级必修课的目的在于"增进学生以后读洋文的能力"，因而对选用课本颇有意见。他说：

教授们为此而便用了一本长篇小说（*Pride and Prejudice*）作为增进学生阅读洋文能力的唯一方法，今天教一段，明天考一节，这样零零碎碎地教着，长篇小说再一气读完，照这里的情形，如记忆力稍差的人，读了后一节连前节的意思已忘记了，这是教法上的缺点，且不去多论，现在要论的就是这本书是否适合一般同学的兴趣？ ①

丁致中说他周围的大多数同学对此"头昏"，他自己则有时逃课去了图书馆，课程学习达不到"增进学生阅读洋文能力"的目的。因此，他建议按文学院、理学院、法学院等分学院教学，采用不同的教学内容，不要统一教材。最后，他希望教授们慎重考虑。这篇文章的后面还有署名"竹叶"的编者按：

> 丁君所论，实中本校英文教课的深病。学校选择英文教本，闻系经过西文系教授共同议决（？），他们对于第一年级英文，总是搬出那几本拿手好戏如 *David Copperfield*，及丁君所云 *Pride and Prejudice*，等等，年年相因世世相袭。不用说，Dickens 与 Jane Austen 是欧西的文豪，他们的这两部书也不为不好。不过书好是一问题，能不能做教本是又一问题。中国的聊斋与《红楼梦》比起两书来总也对付，怎么却不闻中国文学系拿来作教本呢？ ②

编者虽然是国文系的学生，但对丁珰同学的观点表示支持。不像丁珰的大一英文教本是《傲慢与偏见》，他们这一级用的是

---

① 珰. 对于本校第一年英文课的商榷 [J]. 清华周刊，1930（8）：1-4.
② 同上。

狄更斯的《大卫·科波菲尔》，有些学自然科学的同学对此"头总是发昏"。他认为，从引发学生兴趣上说，后者比前者还胜一着，结果尚且如此，读前者的人就更觉无聊。因此，他附和丁玱同学的意见，希望本校的英文教授们能够商量改定。最后，教授们还是没改这门课的教本。丁玱只是借《清华周刊》发发牢骚而已，发完牢骚后就写他的小说，拉他的二胡，后来成了我国的二胡名家。清华当时的校风还比较自由，教师有选择教学内容的权利，学生也有公开提意见的权利，双方各有各的考虑。

除了《傲慢与偏见》的教学，叶公超也曾尝试翻译此书。著名女作家凌叔华 1932 年给胡适先生的一封信中的第一段就写道：

> 昨得通伯信，他说我为什么不把已译 J.Asutin 的 *Pride and Prijudice* 说你听，因为听说公超也要译此书了。我今天已有信告公超，请他"割爱"，因为通伯本亦要译此书，我抢了他的。我大约已译了一半，因为胆小，所以没敢告人，现在既然是熟人要译，只好说了。公超要译的书正多，不见得会夺我的吧。[①]

信中的 Asutin、Prijudice 各是 Austen、Prejudice 之笔误。凌叔华作为一个燕京大学外文系的毕业生，犯此低级错误，实属不该！从信的内容来看，信息量很大。先是陈源要译此书，妻子凌叔华因为有兴趣、有时间，就把翻译任务抢了过去，偷偷翻译了

---

① 凌叔华 . 凌叔华文存 [M]. 成都：四川文艺出版社，1998：916.

一半了，突然听说叶公超也要翻译此书。既然叶公超还没动手，又是熟人好商量，她就劝叶公超打消翻译的念头。没有其他有关信件可佐证，不知二人此后商量得如何。按说，三人都有较好的翻译功底，但这三人的译本后来全都杳无音信了。

凌叔华出身于名门望族，其小说以写妇女和儿童为主，主要表现知识女性和中等阶级新旧家庭妇女的生活和思想。① 这与简·奥斯丁的写作对象有些类似。而据叶公超的判断，她在《新月》杂志上发表的小说类似简·奥斯丁的作品风格。1978 年 5 月 7 日，叶公超在台湾《中国时报》上发表了《〈新月〉中的小说》一文。其中写道："她（凌叔华）的文字有点像英国十九世纪的女小说家珍·奥思汀（简·奥斯丁），书中的人物也和《傲慢与偏见》的相仿佛。"但哪一部小说像《傲慢与偏见》，书中的人物怎么个像法，他也没细说，我们就不得而知了。

---

① 　凌叔华.凌叔华散文 [M].天津：百花文艺出版社，1986：序言 3.

坐着邮轮去留洋的学子们

19 世纪中叶之后的 100 年中，一批又一批的留学生乘着"西学东渐"的海风出洋留学。而从此岸到彼岸的海途中，帮助他们跨越茫茫大洋的只能是邮船。他们的举动不仅改变了自身的命运，而且为中国近代化的进程增添了取之不尽的活力。而邮船在很长一段时间内都是其中不可或缺的媒介。

轮舟之奇、沧海之阔

1879 年 6 月的一天，广东香山县翠亨村一个 14 岁的农家少年，在海外谋生的长兄的帮助下，跟着母亲去了夏威夷的檀香山，坐的是约两千吨的英国铁汽船"格兰诺克"号（Grannoch）。

后来因"孙中山"而闻名于世的他，1897年春天给英国汉学家、时任剑桥大学教授的翟理斯回信，谈到自己初次出国的感受："始见轮舟之奇、沧海之阔，自是有慕西学之心，穷天地之想。"他第一次见识到轮船的先进、大海的辽阔，从此对西方的先进文化起了向往之心，产生了要去探究海外天地的理想。

而作为第二批留美幼童的一分子，温秉忠比孙中山晚四年出国。他对乘坐的所谓的"轮舟"，也就是轮船的感受：这艘名为"中国"号的远洋轮船是一艘"明轮船"（paddle-wheel），船身中部的两边安装有两个大的"蹼轮"。在大风浪中，这种船很容易被打翻。船的一舷时常被巨浪抬起，而那边的蹼轮在空中打转并发出恐怖的噪声。无怪乎这些幼童的家长要签下生死文书。

就所坐的轮船而言，孙中山感受最深的不是机器和汽锅，而是船上的一根铁梁。它贯连着船的两边，使船更加坚固。他想：这么重的一根船梁，要多少人才可以把它装配好？外国人能做的东西，我们中国人却不能做。孙中山立刻感受到了中国的积贫积弱、受尽欺凌的现状。外国人能制作这样坚实金属的大梁，并且能把它装配到位，这岂不是他们在别的方面优于中国的证据吗？由此，孙中山开始了奔走海内外求学进而革命的生涯。而他奔波于海内外，唯一不能少的交通工具就是轮船。

孙中山只是近代留学潮中的一个，但却是对中国近代化进程贡献最大的一人。在他之前出洋的不乏其人，在他之后留学的万万千千，这些留学生掀起了西学东渐的大潮。

　　向东而行的孙中山到檀香山后，先后进入意奥兰尼书院（Iolani School）、奥阿胡学院（Oahu College），完成了西式的小学、中学教育，还曾获得夏威夷王亲颁的英文文法优胜奖。而早在 1841 年的 1 月 4 日，同样来自广东省香山县的农家青年容闳，和他的同伴黄胜、黄宽一起，在澳门马礼逊学校老师、美国人布朗的带领下免费坐上从美国专门来中国运载茶叶的"亨特利思"号帆船，从上海的黄浦码头出发，目的地是美国的纽约。在这 98 天的航程中，他们借着东北风，一路向西，绕过好望角，驶入大西洋，轮船在曾囚禁拿破仑的圣赫勒拿岛暂停，装载粮食和淡水，再折向西北，遇上了湾流，水急风顺，轮船像箭一样到了纽约。在马礼逊学校就读时，他曾写下一篇名为《意想中之纽约游》的文章，没想到在 1847 年 4 月 12 日这一天终能梦想成真。

　　1854 年 11 月 13 日，已经获得耶鲁大学学士学位的容闳，乘上"欧里加"帆船从纽约东行回国。到香港时已走了 13000 海里的水程，因逆风导致船行 154 日才到目的地香港，比去程多了 56 日。他后来在回忆录《西学东渐记》中说，如果绕过美洲南端的合恩角，不但可以缩短航海之期，而且可以让船主节省无数气力。

　　见到久违的母亲时，容闳呈上羊皮纸制的大学文凭，信心满满地说："儿子已经以'中国第一留学生'毕业于耶鲁大学，今后您就是亿万中国人中'中国第一留学生毕业于美国第一等大学者之母'！"而母亲却对他说："我看你已经蓄了胡须，你的哥哥还没有蓄，我看你还是刮去胡须好一些。"母亲关心的是他即使接受了外国教育，但也不能抛弃中国人固有的风俗道德。

　　实际上，容闳最初出国的梦想有两个，一是以留学之身，带更多的中国少年游学美国，二是娶美国女人为妻。这两个梦想他也实现了。特别是第一个梦想，在他的苦心经营下，1871 年 8 月 11 日，第一批留美幼童 30 人，渡过茫茫的太平洋，奔向美国的西海岸。派遣的四批幼童总计 120 人，最终由于封建势力的阻挠，功败垂成，只有 10 人在美国完成了大学教育。其中就有在中国近代发挥重要作用的唐绍仪（第三批留美幼童）、詹天佑（第一批）、唐国安（第二批）等人。毕业于哥伦比亚大学文科的唐绍仪做了"中华民国"的第一任国务总理，毕业于耶鲁大学土木工程专业的詹天佑成了京张铁路的铁路工程师。肄业于耶鲁大学的唐国安醉心教育，做了留美预备学校清华学校（清华大学的前身）第一任校长。而在三年前，与清华学校颇有渊源的游美学务处成立，唐国安被任命为全职的会办，负责游学事宜，总计促成三批学生赴美。他亲自带着第一批 47 名留学生放洋，其中不乏佼佼者，如做了清华大学终身校长的梅贻琦。

　　而第二批庚款留美生 72 人中，诞生了五位首届中央研究院院士：赵元任（哈佛大学博士）、钱崇澍（伊利诺伊大学学士）、胡适（哥伦比亚大学博士）、竺可桢（哈佛大学博士）、周仁（康奈尔大学硕士）。而代表"中华民国"最高学术水平的第一届中央研究院院士的 81 人中，竟有 75 人出国留学过。其中留美 49

人，留英 9 人，留德 6 人，留法、留日各 5 人。

幼童留学开启了中国一波又一波的留学热。当年的留美幼童唐国安在 1909 年带着包括梅贻琦在内的第一批留美庚款生出国，而这是个长达 32 年的留美大计划的开始。作为中国公费留美的预备学校，清华学校成了这一计划的最大受益者。从 1909 年到 1929 年的 21 年间，清华学校共向美国派出了 1279 名中国学生。每一年的七八月间，都是清华毕业生最激动的时刻。

与当年的留美幼童大大不同的是，这些清华毕业生追求的是层次更高的本科甚至研究生教育。毕业于美国伍斯特理工学院的梅贻琦回国以后，长期担任清华留美学生监督处监督，并于 1931 年做了清华大学校长。他接过唐国安的接力棒，成为这个"大计划"的坚定执行者。留学生们不但追求西方的坚船利炮，而且对欧美的科学文化也心有向往，回国之后这些人都成了国家不同层面、不同领域的重要建设者。

东渡太平洋，西过印度洋

"洋"字，究其大意，作为名词，指海洋，比如太平洋、印度洋、大西洋等；作为形容词，意思是"外国的""时髦的"等。在闭关锁国的年代，中国人称外国人为"夷"，含有鄙视之意。比如约在 1830 年，叶钟进在《英吉利国夷情记略》中大量使用了包含"夷"的词语，如夷情、夷屋、澳夷、夷馆、米夷、英夷、夷目、西夷、夷使、媚夷、外夷、夷公司、夷船、各国夷、米利坚夷、夷人、夷妇、他国夷、夷商、夷性，偶尔会用带"洋"的词语，如洋钱、洋商、洋图、洋行、洋面。

　　而自 1840 年清廷被从海洋上来的"夷人"的坚船利炮多次敲打之后，"夷人"逐渐变成了"洋人"，"夷船"成了"洋船"。在各种著述中，"夷"字逐渐被"洋""西""外"字替代，或者边缘化了。

　　与英文词汇"overseas"（海外）、"ocean"（海洋）相关的"洋"本是个中性价值的词汇，但鉴于近代西方在许多方面走在了中国的前面，它逐渐被国人赋予了更多、更积极的内涵，例如"现代""进步"，等等。而"洋务运动"的出现就适逢其时了。

　　容闳倡导的幼童出洋，由于得到了曾国藩的支持才得以成功。据说"出洋学习""出洋肄业"这样的词汇为曾国藩自创。清政府操办幼童留学的专门机构留学事务局，在晚清文献中又称"出洋肄业局"，简称"洋局"。而"出洋"这一词汇，既反映了幼童学习先进事物的目的，也反映了他们到达的目的地，以及他们坐船所要经过的太平洋，或者泛指要经过的一切海洋，包括印度洋和大西洋。

　　近代以来，出洋留学的目的地不仅有美国，还有西欧、日本和俄国。日本太近，去俄国留学是坐火车，目前见到的相关著述太少，即使是去西欧留学，如果是乘火车经过俄国到达，也不用多说。我们在这里重点说的是两条路线：一是主要经过太平洋到达美国西海岸的东线，一是主要经过印度洋、苏伊士运河、地中海的西线。上文提到的容闳去美国，实际上走的是西线，经过了印度洋和大西洋，目的地是美国东海岸的纽约，那时苏伊士运河还没有开通。

我们先来看看东线。这里以吴宓为例。1917 年 8 月 18 日，吴宓乘坐的"委内瑞拉"号（S.S.Venezuela）由上海开航，他坐的是一等舱。他经常在甲板上站立，并不晕船。适逢驻英公使施肇基的夫人携子女乘坐同一班船赴美转英。有一天，吴宓抱着她的幼子在甲板上绕行，船偶尔倾斜了一下，吴宓不由得右腿跪在了地上，但并未跌倒，孩子也没什么事。但是施夫人刚好瞥见了，赶紧过来抱走了孩子，这让吴宓好生惭愧。8 月 31 日，船到了檀香山，承蒙当地华侨热情款待，吴宓吃到了最喜欢的水果——菠萝。领队的周诒春校长与他商量，决定派他去弗吉尼亚大学学习文学。9 月 3 日，他们终于到了旧金山。由于海船东行，途中需减去一天，因此他们食堂的菜谱上就没有"九月一日"这一天。

再来看看西线，这里以夏鼐为例。1935 年 8 月 7 日，清华大学毕业的夏鼐坐上了意大利邮船公司的"孔铁浮地"号（Conte Verde），他还差点因购物赶不上轮船。他坐的是二等经济舱，同房四人。他一上船就食量不佳，时常头晕。据他 8 月 8 日的日记记载："今日船行颇簸摆不定，上午吐三次，下午吐二次，虽吞服中西药房所购之晕船药，亦不见效，三餐未食，偃卧床上，听隔室亦作呕吐声，难过之至。"途中轮船在中国香港、新加坡、科伦坡、孟买停留，8 月 27 日进了苏伊士运河。他听说这条"长90 哩的运河，须要 12 时始驶过"①，缴费高达 900 英镑。船到波赛港稍作停留之后，进入了地中海。8 月 31 日抵达意大利的威尼斯，三万里的海程于此日告终。夏鼐 9 月 3 日从巴黎乘上火车，渡过英吉利海峡，到了英国伦敦的维多利亚车站，开始了他长达6 年的考古留学生涯。

在抗日战争的后期，飞机加轮船经西线成了中国人去太平洋对岸的美国或者西欧的一条勉强可行的路线。原因之一在于 1941年后太平洋战争的兴起导致东线近中国海的部分中断，还有就是陈纳德飞虎队开辟了通向印度的飞机航线。黎锦扬 1941 年毕业于西南联合大学，在身为北京师范大学文学院院长的大哥黎锦熙的安排下，他 1943 年赴美国的哥伦比亚大学留学。他被送上去印度的美国飞机，越过了被称为"驼峰"的喜马拉雅山脉。因为有陈纳德将军的飞虎队的护卫，他们没有遇到任何阻力。在印度的孟买，他登上了美国轮船"威尔逊总统"号。轮船在太平洋中迂回前进，躲避着日本人的鱼雷，本来一个星期的旅程，变成了五个星期。还好的是，偶尔响起的鱼雷警报，打破了长期旅行的"沉闷"。到第五个星期末，轮船到了洛杉矶。

―――――――――――

① 　夏鼐. 夏鼐日记 [M]. 上海：华东师范大学出版社，2011：352.

作为第六届留美公费生，何炳棣跟黎锦扬一样，也是到美国留学，不过他走的是西线。1945 年 8 月 28 日，他搭乘一班飞机自昆明出发，在缅甸腊戌小停，飞抵印度加尔各答候船去美国。陈寅恪两年前已被牛津大学聘为汉学讲座教授，此时才有机会坐飞机前往讲学。由于双目视网膜已经半脱落，最忌强烈震动，在何炳棣的帮助下，他才上了飞机。足足等了两个月之后，何炳棣才总算搭上了"美国斯图尔特将军"号，绕过科伦坡，经过红海、苏伊士运河和地中海，在领略了北大西洋冬季昼以继夜、日有一日、凶险可怕的惊涛骇浪之后，他们一行 20 人才到了纽约曼哈顿西 42 街的码头，何炳棣要留学的哥伦比亚大学已近在咫尺。

1947 年，董鼎山乘坐"戈登总统"号邮船，从上海到旧金山共行十七天，途中在檀香山停靠一天。而他的同学中有乘坐飞机赴美的，只需要四天。

爱国要坐中国船

1919 年夏天，北大毕业的冯友兰获得了教育部的官费留学资格，赴美留学，坐的是中国邮船公司的"南京"号，该公司由在美国的一部分华侨创办，只有两艘船。小一点的是"中国"号，10200 吨；大一点的是"南京"号，15000 吨。该公司以爱国主义为号召，说中国人要坐中国船。而当年的温秉忠乘上名为"中国"号的轮船时也大发感慨说："对于远赴异国的中国学生，登上一艘与其祖国同名的远洋轮船，实在是一件极为巧合之事。"这年的 12 月，冯友兰就到了纽约，不用考试，拿出北京大学的文凭晃了晃，就进了哥伦比亚大学研究院。

　　而早在 1910 年之前，赵元任坐的也是"中国"号。轮船上吃饭，以敲锣为号，由于餐厅面积有限，必须分两次吃饭，先是中国旅客，第二批才是西方人，这果真是爱国主义情怀。不过他们发现念菜单和学外国吃法，颇不容易，这对他们来说无疑是上了重要的一课。

　　1917 年，同样坐上"中国"号赴美的陈翰笙，到美国用了三个星期。不过他坐的这艘中国船不能和沈有乾坐的总统号邮船相比。后者在 1941 年写就的回忆美国留学生涯的《西游记》里提到他的留学之行时说，他们当年搭的船是"麦金雷总统"号（President Mackinley）。这艘船，据船上发出的纪念小册子介绍，是完工才一年的新船，长 535 英尺（1 英尺约等于 0.3048 米），宽 72 英尺，深 50 英尺，载重 22000 吨，速度每小时 17 海里，合 20 英里（1 英里约等于 1.6093 千米），船员 252 人，可容乘客 760 人。这样的船与 20 世纪 40 年代在大西洋中航行的大船比起来只能算三等船，但当初他们都觉得它是很了不得的。这么大的船，只能停在海上，沈有乾和他的近 30 位伙伴要上船，必须先坐火神号渡轮摆渡过去。而他到目的地加拿大的维多利亚港的耗时，比陈翰笙的航期少了四天。

　　沈有乾提到的"麦金雷总统"号，只是美国邮船公司（American Mail Line）诸多邮船中的一艘。在"二战"前，美国邮船公司除了"麦金雷总统"号外，还有"格兰特总统"号、"杰斐逊总统"号、"杰克逊总统"号三艘邮船。另外往来于太平洋航路的还有其他三家公司：一是美国总统轮船公司（American President Line），拥有"胡佛总统"号、"柯立芝总统"号、"克利夫兰总统"号、"林肯总统"号、"塔夫脱总统"号、"皮尔斯总统"号六艘邮船；二是昌兴公司（Canadian Pacific Steamship Co.），拥有"日本皇后"号、"加拿大皇后"号、"亚细亚皇后"号、"俄罗斯皇后"号四艘邮船；三是日本邮船公司（Nipeon Kisen Kaisha）。

　　各个公司邮船的舱位一般分为头等舱和统舱。按沈有乾的建议，留学生最好坐头等舱，虽然这与留学生的生活标准和中国的经济情形并不相称，但是到岸时留学生可以免于美国移民局的刁难。不过头等舱的船费要 250 美元，而统舱只要 80 美元。

"洋餐、洋装、洋大学"

　　1915 年，陈鹤琴乘坐"中国"号邮船赴美国约翰·霍普金斯大学求学，在此之前学会如何吃饭是重要的一课。而这门课是由带队的清华学校周诒春校长亲自教的，上了整整一个月。上课内容分为"坐席""坐的姿势""喝汤""吃面包""怎样用刀叉""谈笑"六部分。一个月之后，周校长成了"吃饭先生"，陈鹤琴和他的同学也成了"吃饭学生"。而他到了美国之后，在随便什么地方吃饭，都不让人觉得外行，而美国人见他有这种礼仪，着实觉得惊奇。

　　不过上船前周校长只教了陈鹤琴他们吃饭的礼仪，并没有教他们吃什么菜。因此他们一到船上不知道吃什么好，每餐的菜单上印的满满是外国菜名。他们只好从第一道菜吃起，一直吃到点心为止。他们先喝清汤。喝了清汤，再喝混汤。吃了鱼，又吃虾。吃了猪排，又吃牛排。吃了家鸡，又吃野鸡。吃了蛋糕，又吃冰激凌。吃了茶，又喝咖啡。到了上岸之时，他们自嘲长得都有点像猪猡了。

　　但是有的人则不像陈鹤琴他们，他们上了船未必吃得进去饭，更何况是西餐呢！ 1921 年浦薛凤去美国留学坐的也是"中国"号。船一出黄浦江就是大海，由大海而转入太平洋，风浪大了起来，乘客之中感觉晕船的不乏其人。浦薛凤曾呕吐过多次，最剧烈的时候只能吃些咸酸橄榄、梅子、苹果和橘子。

　　除了这些身体上的不适应外，还有就是身上这套不合身的西装了。潘大逵 1925 年从清华大学毕业时领了 500 元制装费。上船之前，上海的裁缝为他制作了几套西装，到了美国他才知道这几套西装式样不合，穿在身上好似奇装异服，实在难以见人，只好将其束之高阁，另买现成的服装。这真是大大的浪费！

去美国要上什么大学，学什么专业，也是留学生一直头疼的问题。赵元任准备学电气工程，但是在船上，带队的胡敦复先生跟他解释了理论科学跟应用科学之间的区别，于是他还是决定学理论科学了。再比如，晏阳初本来要去奥柏林学院上学，因为那里可以半工半读。但是船上的一个来自耶鲁大学的美国客人，跟他聊得很投机，就说："你为什么要去奥柏林，耶鲁最适合你不过了。"听对方这么一劝，邮船越往前行，他的心就越朝向耶鲁大学这所常春藤贵族化的学府了。

说到转校、转专业，最戏剧性的还是陈鹤琴。他原本也是要到奥柏林学院学教育学。但是船行不到三天，他就问自己："我"为什么要读教育学？读了教育学还不是要坐冷板凳，看别人的脸孔去讨生活吗？他思索再三，决定学医，因为医学能使自己自食其力，不必看人脸色。周校长听了他的转校请求后，并不反对，就说："我来打一个电报给留美监督，请他替你接洽美国最著名的医科大学。"这样，他就决定去约翰·霍普金斯大学学医了。

过了几天，他又纠结起来，"医生是医病的。我是要医人的，医生是与病人为伍的，我是喜欢儿童的，儿童也是喜欢我的。我还是学教育，回去教他们好。"经过几个失眠之夜，他又去跟周校长说还是要回奥柏林学教育学。周校长说："电报已经打出，不能再改了。好在约翰·霍普金斯大学的文理科也是非常著名的。你还是到那里去吧！"最后，他学的还是教育学，但是去的是约翰·霍普金斯大学，后来成了著名的教育学家。

1923 年 8 月的海上雅集

—— 文学史上的"杰克逊总统"号

在 20 世纪上半叶，中国学生要去美国留学，只能坐邮船出洋。从目前的著述来看，在诸多出洋的邮船中，最可能被文学史册记载的当属 1923 年夏天的"杰克逊总统"号了，而这主要归功于来自清华学校的梁实秋和来自燕京大学的冰心（谢婉莹）。前者对在船上创办的《海啸》专栏居功至伟，而后者则贡献了其中最为知名的作品 ——《纸船》。

伊莱恩·鲍里什关于"文学性居所"概念的提出

英国著名专栏作家伊莱恩·鲍里什（Elaine Borish）曾著有《被退稿的名著》（*This Book Is Unpublishable!*）、《文学性居所：

英国著名作家曾驻留的历史性旅馆》（*Literary Lodgings：Historic Hotels in Britain Where Famous Writers Lived*）等。在本书的前言中，她提到人们往往迷恋于与作者有关的住处，而文学性朝圣也常常被当成旅游的最好借口。依笔者所见，这一点一方面是因为作者曾驻足于此，比如故居、旅馆、咖啡馆等，最著名的就是J.K. 罗琳写作《哈利·波特》的爱丁堡大象咖啡馆了；另一方面是因为作者在自己的作品中描写到它，比如海莲·汉芙的《查令十字街 84 号》指向的同名地址、柯南道尔在《福尔摩斯探案集》中提到的"贝克街 221B"等。

　　而笔者在本文中论述的是 1923 年 8 月 17 日从上海起航的"杰克逊总统"号以及船上的文学青年所从事的文学活动。

1923 年 8 月的"杰克逊总统"号及其乘客

　　此时的"杰克逊总统"号（President Jackson）由美国的罗伯特·大来（Robert Dollar）家族控制的大来轮船公司运营，吨位为12000 吨。它是罗伯特·大来 1922 年从提督轮船公司（Admiral Oriental Mail Line）购买而来。它往来于太平洋的两岸，一边是东方的上海、香港、横滨或者马尼拉，一边是北美洲西岸的温哥华、西雅图和旧金山。就 1923 年夏天的这次航行而言，去美国的留学生们 8 月 17 日从中国的上海出发，经过日本的横滨和神户，跨过浩瀚的太平洋，9 月 1 日到达美国西海岸的西雅图。

在此行的留学生中，人数最多的一群当然是来自清华学校癸亥级的 91 名毕业生，其中有 5 名专科生（李书田、朱物华、石超庸等）和 5 名女生。除了梁实秋外，著名的还有顾毓琇（笔名一樵）、李先闻、方重、吴文藻、吴景超、谢文炳、吴卓、孙立人、孙瑜等。除了公费生外，还有一百余名拟自费读硕士学位的国内各大学毕业生。其中来自燕京大学的除了冰心外，还有许地山、陶玲两位。

除了这些人外，这条船上还有不少未来的中国名人，比如求学于弗吉尼亚军事学院的抗日名将孙立人；求学于普渡大学、获得康奈大学博士学位，最终当选为首届中央研究院院士的农学专家李先闻。令人惊奇的是，后来在政坛上呼风唤雨的陈立夫坐的也是这艘船，不过当时他学的是匹茨堡大学煤矿工程学，而且是自费留学。当然最值得一提的是顾毓琇，他能理善文：不仅是第一位获得麻省理工学院科学博士的中国人、台湾研究院院士，还是世界诗人大会加冕的桂冠诗人、著名剧作家和音乐家；他学而优则仕：不仅做了国立中央大学校长，而且 1938 年做了教育部政务次长，部长就是他的同船同学陈立夫。

陈立夫在其回忆录《陈立夫回忆录：成败之鉴》中写道，1923 年夏天他从北洋大学采矿系毕业之后，就渴望能赴美留学，当时清华学校为两名校外学生提供奖学金，南方、北方各一名。陈立夫报名参加了考试，但败给了同校土木系同学李书田，只能走自费留学的路子。1925年，他获得美国匹茨堡大学采矿学硕士学位后回国。

李先闻在其自述中写道："到黄浦江，看到要载我们去美国的杰克逊总统号，是个庞然大物，就勇气百倍，兴高采烈地上船去。"但是刚上船不久，忽然一人从上层甲板上"哇"的一声，向下吐了水手们满身，李先闻一看，是孙立人同学。

而冰心在《往事》的"之五"和"之八"中提到了大家在船上的情形，记录的时间分别是1923年的8月20日夜、8月28日。临行前，她的父亲曾笑着对她说："这番横渡太平洋，你若晕船，不配做我的女儿！"而冰心在寄给父亲的信中，曾说了这么几句："我已受了一回风浪的试探，为着要报告父亲，我在海风中，最高层上，坐到中夜。海已证明了我确是父亲的女儿。"

值得一提的是，本来这艘船上还应该有顾一樵的同学梁思成及其女友林徽因，但是1923年5月7日，梁思成骑着摩托车参加"国耻日"示威大游行，不幸发生车祸，被送进医院急救，落下右腿残疾。因此，两人不得不推迟一年出国。但我们也可以想象一下冰心和林徽因两位才女在船上见面的情景。

关于这次放洋，梁实秋在《海啸》一文中的回忆是这样的：

一九二三年八月清华癸亥级学生六十余人在上海浦东登上杰克逊总统号放洋。有好多同学有亲友送行。其中有些只眼睛是红肿的，船上五个人组成的小乐队奏起了凄伤的曲调，愈发增加了黯然销魂的情趣。给我送行的只有创造社的几位，下船之后也就走了。我抚着船栏，看新人把千万纸条抛向码头，送行的人拉着纸条的另一端，好像是牵着这一万二千吨的船不肯放行的样子。等到船离开了码头，纸条断了，送行的人群渐渐模糊，我们人人脸上露出了木然的神情。

天连水，水连天，不住的波声渊清。好多只海鸥绕着船尾飞，倦了就浮在水上。一群群的文鳐偶然飞近船舷，一闪而没。我们一天天地看日出日落，看月升月沉。

文学青年们的前期创作

梁实秋、顾毓琇本来就是文艺青年，在清华学校读书时就开始了文学创作活动。梁实秋在《谈闻一多》中讲道：

一九二〇年，我的同班的几位朋友包括顾一樵、翟毅夫、齐学启、李涤静、吴锦铨和我共六个人，组织了一个"小说研究社"，占一间寝室作为会址，还连编带译的弄出了一本《短篇小说作法》。后来我们接受了闻一多的建议，扩充为"清华文学社"，增添了闻一多、时昭瀛、吴景超、谢文炳、朱湘、饶孟侃、孙大雨、杨世恩等人为会员。后来我们请周作人教授来讲过一次《日本的俳句》，也请过徐志摩来讲过一次《文学与人生》，那都是一多离校以后一年的事情了。

到高中四年级时，梁实秋和顾一樵、吴景超、王化成同处一室。梁、顾、吴三人合力编辑《清华周刊》，吴景超是总编辑。每到周末，他们三人就要聚在一起，商讨下一期周刊内容，由此积攒了丰富的编辑经验。这为后来他们在"杰克逊总统"号上办《海啸》壁报埋下了伏笔。

梁实秋对顾一樵的评价："毓琇江苏无锡人，治电机，而于诗词戏剧小说无所不窥，精力过人。"

他们和燕京大学的冰心、许地山等人，已经在文坛崭露头角，并和创造社、文学研究会等有了一些联系，在《创造周报》《小说月报》等报刊上发表了早期的作品。

据梁实秋在《清华八年》中的自述，闻一多和他对当时的《冬夜》《草儿》等诗集颇有一些意见，先后分别写了《〈冬夜〉评论》和《〈草儿〉评论》，合为《〈冬夜〉〈草儿〉评论》，花了印刷费一百余元自行刊印，受到郭沫若的来信赞美，由此结识了创造社的大将郭沫若、郁达夫和成仿吾。1923 年 8 月初，梁实秋到上海后，在郁达夫的陪同下到郭沫若寓所登门拜访，在郭的力劝下，允诺加入创造社。登上"杰克逊总统"号的那一天，郭沫若、郁达夫、成仿吾到码头上为梁实秋送行，郭沫若手里还抱着梁实秋的孩子。关于这些，他在《清华八年》《海啸》和《旧笺》中均有描述。后文我们还会提到，虽然梁实秋和创造社诸君有较多的文学往来，但是他还是把《海啸》的 14 篇选稿投给了文学研究会主持的《小说月报》。

　　1921 年 1 月，文学研究会成立，许地山与周作人、郑振铎、茅盾、王统照等一样，也是十二位发起人之一。同年《小说月报》改刊，自 12 卷 1 号起由茅盾主编，成为文学研究会的"代机关刊"，自 1923 年 1 月第 13 卷起由郑振铎主编。自 1921 年第 12 卷第 1 期发表《命命岛》之后，许地山就经常在该刊上发表文章，大多以"落华生"为名。

　　顾一樵 1920 年开始翻译短篇小说，作品大多发表于《小说月报》，其创作情况如下：《一诺》（薄堆著）发表在《小说月报》1921 年第 12 卷第 5 号，《生欤死欤》（马克·吐温著）发表在 1921 年第 12 卷第 7 号，《孤鸿》（剧本）发表在 1923 年第 14 卷第 3 号，《别泪》发表在 1923 年第 14 卷第 11 号，另外还有不少作品在《清华周刊》《文学周报》等刊物上发表。1923 年 12 月，他的《芝兰与茉莉》作为"文学研究会丛书"的一种，交给商务印书馆出版，他在自传《一个家庭两个世界》中说"六月十八日，上海商务印书馆通知我书稿得允出版"。

　　许地山和顾一樵本不认识，是《小说月报》主编郑振铎在 1923 年 8 月初牵的线。他们出洋时，《文学旬刊》1923 年第 86 期还为之刊登了"文学研究会会员消息"："许地山与顾一樵二君于八月十七日乘'约凯逊总统'号赴美国留学，通讯地处未定。"

　　其他如后来的著名电影导演孙瑜当时也以"理白"为笔名，在《小说月报》1921 年第 12 卷第 5 号、第 11 号上发表了他的译作《豢豹人的一个故事》（杰克·伦敦著）、《娱他的妻》（哈代著）。但是，他到美国研习的是电影，回国后成就了辉煌的电影事业。

冰心与《寄小读者》的创作

与许地山、顾一樵、梁实秋相比，冰心此时的文学成就更高一些，或者说出名更早一点。冰心考取了美国威尔斯利女子大学的奖学金，赴美攻读英语文学专业。在出国之前的 7 月 25 日，她开始为《晨报副刊》的《儿童世界》专栏撰写赞美自然和母爱、介绍国外风土人情的系列文章，这些文章到 1926 年被结集为《寄小读者》出版，为中国儿童文学的发轫之作。

在上海写就的《通讯六》（写于 1923 年 8 月 16 日）记录了她临行前的离愁别绪，"小朋友：你们读到这封信时，我已离开了可爱的海棠叶形的祖国，在太平洋舟中了。我今日心厌凄恋的言词，再不说什么话，来缭乱你们简单的意绪。……在上海还有许多有意思的事，要报告给你们，可惜我太忙，大约要留着在船上，对着大海，慢慢地写，请等待着。"她信中所提到的船，就是她赴美乘坐的"杰克逊总统"号，她称之为"约克逊总统"号，简称"约克逊"号。

船在日本神户要作简短的停留，上岸时大家纷纷到邮局买邮票寄信，神户邮局顿时被中国学生塞满了，这才离开不过三天

啊! 冰心在这里写出了她的《通讯七》(写于 1923 年 8 月 20 日) 的前半部分, 其中写道:

> 亲爱的小朋友: 约克逊号邮船无数的窗眼里, 飞出五色飘扬的纸带, 远远地抛到岸上, 任凭送别的人牵住的时候, 我的心是如何的飞扬而凄恻。
>
> 痴绝的无数的送别者, 在最远的江岸, 仅仅牵着这终于断绝的纸条儿, 放这庞然大物, 载着最重的离愁, 飘扬西去!

为什么到美国西海岸是"西去"而不是东行呢?

对此, 1922 年出国的清华学校学生沈有乾解释道: 我们中国人始终觉得美洲是在太平洋之东, 但是欧美人士认为是在大西洋之西。因此, 他虽然写了东游美国的回忆, 但也不得不将错就错地定名为《西游记》(也称《西游回忆录》)。

《通讯七》的后半部分是冰心在威尔斯利大学的慰冰湖畔写出的。她说: "小朋友! 海上半月, 湖上也过半月了, 若问我爱哪一个更甚, 这却难说。——海好像我的母亲, 湖是我的朋友。我和海亲近在童年, 和湖亲近是现在。海是深阔无际, 不着一字, 她的爱是神秘而伟大的。我对她的爱是归心低首的。湖是红叶绿枝, 有许多衬托。她的爱是温和妩媚的。我对她的爱是清淡相照的。这也许太抽象, 然而我没有别的话来形容了!"

她还在《通讯十六》(写于 1924 年 3 月 1 日) 中写道: "离开黄浦江岸, 在太平洋舟中, 青天碧海, 独往独来之间, 我常常忆起'海水直下万里深，谁人不言此离苦'两句。因为我无意中看到同舟众人当倚栏俯视着船头飞溅的浪花的时候，眉宇间似乎都含着轻微的凄恻的意绪。"

在以后的通讯中，冰心时不时地提到这次出国之旅。特别是后来写成的《通讯十八》（写于 1924 年 6 月 28 日），还专门在"一九二三年八月二十日　神户""二十一日　横滨""二十三日　舟中""二十四日以后　舟中""九月一日之后"这样的标题下提到了她的所为、所看和所想，这篇文章实际上是日记记载的集合。

船到了目的地西雅图之后，"大家匆匆的下得船来，到扶桥边，回头一望，约克逊号邮船凝默的泊在岸旁。我无端黯然！从此一百六十几个青年男女，都成了漂泊的风萍。也是一番小小的酒阑人散！"（参见《寄小读者　通讯十八》）

从此，这些志忐的留学生都散到了美国的各个大学，追寻自己的梦想，由此换来的是几年以后获得学位、回国就职的意气风发！

1926 年 7 月 27 日，将冰心从上海送到美国的"杰克逊总统"号，又把学成归来的冰心送回了上海。她在《通讯二十八》（写于 1926 年 7 月 30 日）中这样说道：

亲爱的母亲！我的脚已踏着了祖国的田野，我心中复杂的蕴结着欢慰与悲凉！念七日的黄昏，三年前携我远游的约克逊号，徐徐地驶进吴淞口岸的时候，我抱柱而立。迎着江上吹面不寒的和风，我心中只掩映着母亲的慈颜。三年之别，我并不曾改，我仍是三年前母亲的娇儿，仍是念余年前母亲怀抱中的娇儿！

在这次为期三年的留学之旅中，冰心不仅写下了不少散文篇什，而且萌发了自己的爱情，而这仅仅源于船上一个小小的误会。1923年8月18日，上船的第二天，冰心请燕京同学许地山代寻同学吴落梅要求关照的弟弟、清华学校学生吴卓，听岔了的许地山却找来了吴卓的同学吴文藻。冰心只好将错就错地请吴文藻参加他们正在玩的丢沙袋游戏。

接下来，他们两人倚船栏闲谈，互相问起将学什么专业。吴文藻要去达特茅斯学院学社会学，而冰心说学文学，并说想选修一些有关19世纪英国诗人的课程。当吴文藻听冰心说没有读过他列举的几本著名的英、美评论家评论拜伦和雪莱的著作时，他就严肃地说："如果你不趁在国外的时间多看一些课外书，那么这次到美国就是白来了。"

出国之前，冰心的诗集《繁星》《春水》和小说集《超人》已经出版，她也是小有名气的女作家了。吴文藻的话未免让冰心感到刺耳，但她又觉得忠言逆耳，马上就当吴文藻是诤友加畏友了。他俩的美好的爱情从此开始。

本来，许地山是喜欢冰心的，但此时的他丧妻有女，长得老气，并不入冰心的慧眼。在"杰克逊总统"号上"出版"的《海啸》壁报上，许地山发表过一首《女人，我很爱你》：

女人，我很爱你。

可是我还没跪在地上求你说

"可怜见的，俯允了我罢。"

你已经看不起我了！

这天亡的意绪

只得埋在心田底僻处，

我终不敢冒昧地向你求婚。

到美国后，许地山去了纽约的哥伦比亚大学，不久就去了英国的牛津大学。1929 年，许地山和周俟松订婚，冰心致贺词。她在《忆许地山先生》中说："中文的贺词是我说的，这也算是我对他那次'阴错阳差'的酬谢吧！"

《海啸》壁报的创办及后续出版

在刚上船的时候，冰心和一个清华学校的男生在甲板上不期而遇，两人之间发生了这样一番对话：

男：您到美国修习什么？

女：文学。您修习什么？

男：文学批评。

谈话就这样进行不下去了。这个男生就是梁实秋。他刚在 1923 年 7 月 29 日出版的《创造周报》第 1 卷第 12 期发表了一篇《〈繁星〉与〈春水〉》，觉得冰心的"那些小诗里理智多于情感，

作者不是一个热情奔放的诗人，只是泰戈尔小诗影响下的一个冷
隽的说理者"（参见散文《忆冰心》）。当然这番令人尴尬的对话
不妨碍他们以后成为很好的朋友，也不能阻止他俩和其他一些文
学青年在船上开展起文学活动来。

　　由于梁实秋、许地山、冰心、顾一樵等人都很适应海上的
生活，太平洋上风平浪静也不晕船，青年的创作欲和发表欲又作
怪，他们就兴致勃勃地办了文学性质的壁报——《海啸》，张贴
在客舱入口处，三天一换。内容是创作与翻译并蓄，篇幅以十张
稿纸为限，密密麻麻地用小字誊录。梁实秋题写了隶书的刊头，
下面剪贴着"杰克逊总统"号专用信笺上的轮船图形。担负起大
部分抄写工作的则是顾一樵。

　　至于谁是发动者，冰心的说法是"清华的梁实秋、顾一樵等
人，在海上办了一种文艺刊物，叫作《海啸》，约我和许地山等
为它写稿"。（参见《悼念梁实秋先生》）。而让冰心感到惊讶的是
梁实秋的真挚和坦诚。

　　　　有一次在编辑会后，他忽然对我说："我在上海上船以
　　前，同我的女朋友话别时，曾大哭了一场。"我为他的真挚
　　和坦白感到了惊讶，不是"男儿有泪不轻弹"么？为什么对
　　我这个陌生人轻易说出自己的"隐私"？

确有此事。1923 年 8 月梁实秋从北京到上海候船出洋，在上
海待了一星期，住在旅馆里。创造社的几位天天来访，逼着梁实
秋给写点东西。他回忆起女友程季淑给他饯行时的情景，就此写

了一篇纪实的短篇小说，题为《苦雨凄风》，发表在《创造周报》第1卷第15期。他在文章的最后写道：

> 我扶着她缓缓地步入餐馆。疏细的雨点——是天公的泪滴，洒在我们身上。
>
> 她平时是不饮酒的，这天晚上却斟满一盏红葡萄酒，举起杯来低声地说：
>
> "祝你一帆风顺，请尽这一杯！"
>
> 我已经泪珠盈睫了，无言地举起我的一杯，相对一饮而尽。餐馆的侍者捧着盘子在旁边诧异地望着我们。
>
> 我们就是这样地开始了我们的三年别离。

《海啸》壁报出了若干期之后，他们也就到了美国西海岸。上岸之后，他们挑选了14篇作为一个专栏，寄回国内并以"海啸"的名义发表在《小说月报》第40卷第11号（1923年11月10日出刊），说明是"约克逊舟中太平洋上几个旅客的小品"。《小说月报》的"编者"（疑即主编郑振铎）在第10号的"最后一页"作了预告："落华生与冰心女士诸位，已于今年八月间到美国去。他们在碧海青天、波涛灏莽的境地里，出产了不少的文学作品；在他们到了美国时，立刻便把他们的这些产品寄给本报。这些稿子共有十四篇，有的是诗，有的是小说，总名为《海啸》；落华生有《海世间》《海角底孤星》《醍醐天女》及《女人，我很爱你》四篇，冰心女士有《乡愁》《惆怅》及《纸船》三篇，梁实秋君有《海啸》《海鸟》《梦》及《约翰，我对不起你》四篇，顾一樵君有《别泪》及《什么是爱》二篇，C.H.L 有《你说你爱——》一篇，全稿在十一号本报上发表。想读者一定要很愿意赶快的看见他们。""C.H.L"不知何人，但顾一樵在《一樵自订年谱》中提到是梁实秋。确实，"C.H.L"是梁实秋的本名"梁治华"英译的头个字母大写。至于其他给《海啸》壁报投稿的还有何人，顾一樵提到还有翟毅夫。

这些作品反映的大多是海上的生活和情感，比如梁实秋的《海啸》《海鸟》，冰心的《乡愁》《惆怅》《纸船》，许地山（笔名落华生）的《海角底孤星》，以及顾一樵的《别泪》。梁实秋在《海啸》的最后说：

明月有圆有缺，海潮有涨有落。

请在海上的月夜，把你的诗心捧出来，

投入这水晶般的通彻玲珑的无边天海！

都说从事文学批评的人写不出好的诗作。对于从事文学批评的梁实秋写的诗，不知道写诗的冰心又作如何的评价呢？

1925 年 3 月，《海啸》作为"小说月报丛刊"的第 27 种书籍交所在的商务印书馆出版，属于当时杂志的抽印本。

其他的留学生后来也对这次航行有所着墨。20 世纪 30 年代，谢文炳在《论语》《宇宙风》等杂志上发表了两组著名散文——《留美写真》《金山笔记》，真实地记录了他在美国留学生涯中耳闻目睹的事实。此外，他在 1947 年修改出版了的长篇小说《诗亡》，以青年诗人童时钦与许丽实的爱情为主线，反映出一群中国留美学生的生活。这些都成为现代文学史上"留学生文学"独特的一章。而《诗亡》的第一章则以文学的笔调描述他和其他留学生从上海上船到美国西雅图下船之间的生活片段。其中有一段描述了他们乘坐的"约克逊总统"号：

> 他们所订的海船约克逊总统号趁着高潮，泊到了江岸。一眼望去，那就像一座山，在那儿高傲地，威吓地，俯视附近一带的船只。那圆筒筒的烟囱，那高越的甲板，那吃水很深的船身，都凌空耸峙出一种乘风破浪，冲闯不可当的壮丽。

《纸船》的影响

在这艘邮船上发表的所有作品中，冰心的《纸船》最为知名。正是由于被《晨报副刊》《小说月报》发表，又作为"小说月报丛刊"重印出版，这首小诗才广为流传。以下是原作：

> 纸船——寄母亲
> 我从不肯妄弃了一张纸，
> 总是留着——留着，
> 叠成一只一只很小的船儿，
> 从舟上抛下在海里。
>
> 有的被天风吹卷到舟中的窗里，

有的被海浪打湿，沾在船头上。

我仍是不灰心的每天的叠着，

总希望有一只能流到我要他到的地方去。

母亲，倘若你梦中看见一只很小的白船儿，

不要惊讶他无端入梦。

这是你至爱的女儿含着泪叠的，

万水千山，求他载着她的爱和悲哀，归去。

八，二十七，一九二三，太平洋舟中

在中华人民共和国成立以后的出版过程中，诗中指代"杰克逊总统"号的"他"一律改为了"它"，其他内容则没有改动。

1999年，也就是冰心生命的最后一年，她得知《纸船》将要被选入初中语文新教材，非常高兴，于是就给全国小朋友写了一封信，叫《又寄小读者》：

我的亲爱的小朋友们：

得知《纸船》将选入初中语文新教材，我很高兴。如果这首小诗也能像《寄小读者》和《小桔灯》一样能触动朋友们心中的一些美好情感，那于我将是一件非常幸福的事。

写《纸船》的时候，我还非常年轻，写作经验不足，而且经历了大半个世纪的变迁，诗歌中更有许多字词句等方面的问题值得探讨。所以，我一直有这样的一个愿望：如果能就此诗和小朋友们举行一次"诗歌评改会"，那该是一件多么有意义的事情!

　　我就以这封短信作为邀请函吧!小朋友,我相信,因为有了你的力,《纸船》一定会更加优美动人。

　　此致

敬礼

你们的冰心奶奶

1999 年 1 月

　　这首诗曾被收录苏教版初一语文课本、人教版五年级上语文课本(《慈母情深》一课的阅读链接)。此诗还曾被收录人教版七年级上语文课本(和泰戈尔的《金色花》同属《散文诗两首》),后在改版时被冰心的另一篇文章《荷叶母亲》取代。

小结

　　作为运输工具的邮船,"杰克逊总统"号因为运送了冰心、梁实秋、许地山、顾一樵这些未来的大作家出洋,而成了他们的创作素材,这艘轮船所经过的太平洋也成了他们的灵感来源。从文学史上看,"杰克逊总统"号因而有了特别的意义,比如它是《海啸》壁报的产生地,或者说《纸船》作者的创作地等,从而成为一种附媚的对象、被人崇拜的偶像。只是我们不知道这艘"文学之船"至今流落何方!

第四辑　坊间书话

书店话今昔

——追记伦敦查令十字街之旅

如果有什么书店能让爱书人惦记，我想就是位于伦敦查令十字街84号的马克斯-科恩书店、巴黎的莎士比亚书店了。它们之所以能被人惦记，就是因为它们都是有故事的书店。而4年前的查令十字街之旅仍然是我的一段难忘的经历。

"你们若恰好路经查令十字街84号，请代我献上一吻，我亏欠她良多。"（If you happen to pass by 84 Charing Cross Road，kiss it for me! I owe it so much.）几乎每个爱书人都默念着这句话来到查令十字街84号"朝圣"。2009年在英国斯特灵大学研习出版期间参观伦敦国际书展的我，也是其中的一个。

伦敦在每个游客眼中都有不一样的景致，而对我们几个从伦敦国际书展伯爵宫现场出来的人来说，最好的目的地便是伦敦的"书店街"——查令十字街（Charing Cross Road）及坐落在84号的书店旧址了。

每个业内人士都明白，网上书店、数字出版在当今出版业是不可避免的事情："数字化是我们的宿命。"但是我担心的是电子书越来越多的今天，我们能否得到和纸版书一样的阅读乐趣？往日的书虫到哪里才能找到他们的"食物"？

我们眼中的每一本书都有两个方面：内容和形式。在过去500年中，我们已经习惯于边摩挲书页，边欣赏内容，有时还要发痴到去闻闻书，看有没有所谓的"书香"。我们都喜欢那种藏书万卷、坐拥书堆的感觉。

还是让我们从查令十字街之旅开始吧！

2009年4月21日，在坐地铁从伯爵宫到查令十字街的过程中，我们发现了越来越多的畅销书广告牌。这意味着我们离伦敦有名的"书店街"越来越近了。

出了地铁口不远，就是一个瓦特斯通（Waterstone's）的连锁店。这家书店非常大，但顾客寥寥，我们一行五人稍微显得有些"壮观"。一个索尼阅读器也同书一起摆在书架上，售价是235英镑。据传闻，该书店有倒闭之危险。据说它是英国最大的连锁书店。我还清楚地记得，在过去，许多真正懂书的独立书店正是被这样的大连锁店挤垮的。现在同样的命运是不是也轮到它了？

查令十字街84号这个地名是和一个爱情故事紧密联系在一起的。这个故事从1949年开始，到1969年结束，前后历经二十年。故事的主人公一个是纽约的潦倒单身女作家海莲·汉芙，一个是伦敦的二手书店经理弗兰克·德尔。两人从未见过面，但在二十年中通信频繁，虽未在信中谈到一个"爱"字，但浓浓的爱意甚至让经理的妻子也感到嫉妒。故事的结尾并不美好：当女主角几经徘徊，最终想来伦敦时，男主角已经去世了，书店也关门了。汉芙马上搜集了两人的书信，编成了《查令十字街84号》，交给著名的维京出版社出版。而正是在维京出版社的赞助下，她的伦敦之旅终于得以成行。

1975 年和 1987 年，此书两次被改编成电影，这个地址也变得广为人知，成为许多书虫的梦想。而中国人能够知道"查令十字街84号"这个地名及其背后的故事，绝对和钟芳玲先生的《书天堂》有关。有关的书籍、戏剧、电影、纪念文章等，使得查令十字街84号越来越成为一个神话。作为实体书店，它是死了，但是作为书店文化，它又重生在人们的记忆里。每家书店如果都往神话方向努力，是不是就会不朽呢？

当然，查令十字街并不是只有这一家书店。一路上我们经过的诸多书店中，还有一家名为"查宁阁图书馆"的中文书店，我们略微感到了一点熟悉的文化气氛，但不如我们想象的多。

最后几经周折，我们来到了目的地。虽然早知道它不再是一家书店，只是一家餐馆，但我们还是很失望，本以为它也许会卖点纪念品什么的，比如书、同名电影光盘、明信片等。能够让人有怀旧感觉的是一块铜质铭牌，上面写着：查令十字街84号，马克斯-科恩书店，因海莲·汉芙的书而闻名于世。我们只是拍了几张照片，就匆匆离开了。

　　这条街上多的是二手书店，当我推开 Henry Pordes 书店的门时，一股熟悉的味道直冲我的鼻子，映入眼帘的是那贴壁而立、直达房顶的书架。我拣选了两本廉价版的经典童书——《爱丽斯漫游奇境记》(*Alice in Wonderland*) 和《彼得·潘》(*Peter Pan & Peter Pan in Kensington Gardens*)，其定价均为 1.99 镑。很便宜，不是吗？

　　在离开这家书店之前，我问老板是否知道查令十字街 84 号，也许老板对我们这样的旅客已是习以为常。他说："牌子太小了！"我们深有同感。照相的时候，铜牌在我们的头顶上方，而且灰暗不易辨识，无论远照还是近照都无法达到满意的效果。他又说："我们书店的书都很便宜，它们能给人带来很多乐趣，而我也能挣到钱。我们都很开心。"说得太对了！

　　我想查令十字街 84 号是一个卖同名书籍和电影光盘的好场所。顺便再弄点照片、家具等相关的布置，顾客在吃饭的同时也可以想起这个爱情故事。但这只是我个人的想法，开餐馆的老板未必有此等雅兴。在以文学著称的伦敦，有块牌子就不错了！

　　一路上我还在想老板的话，也许"老人爱老书，新人买电子书，各得其所"。不知不觉我们来到了福伊尔书店，朱自清当年也在此看过书，还把此行写入他的《欧游杂记》里。我想也许这家书店能满足我看书的乐趣。顺便说一下，它的对面是鲍德斯书店。它是美国第二大连锁书店在此地开的分店，可是不久连它的美国总部也倒闭了。

我们找到的这家书店是福伊尔书店的旗舰店，号称是欧洲最大的一家，一共有 5 层，有超过 20 万种书上架。它被授予了"2008 年英国书商（UK Book Seller of the Year 2008）"的称号。

"我在哪才能找到关于出版的书？"我问了好几个店员，最后才找到地方，但是那里也并没有太多的书供我选择。让我稍微感到高兴的是有一本《艾伦·莱恩的生活与时代》（*The Life and Times of Allen Lane*），但定价太贵，9.99 镑，没有折扣，花将近 100 元人民币买本平装书不值得，我想亚马逊书店上有更大折扣，花一两镑买本旧书看看也好。

像我这样的读者肯定很多。我在此花了两个小时，但是只看到很少的读者，难以想象福伊尔书店是靠什么生存到现在的，未来还能靠什么生存下去。在数字化的未来，这条书店街还有存在下去的可能性吗？

不管怎么说，查令十字街这条书店街还在，自许文化之都的北京还没有让人神往的书店街呢！

《查令十字街 84 号》背后的故事

——以此纪念海莲·汉芙 100 周年诞辰

与马克斯-科恩书店结缘

说到《查令十字街 84 号》（以下简称《84 号》）的创作、出版与传播，一切都要从 1949 年 9 月的某一个秋夜讲起。

这一天的晚上，33 岁的纽约"剩女"海莲·汉芙（Helene Hanff，1916 年 4 月 15 日—1997 年 4 月 9 日）翻开了《星期六文学评论》（*Saturday Review of Literature*），浏览它的绝版书店广告。因为纽约城包括巴诺书店（Barnes & Noble Booksellers）在内的旧书店乏善可陈，因此位于英国伦敦一家名为"马克斯-科恩"（Marks & Co.）书店的广告引起了她的注意。虽然它位于本版不太显眼的位置，但是"古董书商""查令十字街 84 号"（84, Charing Cross Road）这样的字眼让她眼前一亮。英国书业的历史比美国的要长得多，查令十字街又是欧洲有名的书店街，那里也许有她在美国搜寻不得的价廉物美的旧版书吧。因此海莲于同年10月5日试着给该书店寄去了一封信，附上一份书单，包括威廉·哈兹里特（William Hazlitt）的散文、罗伯特·路易斯·斯蒂文森（Robert Louis Stevenson）的作品、利·亨特（Leigh Hunt）的散文、拉丁文版《圣经》等。这些全是她"目前最想读而又遍寻不着的书"，因为她只是"一名对书本有着'古老'胃口的穷作家"。

没想到，才过了20天，该书店一名落款简写为"FPD"的"店员"就给海莲报告了好消息，哈兹里特的散文、斯蒂文森的作品均能找到寄上；拉丁文版《圣经》虽然没有存书，但是有可替代的两种《新约全书》。不过，"FPD"也承认利·亨特的散文"目前颇不易得见"，答应代为搜寻。店员回信的口气彬彬有礼，服务极为周到，给她留下了好感。与此同时，该书店寄出的书籍也在漂洋过海中。11月3日，这些书就到了海莲的手中。她拿到斯蒂文森的书，第一感觉是"简直不晓得一本书竟也能这么迷人，光抚摸着就叫人打心里头舒服"。

后来，海莲才知道这位"FPD"就是书店经理"Frank P. Doel"（弗兰克·德尔），一个尽卖便宜好书给她的好心人。马克斯先生和科恩先生两位合伙人之下职位最高的就是他了。这就开启了两人近20年的"爱书人之旅"。在这20年的职业生涯中，弗兰克要么到乡下去收书，要么在书店卖书，几乎没有到纽约出差的机会，而海莲几度有来伦敦"朝圣"的打算，但最终因为这样或那样的原因没有成行。但是她相信，"书店还在那儿"，弗兰克也会一直在那儿。

"我要为此写点什么"

如果不是 1969 年 1 月 8 日的一封来自该书店的信，一切也就此渐渐湮没下去了吧。两人之间的通信早已经超越了买书人和卖书人的关系，1968 年 10 月 16 日弗兰克给海莲的信中，落款"弗兰克"之前终于多了"love"，变成了"爱你的弗兰克"，但是还能怎么样呢！这只是两人心里深藏的小秘密罢了。这么多年的书信也只会藏在房间的某个角落里，两人最多只是偶尔拿出来翻读，聊以慰藉罢了。

到了这个时候，虽然在哈泼出版社（Harper Publishers）的编辑吉纳维芙·杨（Genevieve Young，中文名"杨蕾孟"，杨光泩的女儿、顾维钧的继女）的帮助下，海莲矢志的写作事业有了些许起色，在 1961 年出版了《混迹演艺圈》（*Underfoot in Show Business*），销售额还说得过去。但是，她的其他几部书稿被哈泼先后退了稿，她只能写写给青少年看的、没有版税可拿的一些历史小书。大学都没怎么上过的她，想在纽约的文学界闯出一片天地，是极其困难的。不过她不得不承认，自己是一个失败的戏剧作家、一个无能的电视界边缘从业者、一个看不到发表前途的儿童历史书写手。

此时的海莲虽然孤身一人，身无分文，前程黯淡，但是还在苦苦挣扎。1969 年 1 月初的一天，她一大早就起来，在各个图书馆之间穿梭，为的是查找美国南方人权审判的文本资料。直到下午六点，她才抱着一大摞书回到家，照例从门口的邮箱取了邮件，由于手头拿着的东西太多，也没法一封封地细看，只见最上面有来自马克斯－科恩书店熟悉的小蓝信封。

海莲觉得有些异样，因为弗兰克经常把她的姓名和地址打成一行，并且只写上她名字的全称。这个信封上将她的姓名和地址打成了两行，而且名字"海莲"只是简写成了"H"。当时，她就想："他已经离开书店了。"虽然心中有一丝隐忧，但她也没有多想是怎么回事。

因为忙了一整天，海莲又累又饿，情绪低落。她将信放在桌子上，准备等吃完了晚饭再看。她先来了杯马提尼酒，边喝边做《卫报周刊》（*Guardian Weekly*）的填字游戏，然后做饭，吃完饭，填字游戏也终于做完了。接着，她泡了一杯咖啡，点上一支烟，心情变得舒坦起来，想道："要是他离开了书店，我有他家的地址，就可以直接写信给他和他妻子诺拉了。"最后，她拆开了信件，没想到看到的是一个惊天的噩耗。

原来，这封 1969 年 1 月 8 日由秘书琼·托德（Joan Todd）小姐从书店寄出的信上写道："我非常遗憾地告知您，德尔先生甫于上年 12 月 22 日（周日）去世了。丧礼则已在今年 1 月 1 日（周三）举行。"原来，弗兰克 12 月 15 日因患急性盲肠炎被紧急送到医院，不幸因病情扩散，腹膜炎并发而于一周后不治。

海莲心中原先的一丝隐忧终于得到了最为残酷的印证：那个离她很远、离她的心则最近的人已经与她阴阳相隔了。而就在弗

兰克死前不久，该书店的合伙人之一马克斯先生也过世了。她深
切地感到：这两人的去世，就好像已经成为她生活中不可或缺的
一部分的马克斯-科恩书店也从她身边被夺走了。她开始大哭，
不能自已，并不断喃喃自语："我要为此写点什么。"

　　她突然停止了哭泣，浑身变得冰冷。她想，如果要写点纪念
性文字，就必须找到弗兰克给她的信件。她开始翻箱倒柜，终于
在一个抽屉里找到了一个扁平的蓝包裹。她往桌子上倒出了其中
所有的信件。弗兰克给她的信最多，其他有的是弗兰克的妻子诺
拉写的，有的是书店里的女孩们写的，还有一封是德尔家隔壁的
博尔顿老太太写的。此外，她还发现了一张弗兰克神气地站在新
买的二手车旁的照片。

　　海莲读了一整晚的信，到上床时心情好了很多。她想到，《纽
约客》(*The New Yorker*)杂志会刊登一些信件形式的短故事，如果
她把自己和书店的往来书信加以适当的编选，也许《纽约客》会
采用这样的文章。

出版事宜

　　虽然弗兰克死了，但海莲的生活还是要继续。直到3月份，
她才断断续续地写完这篇文章，不过文章有67页之多。她之前
有幸在《纽约客》刊登了一篇文章，篇幅只有这篇的三分之一。

因此，她不知道该往哪里投好，想着要么先送给杨蕾孟看看吧。

因为这篇文章还没有题目，因此她直接用一页纸打了马克斯-科恩书店的地址——查令十字街84号，作为临时的篇名。这样的篇名不会让美国人有任何感觉，但是也不用担心，杂志的编辑在审稿时会根据文章的内容改个合适的篇名。她把文章寄给了杨蕾孟，附上一张字条，上面写着："我该拿它怎么办？"

几天以后，杨蕾孟打来了电话，对她说："我爱死它了，我哭了。为什么你以前总是送些我出版不了的稿子呢？"

海莲回答说："如果投给《纽约客》，它太长了。我想你可以告诉我投哪儿好。"这时，她听到了电话那头的叹气声。对方说："让我想想吧。"

一两周后，杨蕾孟又打来了电话，说："我们出版社的销售经理也干一份古董书商的兼职。因此我把你的稿件给了他，他对我说：'我爱死它了。但是如果要出版它，我不得不说并不好卖。'因此我又把稿子往上递交给了董事长卡斯·坎菲尔德（Cass Canfield）。他说：'它太激动人心了。但是，它太薄了，而且由书信编成。你也知道，书信体的书都不好卖。'"

海莲听到这儿，不耐烦地说："谁告诉你们它是一部书稿。它才67页！我只是想你会介绍一些文学季刊给我，我好向它们投稿。要投给像《纽约客》这样的杂志，它太长了！"

杨蕾孟说："这就是问题所在。要出书，它太短；要出刊，它太长。怎么都不合适。"因此，对方把稿件退还给了海莲。她将它丢到了桌子上，就这样过了几个星期。

一天晚上，美国联美电影公司（UNITED ARTISTS）的剧本编审玛娅·格雷戈里（Maia Gregory）打电话给海莲，让海莲去她家。她就住在与海莲同一栋大楼的下个门栋。海莲每周为她审读一部小说，看是否有可能买下版权拍成电影。玛娅这次又要给她派活了。

临出门之前，海莲随手从桌子上抓起自己的稿子带在身上。当玛娅把要审读的小说校样拿给她时，她也把那篇稿件递给了对方，说："帮我个忙。你有时间的话，能否看看这篇稿件，在我可以删掉的信件上打个叉，我想投给杂志试试，但是它篇幅太长了。"不过，她没想到玛娅当晚会看。

第二天上午，海莲正在写审读报告的时候，玛娅打来了电话。她说："我认识一个出版商，他迫不及待想要出版它。今天中午，我要和他一起吃饭。我可以把稿件给他看看吗？"海莲没理由反对。

两个星期以后的一天早晨，电话铃响了。对方说："是汉芙小姐吗？我是迪克·格罗斯曼（Dick Grossman）。"说完等了一会儿，很明显希望她做出适当的反应。迪克曾在西蒙与舒斯特出版社工作过，离职后创办了格罗斯曼出版社（Grossman Publishers），1965 年出版了拉尔夫·纳德（Ralph Nader）最好的一部"耙粪"作品《任何速度都不安全》（*Unsafe at Any Speed*），在纽约出版界和文学界颇有名望。但是令人尴尬的是，她对此没有任何反应。

对方接着说："我是你的出版商。"

海莲茫然地说："我没有名叫'迪克·格罗斯曼'的出版商。"

对方说："我马上就会成为你的出版商！我们将会出版《查令十字街 84 号》。"

海莲说："出成书还是杂志？"

对方说："当然是书。"

"你疯了！"这是海莲听到后的反应。

几天以后，海莲去了格罗斯曼出版社，这是迪克经营的一家小出版社。除了收录在稿件中的信件，该社的编辑还想要阅读弗兰克寄来的所有信件。除了这些信件，书稿还得收录海莲的所有回信，以及其他相关信件。这样，在编辑和海莲的共同努力下，这部书稿最终勉强"撑"到了 90 页，显得厚了些。

兴奋之下，海莲忘了告诉编辑，查令十字街是伦敦的一条街名，美国的读者对此一无所知，这部书稿需要一个新的书名。不然，在她的余生里，她的邻居和客人会反复提起他们是多么喜欢她这本名为诸如《查令十字街 64 号》或者《十字街 47 号》的小书。

因为赶不上 1969 年的秋季书目，迪克想在 1970 年的秋天推出这本书，这本书计划 1970 年 9 月问世，迪克还在各个报刊上提前打了广告。

这时一封来自马克斯－科恩书店的信，给这本书的出版做了悲摧的"应景"。信中说："在查令十字街经营 50 年之后，我们将于本年底关闭。作为对本书店的悼念，你的书将是它的一份计告。"该书店的另一个合伙人科恩先生也去世了，他的后人无意经营书店，只好关门了事。冥冥中好像马克斯-科恩书店希望用这样的方式，将以它的地址命名的这本书推上一把。毕竟人不在了，书店也不在了，这本书是对该书店最好的纪念。

"爱书人的圣经"

在该书出版的前后，首先是美国大报《纽约时报》刊登了一篇双栏的书评，接着全美各地报刊的书评纷至沓来。每期发行量高达 1500 万份的《读者文摘》（*Reader's Digest*）第一时间做了摘登，这带给海莲的是一张 8000 美元的支票。她简直难以置信，十年来一直囊中羞涩，没想到突然来了这么大的一笔钱。

一开始，这本书销售平平，业内报纸评价说这是一本只在小圈子流行的书籍。而这正是海莲最初给它的定位。畅销或者长销，《84 号》绝对属于后者。

由于海莲当时的住址 "305 East 72nd Street，New York，21，N.Y."（纽约州，纽约市东区，第 72 大街 305 号）被印在该书的天头位置，而她的电话号码又被印在曼哈顿的电话本上，因此她每天早上都能收到满满一信箱的信或者电话，在信中或者在电话中对方都自称是她的忠实粉丝。他们有的远在英属哥伦比亚的乔治王子岛，有的说自己是一个因纽特人的妻子，最近的乡镇离她有 300 公里之远。有位 84 岁的老先生杰伊·施密特每周来个电话，坚持了两年之后就不再来电，显然是去世了。这样的情形持续了很长时间，证明该书的反响之好。

1971 年元旦以后，出版商迪克来电话告知她："英国出版商安德烈·多伊奇（André Deutch）希望在伦敦推出本书的英国版。他是英国最优秀的、最有品位的出版商。你找不到比他更好的出版商了！"

几个星期以后，海莲的代理人弗洛拉·罗伯茨（Flora Roberts）来电话说安德烈·多伊奇的出版合同到了，英国版的出版日期是 1971 年 6 月，预付款是 200 英镑。海莲没有多想，就说："告诉他预付款不用寄，6 月我会来伦敦自取。"

过了这么多年，弗兰克过世了，马克斯-科恩书店也倒闭了。海莲终于要去她魂牵梦萦的伦敦了。这一次，她在英国足足待了5 周。

英国读者的反响比美国更为热烈。因为海莲的这本书是在向英国文化致敬，这仿佛让失去帝国老大地位的英国在它的前殖民地面前扳回了一些尊严：还好我们有悠久的历史、灿烂的文化。

这五周的英国盘桓为海莲带来了另一本畅销书《布鲁姆斯伯里街的女公爵》（*The Duchess of Bloomsbury Street*，1973 年）。这一次，杨蕾孟不再放手，毫不犹豫地为新东家利平科特出版社（J.P. Lippincott Company）出版了它。这两本书的出版为海莲带来了更多的、更疯狂的粉丝。

1973 年 7 月的一天，海莲收到了一张明信片，寄自在伦敦度假的一对纽约夫妇。他们说自己是《84 号》的铁杆粉丝，在查令十字街上看到了空荡荡的马克斯-科恩书店。他们还说："我在这里遇上了你的朋友，来自奥马哈的丹·凯利（Dan Kelly），他说他告诉过你，要把书店的招牌带给你。"

海莲完全不记得有这回事，也没放在心上。11 月的一天晚上，电话铃响了，对方说："嗨，我是奥马哈的丹·凯利。"他说给她带来了书店招牌，因为 1972 年他在查令十字街 84 号附近发现马克斯-科恩书店的招牌在风中摇晃，就想"我要为海莲偷了这块招牌"，而海莲在回信中说："为什么不呢？"她只是随口说说，已把此事忘得一干二净。

此事之后的第二年夏天，丹·凯利又一次来到了伦敦旅游。他去了伦敦市政厅，被允许拆下这块马克斯-科恩书店的招牌。就这样，这块招牌漂洋过海来到了海莲的身边。这是粉丝带给海莲最好的礼物。它被海莲放在房间里书架的最上方，像一个守护神一样忠实地看护着那些她从马克斯-科恩书店购得的"古董书"。

1975 年，《84 号》被 BBC 第一次拍成了电影。六年以后，它被英国戏剧界改编成了舞台剧。再过了六年，它被美国人改编成了电影，由安东尼·霍普金斯（Anthony Hopkins，饰弗兰克·德尔）、安妮·班克罗夫特（Anne Bancroft，饰海莲·汉芙）、朱迪·丹奇（Judi Dench，饰诺拉·德尔）等"老戏骨"主演，风靡一时。这本"爱书人的圣经"也一直在西方国家长销不衰。直到 2001 年，作为唯一有幸在作者生前采访过她的华人，来自台湾的著名书人钟芳玲写下了她的名篇《查灵歌斯路 84 号》，这篇文章随即被收录她的《书天堂》，第一次向华人世界介绍了《84号》和它的作者。随后，这本书被另一个台湾书人陈建铭首次翻译成了中文，先后由台湾的时报出版社（2002 年）、江苏的译林出版社（2005 年）出版。从此，这首动人的爱书之歌也在华人世界被不断传唱，引得一波又一波的中国人去查令十字街"朝圣"，这其中也包括 2009 年正在英国留学的我。与莎士比亚书店一样，这家业已不存的书店现在还留在人们的记忆中。

如今，与《84 号》有关的弗兰克、海莲、诺拉等已不在人世，更不用说早已关门大吉的书店，书店的老招牌也被拆运到美国，不知所踪。据多次到访该地的钟芳玲记载，"查令十字街 84号"已经改为"剑桥圆环 24 号"（24 Cambridge Circus）。但是，今天去这个地方的人们，还能在墙上看到这样的铭牌："查令十字街 84 号，马克斯-科恩书店的旧址，因为海莲·汉芙的书而闻名天下。"（译文）这就够了！正如钟芳玲所说：

> "查灵歌斯路 84 号"是一个门牌号码、一本薄薄的书信集、一出舞台剧、一部电影，但它更是一个催化剂，引发出一串串的巧遇、善心与联想，丰富了我和许多人的经历与回忆。

（注：本文的大部分内容编译自海莲·汉芙的文学自传《Q 的遗产》，部分信件内容译文参考了译林出版社版《84 号》）

《84 号》在华人世界传播早期的四个推手

　　说到《84 号》在华人世界的传播，早期最重要的四个推手就是杨静远、钟芳玲、恺蒂和陈建铭了。国外著名作家及其作品在中国的传播，一开始总是偶然的、零星的、个别的，然后越来越多的人和媒介参与传播，涓涓细流终于变成大江大河，《84 号》也概莫能外。

杨静远："风趣盎然、略带哀伤而充满人情味的温馨故事"

　　笔者在上文中提到，台湾的著名书人钟芳玲第一次向华人世界介绍了《84 号》和它的作者，此说并不确切。早在 1996 年，我国著名翻译家、中国社科院外国文学研究所编审杨静远

（1923—2015）就在《世界文学》1996年第2期发表了《布卢姆斯伯里的公爵夫人》（*Duchess of Bloomsbury Street*），第一次向国内介绍了海莲·汉芙的生平，以及她的两部作品——《84号》（她译为《查林克罗斯街84号》）及其续篇《布卢姆斯伯里街的女公爵》（她译为《布卢姆斯伯里的公爵夫人》，以下简称《女公爵》），杨静远称赞后者"脍炙人口"。

这篇文章约2.8万余字，主要选译了《女公爵》的部分章节。海莲一生主要出版了6部作品：《我眼中的苹果》（*Apple of my Eye*，1997）、《别脚混剧圈》（*Underfoot in Show Business*，1961）、《84号》（*84，Charing Cross Road*，1970）、《女公爵》（1973）、《Q的遗产》（*Q's Legacy*，1985）、《纽约来鸿》（*Letter From New York*，1992）。《84号》是海莲至今唯一一部被翻译成中文的作品。其他5部作品，见诸中文篇幅最多的就是《女公爵》了。

在译文之前，杨静远先生简要介绍了海莲：祖籍英国的犹太女作家，自由撰稿人，以及她的前期创作活动。她将《84号》《女公爵》这两部作品放在一起介绍，称之为"一个风趣盎然、略带哀伤而充满人情味的温馨故事"。她认为"在一个功利、务实的时代，这段古典式的纯真友谊，牵动了千百个读者的心，为她赢得了无数的书迷"。杨先生对《女公爵》的评价如下："作者在书中以一个热爱祖国，也热爱英国与英国文学的美国人的视角，对伦敦风物，她所接触的富有性格特色的人物，做了有趣的描绘，对美、英两国的社会习俗和人们的心态的异同，做了引人发噱的对比。"

从现在来看，杨静远对海莲及其作品的介绍还是不全面的。比如她只介绍《84号》被拍成了电视剧，但没提到上演戏剧、拍摄电影之事，对海莲的其他四部作品也完全没有提及。从传播效果来看，这篇译文的影响有限，发表在《世界文学》这样专业的杂志上，这篇文章只是在外国文学的学术小圈内传播，也没有引发国内译者和出版社的翻译、出版动机。她所谓的"脍炙人口"也只限于英语世界罢了。但毕竟，这是国内书人第一次介绍海莲和她的《84号》。因此，杨静远可称为《84号》在华人世界传播的第一人。作为著名的外国文学专家和译者，她翻译的《柳林风声》和《彼得·潘》脍炙人口，没人能想到的是，在《84号》在华人世界的传播方面，她也有开创性的贡献。

钟芳玲:《查灵歌斯路84号》

要说《84号》在华人世界的传播及其影响，钟芳玲实在是功不可没。更关键的是，她也许是海莲生前见过的极少数华人之一。

为什么不能说是唯一的华人呢？因为海莲在美国本土认识一

名美籍华人编辑。这就是哈泼出版社的著名女编辑杨蕾孟，英文名 Genevieve Young（吉纳维芙·杨），她是美国政治家基辛格等著名人物的编辑，1970 年曾编辑出版了极其畅销的《爱情的故事》。这本同样薄薄的小书展现出的爱情比《84 号》要浓烈、凄美多了。她的父亲杨光泩和继父顾维钧都是著名的外交家。在其母亲严幼韵 110 岁高龄之际，她还和母亲合作推出了母亲的自传《一百零九个春天：我的故事》。在 20 世纪 60 年代，正是杨蕾孟开启了海莲的文学写作生涯，出版了她几乎所有的书籍，但是恰恰错过了《84 号》，原因在于该出版社老板不看好《84 号》的初稿，它作为一篇文章刊登太长，作为一本书出版又太短。在海莲的文学性自传《Q 的遗产》中，她记述了她们之间的频繁交往。比如，杨蕾孟 1945 年跟着母亲来到美国之后，虽然在美国出版界工作，职位越升越高，但是一直没有入籍美国，正是海莲陪着她办理了移民当面审核手续。

按钟芳玲的说法，查令十字街 84 号是她印象最深刻的书店。正是由于被这本小书中的故事感染，她 1994 年秋天第一次拜访了马克斯-科恩书店的旧址查令十字街 84 号，她将其译为"查灵歌斯路 84 号"，比现在通行的译名更有诗意。这里当时已经是一家唱片行，撩拨不起她进去瞧瞧的一点冲动，因为她觉得在书店的旧址上开的就应该还是书店。第二年春天再到伦敦的时候，她再次造访此地，发现这家唱片行也要歇业了，但是还有不少海莲的书被留在书架上，以备世界各地的书迷造访本店之用。没想到的是，老板霍华德·吴向她提议如果有机会，应该回美国纽约拜访海莲本人，这让她当场瞠目结舌，因为她虽然长居美国，但不曾想过海莲本人居然还活着。

1996 年 7 月的一天，在纽约上城东区一栋大楼的门厅，钟芳玲见到了年已八旬的海莲。两人在街对面的一家咖啡馆落座之后，海莲说钟芳玲是第一个来访的台湾读者。当她听说钟芳玲因为喜爱她的《84 号》，起了要将其翻译成中文版的念头并已开始撰写一本描述书店风景的书（即《书店风景》）后，赞许不已。几天后，两人再度碰面，这次钟芳玲就直接"登堂入室"，来到海莲独居的家中。海莲在她带来的精装本《84 号》上题签"To Fang-ling—with instructions to come back to New York soon or I'll be dead before she makes it!"（致芳玲，冀望快快再来纽约，否则在她成行前，我将死去！）。这是一个令人悲痛的自我预言，不到一年海莲就撒手人寰了。钟芳玲只是遗憾没有在海莲生前赠送她一本自己的《书店风景》，却也庆幸两人能在海莲生命的末期相见，了却了自己的念想。

《书店风景》是华文世界第一本近距离描绘西方书店的书，于 1997 年 1 月由台湾的宏观文化出版公司印行，此时钟芳玲已闻知海莲病得很重了。在书中的《理想与使命的聚合点 —— 伦敦"银月女性书店"》这篇文章中，钟芳玲在头一段就提到了根据《84 号》改编的电影，台湾将其译为《迷阵血影》，说明其取材自"美国女作家荷琳·汉芙（Helene Hanff）的同名书信集"，而与之通信的英国古董书商工作的地点就是位于伦敦的"查灵歌斯路八十四号"。

自从拜访过《84号》的旧址并见到海莲之后，钟芳玲就不断地搜集《84号》的各种版本，下意识地希望通过这种方式来与离开人世的海莲依然有所牵连。在《书店风景》点滴叙述的基础上，她还为此写下了专文《查灵歌斯路84号》，发表在2001年3月的《自由时报》上，并将其收录她的《书天堂》。2004年11月《书天堂》由台湾远流出版公司出版，2015年1月又由广西师范大学出版社出版发行，二者几乎是同步出版。两书的发行，造成了媒介和各书店对这位女书人及其作品的狂热追捧。比如2004年12月14日，万圣书园就举行了《书天堂》新书发布会，该发布会成为北京书迷的一次盛会。

依笔者之见，《查灵歌斯路84号》和《电影中的书店风景》是《书天堂》中最受大家喜爱的两篇文章了。译林出版社2015年出版的《84号》之所以刚推出就销量不错，应该也是部分地拜《查灵歌斯路84号》一文所赐了。

恺蒂："是一段书缘，还是一段情缘"

钟芳玲的《查灵歌斯路84号》2001年在台湾发表，2005年1月又因为收录于《书天堂》一书里而为读者所见。而恺蒂的

《书缘·情缘》则是发表于《万象》杂志总第 3 期（1999 年 3 月出版），比钟芳玲更早为读者所知。2002 年 4 月，这篇文章被收录恺蒂的同名作品集《书缘·情缘》，作为"万象主题书"出版，文后标明"一九九八年十二月二十五日北京芳星园"。但如果按1997 年在台湾出版的《书店风景》来算，钟芳玲对《84 号》的传播要早于恺蒂。

在《万象》第 3 期中，第一篇是董桥的《缪姑太的扇子》，第二篇就是恺蒂的《书缘·情缘》。巧合的是，在《书缘·情缘》一书中，第一篇是《英格兰风俗画卷》，《书缘·情缘》也是第二篇。

在这篇文章中，"84, Charing Cross Road"被译为"彻灵街84 号"，少译了"Cross"（十字）。不像钟芳玲的"荷琳·汉芙"，"Helene Hanff"被译为"海伦娜·汉弗"。"Frank Doel"则被译为"弗兰克·杜尔"，简称"杜先生"。

文中第一段生动地描绘了查令十字街这条"书店街"的场景，接着的第二段就说：

> 她跨下了一辆黑色的计程车，纤巧单薄的女人，游移的目光掠过那一家家摆着书的橱窗，六十八号，七十二号，七十六号，七十八号，八十二号，寻寻觅觅，像是丢失了件宝物。最终停了下来，但面前的八十四号却是空空如也。灰蒙蒙的玻璃窗里面蛛网遍织的书架东倒西歪，地上散落些废纸，满是尘埃；推门进去，没有想象中的惊喜问候，空空的楼梯通

向另一些同样废弃了的房间。孤身女人想张口告诉主人她已到来，她信守了诺言，但空屋中并无人回应，只有一阵冷风袭过，泪水顺着面颊静静地流淌下来。是一段书缘，还是一段情缘，竟让这纽约的独居女人千里迢迢为了伦敦小街这破落关门的书店而如此神伤？手中握着那本薄薄的小书，是为了还彻灵街（Charing Cross Road）八十四号的哪一种心愿？

这段描写既像是作者看过的同名改编电影的场景，又像是她看过书后的合理想象，将作者带到一个活生生的场景中。其中的"是一段书缘，还是一段情缘"也是点睛之笔、点题之语，从"书缘"引申到"情缘"，是因书缘而结情缘，但这段近二十年的书缘，因弗兰克的突然去世戛然而止，也就自然没有你怎么想象都行的情缘了。

这篇文章中，还夹杂了另外一个现实中的淡淡爱情故事，当然也是没有缘分、无疾而终的故事。其中的男主人公在闲聊中问起："记得那条破街吗？我最爱做的是星期六早上睡个懒觉，约几个朋友去唐人街饮早茶，然后就去对面那条破街的老店中翻旧书。为什么我从未在那里遇见过你呢？"这里既没有书缘也没有情缘，只是作者的一种想象和奢望。

从文中记述来看，作者恺蒂提起了同名电影、海莲的人生经历以及她的作品《女公爵》《Q 的遗产》，还有《84 号》中的片段。这有助于广大读者了解这部书信集，"书缘·情缘"虽然很是点题，但不如《查灵歌斯路 84 号》来得直接，当然就后者而言，如果不看完文中内容人们也很难想起它是一家书店的旧址。

这篇文章后来在译林版的《84号》中作为序言出现，是一种导读，或许也会成为一种误读。也许这种干干的"爱情故事"必须用提前煮好的浓汤才能泡出我们想要的那种味道。

陈建铭译《84号》

按说，钟芳玲最有资格翻译《84号》这本书，而且她翻译此书的想法还得到了作者本人的赞许，可以说是"钦定"了，但是最后翻译这本书的则另有其人。

在文章《查灵歌斯路84号》的最后，钟芳玲说："至于中文版的翻译，我已打算放弃了。在读过数十回她与弗兰克的原文书信后，我只觉得无法用另一种语言来为他们发声。"这不能不说是一种缺憾！但这种缺憾不久就由同是台湾人的陈建铭来弥补了。

陈建铭长期任职于台湾诚品书店，跟故事中的弗兰克一样，也算是一个二手书店经理了。在店中的某一个下午，他和钟芳玲聊起这本书真该有个中文版，坚信译者中钟芳玲"自然是当仁不让，而且以她作为此书的头号死忠书迷，加上她与汉芙本人的私交，我也十分赞成她是担任中译者的不二人选"。

理由如此充分，那为什么钟芳玲不愿翻译呢？陈建铭给出缘由："中文世界之所以多年不见此书问世，一定是所有珍爱此书的人——也像我自己一样——不忍丝毫更动书中的每一句话、每一个字。"

那为什么陈建铭又愿意翻译此书呢？因为"苦等不及而掠占了她原先的任务"。另外的理由就和这部同名电影的中文译名有关了。他说："坊间某些录像带租售店或许仍可寻获年代公司的授权版，要特别留意的是，台译片名居然成了《迷阵血影》，而影片对白字幕亦惨不忍睹，简直到了令人坐立难安的地步。我翻译这本书，多少也想为它赎点儿罪罢。"确实不假，《迷阵血影》这个片名真的和这部电影的剧情一点关系都没有！

当然，陈建铭在序中说道，他尽量在翻译的过程中保留原书的滋味，但是也刻意做了极小的更动，为的是更能适应中文环境，甚至埋下了一些能让中文版的读者们动心发愿去读"货真价实的"海莲原文的伏笔。比如海莲在 1953 年 5 月 10 日的信中写道："P-and-P arrived looking as Jane ought to look，soft leather，slim and impeccable."

笔者直译为，"《傲慢与偏见》寄到，就像简·奥斯丁本人该有的样子：封皮柔软，书身狭长，完美无瑕。"

而陈建铭译为，"邮包已收到，这本书长得就像简·奥斯丁该有的模样儿：皮细骨瘦、清癯、纯洁无瑕。"

句中的"P-and-P"是指《傲慢与偏见》，陈译为"邮包"加"这本书"，没有提到寄了什么书，实际上是海莲在 1952 年 5 月 11 日的信中要求弗兰克给她找一本《傲慢与偏见》。既然

"slim"译为"骨瘦"，就不该有"清癯"。

另外在 1961 年 3 月 10 日的信中，海莲谈到她对编辑杨蕾孟滔滔不绝地谈起她钟爱的书中轶闻，后者不耐烦地对她说："你还真的中毒不轻唉。"原文则是"You and your old books"，为何不直译为"你和你那些的古董书！"或者"你买的书是古董，你也是古董！"？不知读者在看了各种不同的中文版本后，能否感受到译者的这种深意？当然，译者从事古董书买卖的背景还是保证了这本书译笔的专业性。

2002 年 1 月，《84 号》作为"蓝小说"丛书中的第 65 种，由台湾时报出版社出版发行，同年 6 月该书推出了第 2 版。笔者之前买到的是 2013 年发行的"二版二十三刷"，由此可见这本书在台湾应该是风行一时。

行业媒体也第一时间注意到了这个译本。《出版参考》2002年第 18 期（9 月 23 日出版）的《域外书情》栏目中刊登了一条消息"描写伦敦二手书店的《查令十字路口》"（署名"小丹"，真名"魏龙泉"），这条不足五百字的消息介绍了该书的台湾出版者及其主要内容，但也讹误不少。比如文中不知为何将书名误为"查令十字路口"；说海莲的第一封信一个多月后得到回信，其实她 1949 年 10 月 5 日写信，10 月 25 日收到回信；说两人的情谊"长达 20 多年"，其实弗兰克的最后一封回信是在 1968 年 10 月16 日寄出；说"书中公布了他们往来的 84 封信"，数数两人之间的所有通信只有 82 封，但是如果加上附在信中的 2 张明信片，就凑够 84 封，那就是个巧合了。我们知道，"84"实际上是马克斯-科恩书店的门牌号。

"台版"推出三年后的 2015 年 5 月，译林出版社出版了简体字版。与台版相比，"译林版"做了一些改变。从辅文来看，译林版用了恺蒂的《书缘·情缘》作序，紧接着是陈建铭的《译序：关乎书写，更关乎距离》，这和台版一样。台版中前面的唐诺序《有这一道街，它比整个世界还要大》在译林版中被放在"译注"的后面，紧接着是张立宪的《爱情的另一种译法》，谈的是他的观影感受。台版中位于正文之前用于提示的"登场人物"在译林版中被删除。从译文来看，主要是人物译名的改变，比如书名，台版是"查令十字路 84 号"，译林版变"路"为"街"了。再比如台版的"哈兹里忒""斯蒂文生""李·杭特"在译林版中被改为"哈兹里特""斯蒂文森""利·亨特"，还有就是照顾大陆读者阅读习惯的一些改变，在此不做赘述。

该书出版不到 1 个月就重印一次，发货近 2 万册，到 2007 年 1 月印刷了 6 次，到 2014 年 11 月则是第 21 次印刷。因此，年销 1 万册的它不仅是一本中等规模的畅销书，更是一本长销书。虽然报刊上与《84 号》有关的文章时有刊登，但不如《84 号》能够时时翻看，这本书也就在爱书人中间传播开来。

2016 年 4 月，译林出版社又推出了新版精装的《84 号》，定价 35 元。结果，在孔夫子网上，原价 18 元的 2005 版《84 号》最高卖到了 280 元，奈何啊奈何！

结语

除此之外，如果还要说谁是这本书的推手，就不得不提到出演《北京遇上西雅图之不二情书》女主角的汤唯了。去年有个著名的微信段子就是"出版社 10 年才卖 10 万本，汤唯女神 1 个月就能卖 10 万本"。截至 2017 年，2016 年 4 月新版的《84 号》不到一年就大卖 80 万册，这不能不说是电影把《84 号》作为主要道具的功劳。不过追溯《84 号》最初来到华人世界的过程，我们不能不提到杨静远、钟芳玲、恺蒂、陈建铭这个松散的"传播共同体"的筚路蓝缕之功。

听后人口述历史，了解真实民国大师风貌
微信扫码

海莲·汉芙和简·奥斯丁

要说到海莲·汉芙（Helene Hanff）和简·奥斯丁（Jane Austen），她们的区别肯定大于联系，那还是存大异求小同吧。比如她们都单身未婚，都只出版了六部主要作品。如果说奥斯丁的代表作也就是她的第二部作品是《傲慢与偏见》，那么海莲的第二部作品也就是她的成名作是《84号》。奥斯丁在生前没有看到自己小说的畅销，终身靠她的兄弟们养活，而海莲也是生活拮据，租房终老。还有就是，海莲去世于1997年，而奥斯丁去世于1817年。她们之间最大的联系就是，海莲·汉芙也是一个不折不扣的"简迷"。如果某个人比如笔者，既是"简迷"，又是《84号》迷，那2017年绝对是一个值得纪念的年份，因为它既是海莲去世20周年，又是简·奥斯丁去世200周年。难道我们不该为她们纪念一下吗？

1953 年：购买《傲慢与偏见》

《84 号》这本书信集固然谈到了海莲对英国文学的热爱，但也涉及了她从一个非简迷成为简迷的过程。该书中有关于简·奥斯丁的总共有 5 封信。在 1952 年 2 月 9 日给弗兰克·德尔的信中，海莲说："只要是 Q 喜欢的，我都照单全收 —— 小说除外，我就是没法儿喜欢那些根本不存在的虚构人物操演着不曾发生过的事儿。"

本来，海莲上了一年大学就上不起了，她对英国文学的喜爱完全是受 Q，也就是剑桥大学英国文学教授亚瑟·奎勒 – 库奇爵士（Sir Arthur Quiller–Couch）的影响，"Q"是他姓名的头一个字母，是学生对他的昵称。立志走文学道路的她，从图书馆借阅了 Q 的《写作的艺术》（*On the Art of Writing*），以及其他的作品。虽然她后来的写作事业并不怎么成功，但是她对"Q"终身感激，以至她把自己 1985 年创作的文学生涯回忆录命名为《Q 的遗产》（*Q's Legacy*）。

在 Q 的潜移默化的影响下，海莲成了一个文学迷。不过从《84 号》这本书的一开始我们就可以得知，她喜欢的所谓英国文学都是散文、随笔、诗歌这些非虚构类的作品，而且仅限于旧书。比如 1949 年 10 月 5 日她在给马克斯-科恩书店的第一封信中列出的她目前"最想读而又遍寻不着的书"。而弗兰克按图索骥，给她找到的是《哈兹里特散文选》、斯蒂文森的作品。而像以后信中提到的《牛津英语诗选》、纽曼的《大学论》《佩皮斯日记》《爱书人文选》，等等，都是她的挚爱。正如信中所说，她之所以不喜欢英国小说，是因为其中的"不存在的虚构人物""不曾发生的事儿"。

但是三个月后，不知怎么地，她的观点发生了巨大的转变。1952年5月11日，海莲给弗兰克写信说："如果你知道我这个一向厌恶小说的人终究回头读起简·奥斯丁来了，一定会大大地惊讶。《傲慢与偏见》深深掳获了我的心！我千不甘万不愿将我手头上这本送还给图书馆，所以快找一本卖我。"

这时的她已经是一个简迷了，不过她的书架上还没有简·奥斯丁的小说，她急需弗兰克给她找一本《傲慢与偏见》。而她这个愿望要等到近一年后才能被满足。1953年5月3日，海莲给弗兰克写信说："弗兰克，告诉你个保准让你乐翻的消息。"什么消息呢？"邮包已收到，这本书长得就像简·奥斯丁该有的模样儿——皮细骨瘦、清癯、完美无瑕。"这时的她就可以时时翻看《傲慢与偏见》了。不过从全书来看，她对英国小说的喜爱也仅限于简·奥斯丁的小说。

在海莲的书架上，简·奥斯丁的作品越来越多，除了《理智与情感》，其他5本她都有。其中，《傲慢与偏见》有两本，一本是1949年艾瓦隆出版社（Avalon Press）出版的，一本是1966年柯林斯出版社（Collins Publishing）出版的。前者较大可能是由弗兰克给她找寻的，不过也不是什么古旧版本。其他几本虽然也出版于伦敦，但《84 号》中没有提到这些书是由马克斯－科恩书店给她找寻的。而《Q 的遗产》曾提到，《傲慢与偏见》是马克斯－科恩书店给她找的唯一一本简·奥斯丁小说。自从《84 号》及其续集《女公爵》出版以后，西方世界的读者纷纷给她去信。其中一个澳大利亚读者因为年事已高，怕她的孩子在她死后贱卖她的藏书，既然海莲是一个简迷，她就把自己珍藏的简·奥斯丁小说赠送给了海莲。在《84 号》中，海莲也提到虽然她读过简·奥斯丁所有的小说，但她的最爱还是《傲慢与偏见》。

另外，她的藏书中还有三本和奥斯丁有关的专著，一本是《简·奥斯丁和她的世界》（*Jane Austen and Her World*），由纽约的瓦尔克出版社（Henry Z.Walck）1966 年出版；另一本是《简·奥斯丁在巴斯》（*Jane Austen in Bath*）；还有一本是 1994 年圣马丁出版社（St.Martin's Press）出版的《作为女性的简·奥斯丁》（*Jane Austen the Woman*）。因此，海莲的藏书不仅包含了简·奥斯丁的原著，还有研究她的专著。

在与马克斯－科恩书店通信的近 20 年中，她不仅成了一个简迷，也希望她的朋友们成为简迷。1968 年 9 月 30 日，海莲在给弗兰克的信中说："我挑了一个细雨霏霏的星期天介绍一位年轻朋友读《傲慢与偏见》。她现在果然已经疯狂地迷恋简·奥斯丁了。她的生日就在万圣节前后，你能帮我找几本奥斯丁的书当礼物吗？如果是一整套的话，先让我知道价钱，万一太贵，我会叫她的先生分摊，我和他各送半套。"但是她拿奥斯丁的小说作为朋友的生日礼物的愿望暂时落了空。同年 10 月 16 日，弗兰克给海莲回信说："由于书源短缺，加上书价节节攀升，恐怕很难赶在您的朋友生日前找到任何奥斯丁的书，我们会设法在圣诞节之前为您办妥这件事。"过了万圣节就是圣诞节。

但海莲和弗兰克两人都没有等到这个愿望的实现。同年在圣诞节到来之前的 12 月 15 日，弗兰克不幸因患急性盲肠炎被送进医院，由此导致腹膜炎并发而于 12 月 22 日突然去世。1969 年 1 月 8 日，马克斯-科恩书店的秘书琼·托德（Joan Todd）给海莲写信报告了这个噩耗，最后一句还讲道："您是否仍需本店为您寻找简·奥斯丁的书？"可是没过几年，马克斯-科恩书店关门大吉，这就成了弗兰克和书店对海莲永远不能完成的服务了。

1956—1957 年：为简·奥斯丁做编剧

1955 年到 1958 年，美国国家广播公司（NBC）推出了一档名为《日场剧院》（*Matinee Theatre*）的系列电视剧目，总计有 142 集之多，每集 1 小时。其中有些剧目来自原创，而另一些剧目则改编自经典性文学作品。海莲也是该系列剧的主要编剧之一，总计创作了 16 集。其中包括简·奥斯丁的《傲慢与偏见》《爱玛》，它们分别于 1956 年、1957 年先后上演。"简·奥斯丁原著，海莲·汉芙改编"，想想作为奥斯丁的铁杆粉丝，海莲作为编剧把名字署在她的后面该是怎样的一种荣耀啊！

1975 年：瞻仰简·奥斯丁肖像

在《84 号》收录的倒数第二封信中，海莲对她的多年朋友凯特说："记得好多年前有个朋友曾经说，人们到了英国，总能瞧见他们想看的。我说，我要去追寻英国文学，他告诉我：'就在那儿！'"由于弗兰克的突然去世给她留下的巨大缺憾，也因为美英两国出版商先后出版《84 号》所得的版税，1971 年海莲终于跨过大西洋，来到了她魂牵梦萦的英国，实地感受要追寻的英国文学。

同年 7 月 20 日，海莲专门去了位于查令十字街南端特拉法加广场上的国家肖像馆（National Portrait Gallery），瞻仰了简·奥斯丁的肖像，当然还有利·亨特、哈兹里特、勃朗特三姐妹的肖像。这幅简·奥斯丁肖像是由她的姐姐卡桑德拉所画，虽然可能最接近真实，但是看起来显得"尖刻"。

1975 年 BBC 将《84 号》搬进了剧场，这促成了海莲的第二次英国之行。按说这一年是简·奥斯丁 200 周年诞辰，但是很遗憾，海莲的回忆录里并没有什么相关的记录。

1977 年：来到简·奥斯丁墓前

　　1977 年冬天英国一对名为"戈姆"（Gomme）的退休夫妇的来信催生了 1978 年海莲的第三次英国之行。信中说："如果你来温切斯特，我们很乐意带你参观位于温切斯特大教堂内的艾萨克·沃尔顿（Izaak Walton，1593—1683）纪念碑和简·奥斯丁墓。随后，我们还可以开车带你去附近的乔顿村看看奥斯丁的家。"

　　海莲曾从马克斯–科恩书店购买过英国传记作家艾萨克·沃尔顿的《垂钓者言》（*The Compleat Angler, or the Contemplative Man's Recreation*）、《五人传》（*Letters*），以及简·奥斯丁的《傲慢与偏见》。戈姆夫妇的来信激起了她的极大兴趣。1978 年 7 月，她的第三次英国之旅终于成行。8 月 2 日，在戈姆夫妇的陪伴下，她终于来到了简·奥斯丁的墓前。同伴知趣地走开了，这时的她独自一人，细细品读简·奥斯丁的兄弟们和姐姐卡桑德拉为之撰写的长长铭文。其中一段是这么写的：

　　　　她的心是如此仁慈，她的性情是如此和婉，她思想的馈赠是如此非凡，因此所有认识她的人都尊敬她，她的亲朋好友们都爱戴她。

　　该墓志铭的另一段则谈到奥斯丁家族的悲痛之情，他们坚信她的灵魂将被"救世主接纳"。整个铭文展现的是家族所有人流露出的能给予他们的姐妹的真情，仿佛她没有写过任何书籍一样，不祈求她能因此获得世人的景仰。实际上，海莲没有想到的是，简·奥斯丁生前并没有因为她的小说而名利双收。

随后，戈姆夫妇又带着海莲来到了简·奥斯丁在乔顿村的家。门口砖墙上的牌匾弥补了她的家人对其贡献的疏忽。上面写着：

简·奥斯丁

1809—1817 年居住于此。她的所有作品都从这里走向全世界。由她在英国和美国的崇拜者们安放这块牌匾。

读毕，海莲推开屋门，走进了这间产出了简·奥斯丁所有作品的神秘之地。起居室的门轴被刻意弄得叽嘎作响，奥斯丁从不让人滴油修好它。只要访客一推门，她就能把正在写作的书稿藏好。她不愿意让外人知道她在写作。

海莲还上楼参观了奥斯丁的卧室。床上摆着奥斯丁当时穿的衣服，还有几件衣服被撑挂在屋里作为摆设。其中一件有着宽松衣袖的白色薄纱礼服和一条绣花的百褶裙，让海莲想起了莉迪亚·贝内特留下的那张愚蠢的字条，她告诉她的家人们她和威克汉姆私奔了，要她们让一个女仆"补一补我那件细纱长礼服上裂的一条大缝"。而且，海莲还看到了奥斯丁戴过的帽子，其中一顶常常出现在她书前的肖像上。

楼上的一面墙上的相框内被放入了简·奥斯丁的一封信，是通知她的哥哥爱德华他们的父亲去世了，语气委婉，辞藻文雅。信上说：

正如他的孩子们希望的那样，我们敬爱的父亲用一种几乎没有痛苦的方式，走完了他那善良、快乐的一生。

当海莲一行走到楼下，他们去了后院，看看烘焙屋、用于洗衣的铜衬水井、挨着水泵的巨大铁制洗衣池。海莲很后悔没有问问看门人奥斯丁在其作品中提到过的一件厨具还在不在。在她的一本小说中，她描写了一间厨房，里面放了当时所有最新、最时尚的厨具，其中一件叫作"热橱"（hot-closet）。海莲很想知道它具体指的是什么。

在《Q 的遗产》中，海莲不厌其烦地记录了她的温切斯特和乔顿之行，无非是想向这位伟大的女作家致敬。此墓此屋，用心走过，心愿已了。

结语

2017 年是简·奥斯丁去世 200 周年，也是海莲·汉芙去世 20 周年。为了纪念她俩，从现在起，作为简迷，作为《84 号》迷，我们能为之做点什么呢？经典的文学书籍总是常做常新，作家文（全）集的编纂也是成人之美，国内外出版商们又能为读者提供什么样的好书呢？我们拭目以待。

海莲·汉芙和她的华人女编辑杨蕾孟

"金小姐"不姓金

作为全球公认的"爱书人的圣经"，中文版《84号》至今在中国已经销售上百万册。有人没有注意到的是，这本薄薄的书信集中提到一位华人"金小姐"，她是作者海莲·汉芙的编辑。这是译者陈建铭的一处误译，这位"金小姐"此时未婚不假，但并不姓金。如果还原出她的真实身份，我们就会发现她是美国图书出版界一位赫赫有名的女编辑，而不单单是著名的华人女编辑，而且其一家都不是等闲之辈。

在1961年3月10日给弗兰克的信中，海莲提到这位"金小姐"是《哈泼杂志》（*Harper's Magazine*）指派给她的编辑，受邀来她家里吃饭，和她讨论《我的生平故事》这本书的写作事宜。在这封信的最后，海莲特地附言"Gene's Chinese"，陈建铭将其译为"金小姐乃中国人是也"。查《84号》的英文原版，"金"对应的原文是"Gene"，但并没有冠以"Miss"，称之"金小姐"不确。

在此后的信中，这位金小姐就再也没有出现过，仿佛这是海莲生涯中一个可有可无的人物，其实不然。首先要说的是，这位"金小姐"的确是一位华人，后来加入了美国籍。但她并不姓金，而是姓杨，英文名 Genevieve Young（吉纳维芙·杨），中文名杨蕾孟。"Gene"是她的全名"Genevieve"的昵称。所谓的"金"，是陈建铭对"Gene"的音译，一般译为"吉恩"。因此，"金小姐"应该是"杨小姐"才对。那为什么海莲在信中称杨蕾孟为 Gene 呢？这是因为两人初次见面、商量出书事宜时，杨蕾孟为了表示亲切，对海莲说："你就叫我'吉恩'吧。"

至于为何起名为 Genevieve，这是因为杨蕾孟 1930 年出生在瑞士的日内瓦（Geneva），得名于此。她的亲生父亲、著名外交官杨光泩博士此时任中国驻伦敦总领事兼欧洲中国特派员，正在日内瓦出席国际联盟会议。"蕾孟"则源于日内瓦的"蕾孟湖"（Lake of leman），中文意思是"第一朵花蕾"。

不幸的是，在日本侵占菲律宾之后，作为国民政府驻马尼拉总领事的杨光泩惨遭杀害，他的遗孀严幼韵只能独自抚育三个幼女。战后，在麦克阿瑟将军的帮助下，严幼韵带着三个女儿杨蕾孟、杨雪兰、杨茜恩移居美国纽约，不久即出任联合国礼宾官。

1959 年，她与中国著名外交家顾维钧结婚，两人一起生活了 25 年，直至顾维钧 97 岁高龄去世。在这期间，顾维钧花了 17 年时间完成了长达 500 万字的口述回忆录《顾维钧回忆录》，为中国近代外交史留下了极其珍贵的文献资料。严幼韵于 2017 年 5 月 24 日去世，享年 112 岁。在大女儿杨蕾孟的协助下，她在生前推出了口述自传《一百零九个春天：我的故事》，2015 年 5 月由新世界出版社出版，署名"顾严幼韵口述　杨蕾孟编著"。作为美国图书出版界的资深编辑，杨蕾孟编辑加工她母亲的口述自传，自然是不在话下，因为自从 1952 年踏进出版圈，她的编辑生涯已经持续了 60 余年，经手出版了 250 余本书。

催生海莲·汉芙的处女作

在杨蕾孟独立编书的初期，她遇到了海莲·汉芙。她俩一个是刚刚起步的女编辑，一个是正要转型的女剧作家，似乎有了携手出书，走向各自成功生涯的可能。海莲 1961 年 3 月 10 日提到的《我的生平故事》这本书的写作事宜，在此前 1961 年 2 月 2 日的信中已初见端倪。在这封信中，海莲向弗兰克报告说：

  终于卖了一篇稿子给《哈泼杂志》。被这篇稿子折腾了三个星期，他们付给我两百美元稿费。现在他们再度向我约稿，要我将生平事迹写成一本书，他们将"预付"给我一千五百美元！并预估我不用半年就能写得出来，我是无所谓啦，不过房东可又要头疼了。

这本《我的生平故事》即《别脚混剧圈》，是海莲的处女作，催生它的就是杨蕾孟了。海莲 1985 年在由利特尔-布朗（Little Brown）出版社出版的文学性回忆录《Q 的遗产》中用很大的篇幅回顾了她和杨蕾孟的交往，这其中既有工作上的往来，也不乏生活中的交流。

海莲因为家境贫穷，只上了一年大学即辍学，只是因为阅读了剑桥大学文学教授亚瑟·奎勒 – 库奇爵士的《写作的艺术》等作品，才来到纽约，走上了靠写作谋生的道路。此前她一直在戏剧界工作，写过几本童话故事，并没有出书的经历。

到 20 世纪 50 年代末 60 年代初，美国纽约的戏剧业已逐渐让位于美国西部好莱坞的电影业。一直在百老汇苦苦打拼的海莲并不想随大部队去好莱坞，她想做的就是找一份新工作，与过去的戏剧写作生涯做一个告别。

海莲曾经写过一个剧本，内容与她的戏剧和台词写作生涯有关。被某个制作人退稿之后，她干脆将其改编成一篇文章，先是投给大名鼎鼎的《纽约客》杂志，结果又被退稿。然后，她就把它投给了哈泼出版社主办的文学期刊《哈泼杂志》，没想到稿子竟然被登了出来，海莲还挣了 200 美元。正是这篇文章引起了杨蕾孟的关注，她觉得海莲可以将自己艰难打拼的戏剧写作生涯写成一本书。她马上给海莲写了封信。在信中，她说：

亲爱的汉芙小姐：

我写这封信，只是想告诉你，我是多么喜欢你在这个月的《哈泼杂志》上发表的关于戏剧公会（The Theatre Guild）的文章。

你有没有想过就此出本书？

你忠诚的吉纳维芙·杨

正如 1961 年 2 月 2 日的信中提到的那样，杨蕾孟要求海莲将她到纽约戏剧圈打拼的有趣故事写成一本书，为此向她支付了 1500 美元的预付款。也就是说，如果将来她没交稿，这笔钱也不用返还。而如果书卖得好，她还有版税可拿。这对当时生活拮据的她来说，是多大的诱惑啊！但要在半年之内写出一本书，又是多么大的难题！

但是半年之后，她交出了她的稿子《别脚混剧圈》。杨蕾孟按约定出版了这本书，不过在两三年时间里只卖出了初版的 5000 册，这本书也没有再版。看来，这位女作家和她的女编辑，要实现她们的出书梦，还须假以时日。

既然不能靠写书挣版税，海莲就得抓住一切写作挣钱的机会。她为女童子军营写训练电影脚本，为一部儿童百科全书写美国历史故事，还写了十多个儿童睡前故事，为填饱肚子、支付房租而奋斗。到 20 世纪 60 年代中期以后，她有了一份相对稳定的工作，即为出版社撰写美国历史故事童书，每本写成要花两三个月时间，她只能挣 1000 美元，没有版税分成。而杨蕾孟并没有放弃帮助海莲，她每隔几个月就会打来电话问问海莲的写作和生活情况，如果海莲写了一些文章，杨蕾孟就告诉海莲投给什么杂志为好。杨蕾孟还曾预付给海莲1500美元，让她再写一本书，但写成之后两人均觉得出版无望。

错过《84号》，迎来《女公爵》

笔者在前文《〈84号〉背后的故事——以此纪念海莲·汉芙100周年诞辰》中，较为详细地介绍了《84号》出版的前前后后。1968年12月马克斯-科恩书店经理弗兰克·德尔突然患病去世之后，为了纪念他俩这段因书生成的近20年的友谊，海莲写成了长达67页的《84号》，照例投给了她的编辑杨蕾孟，结果稿件被后者及其所在的哈泼出版社予以退稿，理由是"作为文章发表，太长；作为书籍出版，太短"。万幸的是，一家小出版社格罗斯曼出版社接手出版了《84号》，每期发行量高达1500万份的《读者文摘》杂志马上对其做了摘登，海莲借此一炮而红。

第二年6月，英国安德烈·多伊奇出版社出版了《84号》的英国版，这使得海莲的英国之旅得以成行，也让她很快推出了另外一本书。

在成行之前，一位退休女演员在欢送海莲的晚宴上建议她

在伦敦盘桓时记点日记，因为事情多且杂，记日记有助于事后回忆。另一个朋友还专门为此送给她一个日记本。海莲听从了朋友的建议，在伦敦活动的五周时间里，无论每天回旅馆多么晚、多么累，她都坚持写下这一天的行程。回到美国之后，她把这些匆匆写就的潦草记录打了出来，卷在一起扔在抽屉里，等着未来的某一天翻开它。

此后的某一天，她又拿出了这些日记，想着是否就此写篇文章并投给某个旅游杂志。开始打字没多久，杨蕾孟打电话过来问她在干什么，海莲说在加工她的伦敦之行日记，还没等她把话说完，杨蕾孟就说："你正在写一本新书，这回它是我的了！"此时的杨蕾孟已经从哈泼出版社跳槽到了利平科特出版社。

在这本书的写作过程中，杨蕾孟时不时地打电话来催稿。终于有一天，海莲在电话中问她："你还想出我的书吗？"她惊喜地说："你写完了？给我吧！"海莲说还要校对一下再给她。但杨蕾孟已经等不及了，要求马上见到书稿，校对这等小事她就可以做，不劳海莲亲自动手。

海莲仍在怀疑谁会看这样一本伦敦五周日记，杨蕾孟马上回答说就是那些《84号》的粉丝们。在编辑这本"伦敦日记"的过程中，海莲不知道起什么书名好，杨蕾孟曾建议叫"查令十字街84号续集"（Son of 84，Charing Cross Road），海莲认为这不是个好书名。两人最后选定的书名是"布鲁姆斯伯里街的女公爵"，这个书名和当初的"查令十字街84号"一样让人不明所以。而读了这本书之后，读者马上就会爱上它，并且知道这个书名的来历。

1971 年 6 月 22 日是海莲在英国伦敦最快乐的一天。从当天的日记中我们可以得知，虽然签售的时间定在下午两点半，但查令十字街的每一家书店都提前摆上了《84 号》的英国版，而签售所在的普尔书店门外已经排起了长队，谁能想到一年多前这位作者还穷困潦倒，出书无望！

当天晚上，出版社老板安德烈·多伊奇特地为她举行了晚宴。在饭后喝咖啡的时候，有人递上一本《84 号》，让桌上的每位客人为海莲签名留念，有人在签名的上方还写下了一句华美的颂词，赠给"一位兼有天赋和魅力的作家"。

午夜回到下榻的凯尼尔沃思酒店，海莲旋风一般走进大厅，通知经理奥托先生和服务台男孩：从现在起，她将被称为"布鲁姆斯伯里的女公爵"，或者至少是"布鲁姆斯伯里街的女公爵"，而她的书名也正是来源于此。

封面设计出来的时候，海莲发现封面的中央是一只狮子和一只独角兽捧着一本《84 号》，作者大名的下方标有"《查令十字街 84 号》的作者"字样。为了对她在伦敦得到的热情款待表示感谢，她在书中特意写下"献给伦敦人民"。这本书出版以后，和《84 号》一样获得了成功，也带动了《84 号》的再次畅销，读者的信像潮水般涌来，他们往往寄来《女公爵》和《84 号》两本书让海莲一起签名。而安德烈·多伊奇出版社在美国版还没出版时，就购买了英国版的版权。

这正是杨蕾孟期望的市场效果，她错过了《84 号》，不能再错过《女公爵》！她跳槽到利特尔–布朗出版社后，不仅再版了这两本书的精装本，还在 1985 年推出了海莲的文学性回忆录《Q 的遗产》，这本书也让我们窥见了前面两本书出版的台前幕后。

值得一提的是，2019 年 4 月新经典公司翻译出版了《女公爵》，但是书名叫作"重返查令十字街 84 号"。而书中提到海莲只是在 1971 年 6 月《84 号》英国版推出之后，才第一次造访伦敦，第一次走进她魂牵梦萦的"84 号"，不知道出版方是如何考虑的，不过这与杨蕾孟当初起书名时的想法有些类似。

编辑生涯可圈可点

在《84 号》出版以后，海莲有一次和杨蕾孟吃饭时，曾经对她说："在被你精心呵护十年之后，我最后写了一本在英美两国引起轰动的书，但是它不是你出版的。"虽然在《84 号》这本书的出版过程中，杨蕾孟留下了些许遗憾，但是她当时抓住了一本大畅销书《爱情的故事》，后来这本书在当年美国文学类畅销书榜上排名首位。非常有意思的是，当时的《华尔街日报》曾经评论《84 号》是"关于书和人的'爱情的故事'的真实体现"，将两者巧妙地联系在一起，而《84号》被称为"爱书人的圣经"的佳话也逐渐传播开来。

但是，杨蕾孟为这本《爱情的故事》足足等了16年。

1952年杨蕾孟从美国卫斯理女子学院毕业后，进入哈泼出版社工作。由于当时女性地位较低，她只能从秘书干起，然后逐渐做了阅稿员、助理编辑、编辑。在头七年中，她的工作无非是撰写护封文字，在销售会议上销售图书，编辑加工书稿，推荐书稿等。她最早买下版权、独立编辑的一本书是路易斯·E.洛马克斯（Louis E.Lomax）的《黑人的反抗》（*The Negro Reovolt*），卖得不错，至今在版，这为她的编辑生涯开了一个好头。但在当时，女性编辑，尤其是一位华人女编辑，想要在男性主导的出版界里崭露头角，绝非易事。

直到1968年，杨蕾孟终于等到了一个机会。她在休假期间参加了一个写作培训班，与著名作家、学者埃里奇·西格尔（Erich Segal）的代理人洛伊斯·华莱士正好同班。两人吃饭的时候，对方说起，西格尔写过《爱情的故事》剧本，而派拉蒙电影公司据此拍摄的同名电影即将上映，他想把剧本改成小说出版，需要找个出版社编辑配合。结果是利特尔－布朗出版社愿意为此出价4000美元，杨蕾孟认为这是一个好机会，说动哈泼出版社以7500美元抢下了这本书的版权。她在和西格尔见面时，对他说："你不能在结尾写女主角就要死了，这样看起来像歌剧。你得在头一段就让她死去。"西格尔在她的启发下，几经斟酌，在一开头写下："对一个才 25 岁就死去的女孩，你能说什么呢？"然后花了 6 周时间写完了这本书。

但是这本书的篇幅不长，只有 131 页，社里的推销员们并不看好这本书，抱怨地说："为什么我们要出版这样一本垃圾？"但是没想到出版之后，同名电影的热映使之大卖，这本书至今在全球的销售量已超过 2000 万册。

不止如此，这一年杨蕾孟还编辑出版了著名记者哈里森·索尔兹伯里的《列宁格勒被困 900 天》。她看了书稿后，认为这本书把作者在列宁格勒度过的每一天都单列一页，效果并不好，因此给作者提了一堆修改意见。大牌的索尔兹伯里拿到书面意见后，气得把它扔到地上，这个小女子懂什么啊！但他冷静下来后，又捡了起来。看完后，他对自己说："哦，说得太好了！"

杨蕾孟在这一年底跳槽到了利平科特出版社做执行主编，在那里接过了海莲的《女公爵》的稿件，后来又做到了副总裁。1977 年她又跳槽到利特尔 – 布朗出版社做高级编辑，最终当上了总编辑。她接洽了美国国务卿亨利·基辛格这样的大牌作者，为他精心打磨了《基辛格回忆录》第二部《动乱年代》三卷本。从 1985 年开始到 1992 年退休之前，她还担任了文学会（The Literary Guild）俱乐部主编、矮脚鸡出版社副总裁兼编辑总监等职务。在白人特别是犹太人占据的美国图书出版界，拥有华人身份的杨蕾孟能成为最优秀的女出版人之一，不可谓不厉害。

纽约《华埠双周刊》1987年第82期曾刊登《美国出版界唯一华裔行政主管——杨蕾孟女士》一文，赞誉她说："半个世纪以来，能够在'高处不胜寒'的出版领域长袖善舞的，就只有幸运的杨蕾孟女士了。……杨蕾孟的成就让她能够成为叱咤美国出版界的风云人物，与美国当代最负盛名的出版社编辑平起平坐。"此言不虚。在《黄金时代：美国书业风云录》一书中，作者阿尔·西尔弗曼对杨蕾孟有专门的介绍，称她是"哈泼出版社在战后辉煌时期涌现出的最有影响的编辑之一"。

就杨蕾孟半世纪以上的编辑生涯而言，我们为之感慨的是，编辑真的是一门让人时而感到遗憾、时而体会欣喜的职业。编辑不断地错过好书，不断地抓住好书，在错过和抓住之间不断成长、成熟。作为华人的杨蕾孟历经50多年的磨炼，最终在美国图书出版界"登堂入室"，她的经历恰恰说明了编辑这一职业的魅力所在。

《84 号》在日本的出版 ①

　　说起《84 号》的译者江藤淳，无论是我国学术界、文学界还是出版界都较为陌生，这与他在日本战后文学评论界的地位实在不相称。而让笔者惊异的是，日本竟然是较早翻译出版《84号》的国家之一，1972 年 4 月即出版日文版，比首发的美国晚了不到两年，比英国版的推出晚了不到一年，早于法、德等许多欧洲国家，而其中文版的推出则更要推到 30 年以后了。

　　译者江藤淳原名江头淳夫，1932 年 12 月 25 日出生于东京，1957 年毕业于庆应义塾大学文学系英文专业，并在此期间收获了自己的爱情，与大学同学三浦庆子结婚。随后进入该大学研究院，但于 1959 年 3 月退学，直到 1975 年才在该大学获得文学博

----

① 本文第二作者为郑丹。

士学位。1962 年以洛克菲勒基金会的研究员身份到美国普林斯顿大学留学，次年在该大学东洋学科讲授日本文学史，1964 年回日本，由此开始了自己的文艺时评生涯。1971 年，他在东京工业大学担任助教，其后一直晋升到教授，1990 年到母校庆应义塾大学任教，1997 年在大正大学担任教授，随后退休。1999 年 7 月 21 日，他因为前一年妻子的去世以及自身的病痛，用剃刀割腕自杀，享年 67 岁。

1955 年，他第一次以笔名"江藤淳"发表《夏目漱石论》，由此一举成名，一生著述无数。1969 年，他获得菊池宽奖、野间文学奖，1975 年获得日本艺术院奖，与著名作家大江健三郎、石原慎太郎一起被公认为日本新一代文学的旗手人物，死前曾担任日本文艺家协会理事长。

在江藤淳死后不久，1999 年 10 月 27 日的《中华读书报》发表了《江藤淳的乌托邦迷思》（作者蒋洪生）一文，高度评价了江藤淳在日本文学评论界的成就，认为"1955 年，弱冠 23 岁的江藤淳在《三田文学》上发表评论《夏目漱石论》。在夏目漱石研究史上，这是一篇划时代的论文"，而"《小林秀雄》最终确定了江藤作为战后文艺评论家的代表的崇高地位"。但是，江藤淳不满足于在文艺评论界的耕耘，而是涉足社会与政治评论，政治态度趋于保守甚至是右翼，虽然也曾在美国留学和任教过，但表现出强烈的反美情绪。因此，江藤淳与其中学同学石原慎太郎走到了一起，受邀与其合著《日本坚决说"不"》。新华出版社

1992 年初出版了该书的中文版《敢坚决说"不"的日本 —— 战后日美关系的总结》，同时出版此书的军事科学出版社则将其译为《日本坚决说不 —— 战后日美关系的总结》。该文最后说，江藤淳的自杀也是因为其"尊皇攘夷"的乌托邦迷思濒于幻灭。

相比于江藤淳极高的文艺评论成就，《84 号》日文版的翻译虽然显得不那么重要，但就《84 号》在海外的传播特别是在东方国家的传播而言，他居功至伟。当然，《84 号》日文精装首版的推出与美国《读者文摘》密切相关。而在美国，《读者文摘》对《84 号》的摘登，不仅导致了该书在美国乃至全世界的流行，而且为困窘的作者海莲·汉芙带来了 8000 美元的不菲稿费。

在日文版的前勒口上，日本著名诗人、翻译家及剧作家谷川俊太郎评价说："弗兰克的信严肃、规矩却温暖，海莲的信则常常用小写字母 i 来作为第一人称，或者用 hi 来打招呼，两相对比，妙趣横生。这也是这本书的魅力之一吧。与'古书热'之类的无关，真正令我感动的是书本所具有的力量将隔着大西洋的心与心连接在一起这件事。"所言甚是！

而该书的后勒口文字讲道："在《读者文摘》杂志的世界各国版上，刊登了《查令十字街 84 号》的摘要后，粉丝来信立即飞向了作者海莲·汉芙。美国自不必说，加拿大、北爱尔兰、意大利、马来西亚、西非、沙特阿拉伯、巴基斯坦、日本 —— 顾名思义，就是来自世界各地！"其中提到了《读者文摘》杂志对《84 号》传播的巨大贡献。

不止如此，"在现代，人们常说人情如纸。果真如此吗？深陷于冷漠的电脑和打字机的现代人，也有真实接触和交往的时候。真诚的爱和理解依然存在。这本书就是最好的证明。说现代人已经无法沟通了和说现代人的孤独一样，不过只是胡思乱想——作者自己就验证了这一点。如果没有这种心灵的沟通，《查令十字街84号》又怎么会在全世界畅销呢？"这段话点出了该书在全世界畅销的原因。

为了加深日本读者对《84号》的理解，江藤淳还作了93条注解，涉及书中提到的英国作家名、书名等，全部放在正文的下方。比如1949年10月25日马克斯-科恩书店的第一封回信，下方就有三条注解，分别涉及威廉·哈兹里特、罗伯特·路易斯·斯蒂文森、利·亨特。

再比如，1956年6月1日，海莲给弗兰克的信中第一句就写道："布莱恩介绍我读肯尼斯·格雷厄姆的《柳林风声》，因此我迷上了谢波德的插图，决定自己也要买一本。"书中对肯尼斯·格雷厄姆的注解是"英国儿童文学作家。他的著作《柳林风声》(*The Wind in the Willows*)受到了全世界少男少女的喜爱"；对厄内斯特·霍华德·谢波德的注解是"英国漫画家，插画家。为米尔恩(Milne)的《小熊维尼》(*Winnie the Pooh*)等四部作品绘制了插图，博得了很高的人气。除了《柳林风声》(*The Wind in the Willows*)以外，他还画了五十多本书的插图"。

而更能体现江藤淳为读者考虑的地方在于书后的解说：

　　如果说这本书的形成是因为美国没有好书店，那么海莲肯定会露出惊讶的表情。但是，我对伦敦和巴黎的旧书店印象很深，对美国的旧书店却没什么记忆。

　　我第一次进入欧洲的书店是 11 年前，也就是 1961 年夏末的时候。地点是伦敦，在我从西德回来的路上。最初的伦敦访问有多兴奋，是无法通过语言表达的。我既紧张又兴奋，四处走了很多路，有一点累了，于是在公园的长椅上坐了一会儿，休息了一下，等精力恢复以后又走到街上，这时发现了一家旧书店。

　　"啊，是旧书店！"我的心中涌起了怀念之情，在书店的橱窗前站住了。书店里摆放着很多绝版书，这些书经过了时间的洗礼。我怀念旧书店，也怀念这些山羊皮装帧的旧书。实际上，在东京的家里，我有一套这样山羊皮装帧的旧书。

　　这套书是 1783 年伦敦的一个叫 W.Strahan and J.Rivington 出版社出版的十卷本《劳伦斯·斯特恩全集》。它的装帧很精美，上面贴着 Oswald Toynbee Falk 藏书票。十八年前，这本书价值两万日元。我在经济最困难的大学时代买下了这套全集。作为贫困的大学生能买这样奢侈的东西，当然是受到了其他人的资助。这件事我已经在别的地方写了三次，在这里就不详细写了。总之，我是那时候得到了恩师的帮助，在毕业时得到了这套书。

　　我是在神田街的松村书店找到了这套《劳伦斯·斯特恩全集》。神田街的古书店和伦敦的古书店可以说很像，也可以说很不一样。相同的是它们都有着让人安心的气氛，但是这种气氛也有着微妙的差别。这种不同来自皮革和绢布的不同、羊皮纸和纸的不同，或者来自石头建造的建筑物和木头建造的建筑物之间的不同。我在书店的橱窗前驻足，感受着异国的无法表达的怀念与温暖。

　　我推开沉重的门进入了书店。这是一个安静的，让人安心的空间。如果说到原因，那就是那里充满了过去和时间的痕迹。从几百年前写的书的纸上，密密麻麻的文字向我低语，悄悄走进了我沉默的内心。它治愈了我的乡愁，站在那里，我心陶然。

　　这时，真正的声音在我耳边响起，吓了我一跳。环顾四周，有一个像弗兰克·德尔的店员出现了。

　　他微笑着问我："你在找什么书？"

　　"啊，没什么，我只是随便看看。"我有点儿紧张地回答。

　　"哦，好的，请慢慢看。"店员说完轻轻走了。

　　在这个名字也不记得了的旧书店，我买了一本西德尼·凯斯（Sidney Keyes）的遗稿集。因为地点不同，这个书店不可能是马克斯－科恩书店。但是第一次读《查令十字街84号》这本书的时候，我几乎是反射性地想起来那家我去过的伦敦旧书店。在那之后，我没有像海莲那样和店员通信订书，是因为那时日元不像现在这样。那时候，如果真的把日元放到信封里寄过去，也收不到想要的书。在那时，那是只有美元才能享受的特权。

抛开经济的原因不说，这种暖心的书信集恐怕只有在美国人和英国人之间才能产生。英国的著名的外交史家哈罗德·尼科尔森（Harold Nicolson）曾经说过：以前英国没有把美国当成假想敌，因此英国也没有必要和美国结成攻守同盟。为了证明这句话，这本书的作者海莲作为崇尚英国的美国女性登场了。在买卖书籍结束后，海莲依然给店员邮送食物。海莲收到想要的和英国文学有关的古书之后的喜悦，以及英国店员拘谨但亲切的善意，这些全部都是美国和英国文化连接的体现。

因为海莲是英国的崇拜者，所以这本书里介绍了很多英国文学的名作，读起来非常有意思。而且她的品位非常好，从塞缪尔·佩皮斯（Samuel Pepys）的日记到艾萨克·沃尔顿（Izaak Walton）的《垂钓者言》，她选的书都很好。她为什么有这么好的品位呢？可能因为她是奎勒－库奇（Quiller-Couch）的弟子。

但是不仅如此，这里也反映了对当代文学的反感。我也有同感。也就是说，这本书反映了海莲对于新的、只是为了消费而产生的书籍的绝望和厌恶。当然，对于可爱的美国女性海莲而言，这样的话她是不会大声说出来的。支撑她生活的是为电视写脚本，以及自己写书。我想她是出于对这些工作的羞耻心和反拨，才写了《查令十字街84号》这本书。

如果是这样的话，海莲一定很孤独。所以她才会与大西洋的另一边连面都没有见过的人做朋友。恐怕是这样的。和送给她手工桌布的老妇人一样，海莲过着相似的精神生活。正因为如此，和查令十字街84号的弗兰克的交往才这么重要，这种心与心的交流才如此打动读者的心。

这本书信集的开始日期是1949年10月5号，最后的日期是1969年10月。历经20年岁月的交往，书信往来最后画上休止符的原因是弗兰克的死亡。我们看到关于弗兰克死亡的信都很吃惊。已经过去了二十年啊，这本书让人感叹人类确实是会死亡的。这种结束是很突然的，因为没有人们的评论，所以反而让读者更加肃然起敬。可以说，死亡为这本书信集作品画出了大致轮廓。

《查令十字街84号》这本书的读者，会思考书籍到底是什么？真正热爱书籍的人是怎样的人？会去倾听这样的人的心声。世风不古，现代人的脑海里充满了恶意和敌意，人与人缺乏信任，正因为如此，这本书才有很大的存在意义。

这本书有很多译本，我也是受到了朋友的帮助。然而那位友人不希望在书上署名，我只好在此向他表示感谢。

1972年3月

在此，江藤淳首先回忆了 1961 年夏末自己在伦敦的一家旧书店购书的经历，这家旧书店是不是也位于查令十字街上，我们无从得知。那时，马克斯-科恩书店还没有歇业，海莲和弗兰克还在为买书而通信，不过频率也大大不如通信之初。文中还穿插了当年囊中羞涩的江藤淳，为修习英国文学而买下了《劳伦斯·斯特恩全集》的难忘情景。重要的是，他谈到了海莲不俗的文学品味和对当代文学的反感，以及这种情感与现实生活的反差。他认为，海莲是孤独的，安慰她的只有与大西洋彼岸的弗兰克等的交往，而弗兰克 1968 年底的意外去世才让人发现这种交往竟然已经持续了近 20 年。

1980 年 4 月，日本最大的出版社讲谈社再版该书；同年 10 月，中央公论新社将《84 号》收录"中公文库"，推出了口袋版，到 1992 年第四次印刷，2001 年第七次印刷，《84 号》在日本风靡一时，而此时《84 号》的中文版还没有出版呢。

最后值得一提的是，我国改革开放之初，江藤淳曾经来到中国。1978 年 8 月 12 日，《中日和平友好条约》在北京签订，自 10 月 23 日起生效。江藤淳借此机会访问了中国，并受邀入住北京饭店，享受外宾礼遇。

最早到访查令十字街的中国人

　　郭嵩焘以"从中国到欧洲系统考察西方文化历史的第一人"著称。而就伦敦的查令十字街这条街而言，他也是最早提到这条书店街的中国人，而这都是 140 多年前的事情了。

　　在担任中国驻英国公使期间，郭嵩焘每天都记日记，但是当时大部分都没能出版。到了 20 世纪 80 年代初，钟叔河先生将其以《伦敦与巴黎日记》为名整理出版后，我们不禁惊叹于这部时间跨度只有短短两年的日记的包罗万象、事无巨细。光绪三年九月初七日（1877 年 10 月 13 日）这一天，郭嵩焘从外地坐汽轮车回到伦敦，偶然遇到了一个叫"布拉卜立斯"的学者。他在日记中写道："有布拉卜立斯者，云格林克洛斯旁有讷朴书馆，谈藏学者甚多。""格林克洛斯"即"Charing Cross"的音译，今译"查令十字街"。"藏学"即矿学。郭嵩焘在光绪三年（1877 年）

五月廿五日的日记中专门说道："买英斯者，开土视所藏，西人谓之藏学"。"买英斯"即"mines"（矿业），也就是所谓的"藏学"。第二天他还专门去了伦敦的皇家矿业学校（Royal School of Mines）听课。"布拉卜立斯"不知何等人物，郭嵩焘坐车偶遇此人，经过交谈他对此人的感受是"伦敦积学士也"，也就是伦敦城里一个颇有学问的人。后者告诉郭嵩焘说，查令十字街有家叫"讷朴"的书店，里面有许多矿学书籍。查令十字街以书店众多而闻名于世，是英国人爱去的觅书之地。

郭嵩焘也就上了心。他在光绪三年九月廿四日（1877 年 10 月 30 日）的日记中写道："托稷臣就格林壳罗斯书馆购觅罗阿得、荛来明金根两种《电学》，拍尔塞《藏学》。""稷臣"即罗丰禄（1850—1903），晚清著名外交官，当时在伦敦国王学院（London King's College）攻读化学，并充任驻英使馆的翻译。"格林壳罗斯"从译音考证，也即查令十字街。"格林壳罗斯书馆"不知是指查令十字街书店，还是指查令十字街上的某家书店，后者可能性更大，"某家书店"也许就是上文提到的"讷朴书馆"。"罗阿得"即亨利·明钦·诺德（Henry Minchin Noad，1815—1877），"荛来明金根"即弗莱明·詹金（Fleming Jenkin，1833—1885），为什么郭嵩焘要买这两种《电学》书呢？这个问题可参见他同年九月十二日（10 月 18 日）的日记："格里之子尤精于电学，询以电学书，云罗阿得、荛来明金根二种最佳。罗阿得专言其理，荛来明金根兼及用法。""格里之子"是郭嵩焘之前访问过的一个电气厂主的儿子，精通电学。郭嵩焘就此向他问询，后者向他推荐了诺德和詹金的两本电学专著。值得一提的是，诺德的《电学教科书》（*The Students' Text-Book of Electricity, with four hundred illustrations*）最为有名，该书由傅兰雅和徐建寅翻译，署名"瑙埃德"，1879 年由江南机器制造总局翻译馆以《电学》为名出版，共 10 卷 256 节，其中有 402 幅插图。詹金以《电磁学》（*Electricity and Magnetism*）闻名，这本书或许就是傅兰雅翻译的 1887 年出版的《电学图说》。而说不定当初郭嵩焘要罗丰禄买的就是这两本书。

郭嵩焘日记中提到的"拍尔塞"著有《藏学》，也就是《矿学》，或者《矿物学》。经笔者考证，这位"拍尔塞"在日记中多次出现，作"百尔西"或"百尔希"，全名为约翰·珀西（John Percy，1817—1889），是英国皇家矿业学校（后并入伦敦帝国理工学院）的教授。他最知名的专著是《冶金学》（*A Treatise on Metallurgy*），或许这就是郭嵩焘提到的《藏学》。

据笔者所见，郭嵩焘 1877 年 10 月 13 日的日记记载是中国人对查令十字街书店的最早记录。而 1877 年 10 月 30 日的日记记载是中国人计划去查令十字街访书的最早记录。如果罗丰禄得以成行，他就是最早在查令十字街访书的中国人。2018 年适逢郭嵩焘 200 周年诞辰，撰此小文纪念。

查令十字街上的民国访书者身影

　　如果说伦敦的查令十字街是"爱书人的圣地"，那么早在140多年前中国人就已经来此"朝圣"了。前文提到，中国第一任驻英公使郭嵩焘在光绪三年九月廿四日（1877年10月30日）的日记中记载："托稷臣就格林壳罗斯书馆购觅罗阿得、茀来明金根两种《电学》，拍尔塞《藏学》。"他让使馆的翻译、伦敦国王学院的学生罗丰禄到这条街上的书店给他买三本科技书籍。时光荏苒，一晃就到了20世纪30年代，中国的出版人、学者、留学生们纷至沓来，寻找他们中意的书籍，享受"不买书，看看也好"的乐趣。

　　1930年6月，回国就接任商务印书馆总经理一职的王云五先生从美国前往英国考察，本来只待12天，没有访书的安排。刚好负责接待的一个使馆人员曹某是他的学生的学生，"性好聚书"，偶然和他谈起位于查令十字街上的福伊尔书店（他称为"霍里书店"）是英国乃至全世界最大的旧书店，"搜罗新旧书籍期刊之丰富，索价之低廉，使平素爱书如余者食指大动"。王云五本是个爱书如命的人，马上催促曹某带他前往。由此，他第一次邂逅查令十字街。他总共去了 3 天，花了两整天的时间，为了不浪费时间，午饭就在附近小吃店解决。

当然，此次初识也让王云五满载而归、公私两顾。据他在《岫庐八十自述》中所说，他不仅廉价购买到了美国出版的一些绝版书，还买到了名贵的全份《哲学评论》（*Philosophical Review*），以及美国传教士裨治文在中国创办的全份《中国丛报》（*China Repository*），虽然索价颇高，但因为全份难得，王云五还是为商务印书馆东方图书馆购置，并让福伊尔书店直接运送回国。他自己也买了几种古本书作为纪念，其中有 16 世纪初期印刷的拉丁文版《圣经》和牛顿所著《数学原理》（*Principia*）的手抄本。

十三年后的 1943 年 12 月，"前度书客今又来"，王云五作为中国国民政府参议员代表团的一员再次访问了英国，不例外地又来到了念念不忘的福伊尔书店。可惜的是，当年他为东方图书馆购得的珍稀书刊，在 1932 年"一·二八事变"中随着商务印书馆被日军炸毁而"香消玉殒"。这次来访则没有当年那样的好书了，不过聊胜于无，公务在身的他忙里偷闲，也在此盘桓了一天半的时间。由于在英国购书太多，重达五六十千克，超过坐飞机二十千克之限额，他不得不将大部分书籍交付船运。他感慨地说："今以限于超额之例，不得不临时割爱，其难堪之状，惟爱书如癖者始能了解之。"

再来者，就是朱自清先生了。按清华大学教授服务五年，可以有一年全薪在国外访学的通例，1931 年 9 月朱自清到了英国，在伦敦大学进修语言学和英国文学。朱自清刚到伦敦的第四天，就迫不及待地到福伊尔书店看旧书。他讲道："说是旧书，新书可也有的是；只是来者多数为的旧书罢了。"关于在伦敦访书的经历，他在 1934 年出版的《伦敦杂记》中做了专文记述。

该书的头一篇就是《三家书店》。这篇文章里讲道："伦敦卖旧书的铺子，集中在切林克拉斯路（Charing Cross Road）。"我们仿佛听到走在查令十字街上的他娓娓道来：

> 路不宽，也不长，只这么弯弯的一段儿；两旁不短的是书，玻璃窗里齐整整排着的，门口摊儿上乱哄哄摆着的，都有。加上那徘徊在窗前的，围绕着摊儿的，看书的人，到处显得拥拥挤挤，看过去路便更窄了。

他重点描述的当然是福伊尔书店："新旧大楼隔着一道小街相对着，共占七号门牌，都是四层，旧大楼还带地下室 —— 可并不是地窖子。"店员已经从 28 年前的 1 人发展到了如今的 200 人，藏书也达到了 200 万种，因此伦敦的《晨报》称其为"世界最大的新旧书店"。朱自清多次造访这家书店，曾在这里半价买了本《袖珍欧洲指南》，也买过其他的书籍。他在 1932 年 10 月

31 日的日记中写道："在福伊尔（Foyle）观书甚久，购书数种，均尚惬意。其一为英文岁时诗，装订极佳，余尤喜之。"

朱自清先生总认为最让他流连忘返的就是那满是旧书的地下室了，在这里就像"掉在书海里一样"，翻翻看看，看看翻翻，想不想买书、买不买得到书，都无所谓了。人同此心，我们买旧书图的不就是这种乐趣吗？我们不就是一再地重复、回味这种淘书的乐趣吗？

有意思的是，比朱自清提前一年访学英国的同事吴宓先生在日记中则几无在查令十字街访书的记录，也许是他访学牛津大学之缘故。他在 1930 年 10 月 3 日和 1931 年 1 月 14 日的日记中两次提到了 Charing Cross，前者不过是讲找路边的乞丐抄诗，后者也只是讲到街上吃饭，饭后到国家美术馆观画。

紧接着而来的是 1934 年到英国留学的杨宪益先生。这年秋天，他进入牛津大学墨顿学院，进行古希腊罗马文学、中古法国文学及英国文学研究。学习期间，他曾多次前往伦敦，到查令十字街逛逛旧书店，有时也会买上几本。这些经历在他的自传中都有所记载。他把查令十字街称为"契林十字街"，回忆道："说起傍晚时到契林十字街和托特纳姆院路附近的旧书店淘旧书的事，我只记得当时买了英译本《马志尼全集》《海涅全集》以及法文原本《儒勒·凡尔纳小说全集》。"

杨宪益本是富家子弟，出手大方。而 1935 年秋天从清华大学来英国伦敦大学攻读考古学的夏鼐则未免囊中羞涩，不过也是嗜书如命的做派。在他后来出版的《夏鼐日记》中，有 13 天的日记提及自己前往查令十字街购书，他因此成了查令十字街的老顾客，当然也涉足其他街区的书店。比如他在同年 11 月 15 日的日记中记载："上午进城，在 Charing Cross 旧书肆随意翻阅，身边只有 9 个先令多的零钱，买了一本书便费去 8 先令，不敢再买了。"而最能代表他购书时心态的就是 1936 年 11 月 23 日—30 日的日记记载：

> 在旧书铺中乱翻书籍，却时常耗费了整个下午。这个恶习，从前在上海时便养成了，一个月只进城一次，到北四川路旧书铺中寻旧书，尤其是最后二年，得了 40 元的奖金，有钱可以买书了。后来到北平，也只是每个月进城一次，东安市场、琉璃厂的旧书铺，时常消磨大半天，剩下的时间，匆匆购买零用的东西，便搭车返校。现在因为校址与伦敦旧书铺中心点 Charing Cross Road 相近，自己便每星期或两星期去一次，结果是时间耗费不少，所得便宜极为有限，因为值得买的旧书不多。而此间生活费昂贵，时者金也，未免有点心痛，这癖气非矫改不可。

夏鼐将在国内上学时养成的爱买书的习惯称为"恶习"。但是这个"恶习"随着他一路升学却愈演愈烈，从上海的北四川路旧书铺，延伸到了北京东安市场、琉璃厂的旧书铺，最终蔓延到了伦敦查令十字街的旧书铺。他吝惜为此花费的时间和金钱，痛下决心要改掉这个"癖气"。但从后来的日记看，他"恶习"难改，在这些旧书铺里钻来钻去，又买了几本旧书。

到 1939 年夏鼐学成归国时，如何将积少成多的书籍带回国又成了一大难题。他只能到福伊尔书店接洽装箱，交付船运。他在 9 月 20 日记载道："书籍一部分已行装箱，计 14 箱，约占 18 立方呎。"积书之多，令人咋舌。

值得一提的是，为王云五、夏鼐代寄书籍的福伊尔书店与清华大学却有着不小的书缘。清华大学图书馆的部分馆藏书籍是学校向福伊尔书店提供书目购买的，而该校的师生如有购书的需要，也可以顺带。与夏鼐同级不同班的季羡林、王岷源等都有经清华图书馆向该书店买书的经历。

此后又过了 10 年，美国一个 33 岁的老姑娘海莲·汉芙，向大洋彼岸位于查令十字街上的马克斯-科恩书店购买旧书，由此促成了一段长达近 20 年的"书缘、情缘"佳话，最终演绎成了一本连当今的中国爱书人也耳熟能详的《84 号》。因此，追随当年朱自清、夏鼐他们的脚步，这条街上的中国人身影也越来越多，当然也包括 2009 年的我。遗憾的是，这条街上的旧书店却越来越少了。

写到最后，我仿佛又回到自己当年在查令十字街访书、在福伊尔书店徜徉的惬意场景，顿时觉得自己跟王云五、朱自清、杨宪益、夏鼐诸位先生之间有了一种奇妙的关联！

无人为孤岛，一书一世界

——读《岛上书店》有感

《岛上书店》（加布瑞埃拉·泽文著，江苏凤凰文艺出版社2015年版）这本书，讲的是一个治愈系故事，难得的是它是一个精彩的治愈系故事。创伤无处不在，或大或小，而治愈也会不期而来。

书中提到的这群人：处于丧妻之痛、无心卖书的书店老板A.J. 费克里，一直约会、找不到真爱的出版社销售代表阿米莉娅，妻子出走后一直单身的警长兰比亚斯，丈夫出轨、忍气吞声的中学老师伊斯梅，江郎才尽、处处留情的作家丹尼尔·帕里什，当然还有两岁时妈妈自杀、被放在书店门外等待领养的小玛雅。这群人或多或少都有些问题，他们走不出自己的困境，也无法借助他人的力量摆脱困境，更无法帮助他人脱离他们的困境。而在这本书中，小玛雅的妈妈和她的亲生父亲丹尼尔因此提前出局了。

　　其中强烈感觉"太难了"的那个，当然是书中的"男一号"A.J. 费克里了。他作为一名美国顶尖学府普林斯顿大学的高才生，和女友妮可一起，为了爱情，放弃了唾手可得的文学博士学位，到妮可的老家艾丽斯岛上创办了小岛书店。但是妻子妮可的意外去世，让他觉得生无可恋，他的言行因此变得古怪起来，也不欢迎那些想来书店看看的居民，书店的生意变得越来越糟糕。他无法解开他的心结，自然不能治愈上述那些人的心病，也许等待他的就是像小玛雅的妈妈和亲生父亲丹尼尔那样的悲惨结局。

　　如果照这么写下去，这就是一个平淡得不能再平淡的万千故事中的一个。但是，一个精彩的故事不能这么讲！

　　因此，正当 A.J. 费克里想远离这个伤心之岛时，谢天谢地，艾丽斯岛上的大救星——小玛雅及时出现了！

　　我们常说，上天把门关上，但是却开了一扇窗。我们也可以在这里说，上天带走了可爱的妮可，但是送来了同样可爱的小玛雅。

　　而小玛雅就是那把帮助人们解开心结、治愈心灵的钥匙啊！

　　但是开门的是谁呢？还是费克里自己！

　　他救人，首先是自救；治愈自己，也治愈了别人。我们常说："送人玫瑰，手有余香。"爱心不难有回报。费克里通过小玛雅这把钥匙，打开了困住自己的心结，也拯救了同样处于困境中的那些人。

　　当然，费克里救己救人，不是单纯地去做好人好事，帮人送牛奶、送报纸，不是路上捡到钱交给警察，或者别的什么。费克里是有自己的职业的，他的职业是书店老板。这家小岛书店，作为岛上唯一的一家书店，不需要直接面对亚马逊网络书店打折、快速送书的威胁，因此还有很大的生存空间。小岛书店存在的意义，就是至少可以帮着当地人打发一下无聊的时间，他们实在没地方可去的时候可以去书店逛逛啊；也可以让外地来旅游的人来一句"瞧，这个岛上还有家书店"，说不定还能买点当地的明信片、文化衫、纪念品什么的。如果这么开书店，这就是平凡得不能再平凡的万千书店中的一个。当然，书店还可以不这么开，它可以开得更有文化，甚至成为当地的文化地标。不仅如此，费克里最后把书店开得充满爱心，成了岛上的爱心之家。这也让大家觉得，原来费克里并不是那么无情、自私、冷漠。

这天的早上，费克里跑步回来时，发现家中多了个 2 岁的小女孩，这就是小玛雅。一番周折之后，他领养了小玛雅。而这个看似简单的举动，导致了一系列事件的发生。当然，书店以及书店中的那些书，成了其中重要的参与者，也是一个不可或缺的因素。

上述讲到的那些和费克里一样处于困境中的人，有的爱读书，有的不爱读书，有的曾经爱读书现在却难得拿起书。对我们来说，读书并没有什么门槛，读书从来就不是一件难事，难的是拿起书来读，而且要读出其中的味道。这有如在"二战"末期诺曼底登陆的时候，你首先得找到一个滩头阵地。这些人在等待一个契机，也在等待一个动机。

看！小玛雅来了，一切变得与众不同！

　　首先是兰比亚斯警长。他之前曾因为书店里丢了一本珍本书《帖木儿》来过一次，当然书没有找到。《帖木儿》是费克里花了5美元买的，他本想把这本书高价卖掉，一走了之，远离这个伤心之地。但是书丢了，费克里还得继续把书店开下去。小玛雅来了，兰比亚斯警长也来了。警察感兴趣的是跟警察有关的侦探故事，顺理成章地也就有了一系列的警察读书会，因此而产生的进书、卖书也就顺理成章了。

　　然后是岛上的女人们。一个没当过爸爸的书店老板，收养了一个弃婴。妈妈们自然是好奇，各种不放心，就经常来指导一下费克里怎么喂养孩子。有时，她们还带着孩子来，孩子喜欢翻阅绘本，买本绘本回家也是自然的事情，再说自己也要看别的书啊！

　　当然还有伊斯梅，费克里的姨姐，一名中学老师，她要给她的学生排演剧目，提供阅读书单。她作为亲戚，给费克里帮忙的同时，顺便也解决了书店的一部分生意。

　　阿米莉娅，出版社的销售代表，在和费克里谈生意的时候，乘机了解了费克里这个人，也让费克里了解了自己，他们找到了彼此的真爱，度过了一段美好的时光。

　　小玛雅呢？小玛雅虽然失去了自己的亲生母亲，但是她的到来催发了费克里的无限爱心，也引发了大家的爱心，让大家找到了来书店的诸多理由，救活了这家濒临倒闭的小岛书店。在爱心的包围下，在书的包围下，她快乐地成长。她不但爱书，她也爱写作。她的同样爱阅读和写作的妈妈，本是哈佛大学的学生，因有了小玛雅后，认为自己无法活下去，最终走上了自杀的道路。但是，孩子是无辜的，是幸运的，是幸福的。毫不夸张地说，小玛雅的到来把艾丽斯岛变成了一个爱心之岛、读书之岛，她自己也成了其中最大的受益者。

在书的最后，拯救了自己和他人的费克里还是死去了。但是，他的书店照样开了下去，接过他的接力棒的竟然是兰比亚斯。警察也未必不读书啊，爱读书的警察必然是个好警察。在伊斯梅的丈夫丹尼尔因车祸去世之后，兰比亚斯和伊斯梅有了越来越多的接触，他们也发现彼此才是真爱。退役后的兰比亚斯，不仅爱上了读书，还和一直爱书的伊斯梅一起接手了小岛书店，让这家书店继续成为这个岛上不可或缺的一部分。

故事说到这儿，仿佛有人在你耳边吟唱："没有人是一座孤岛；每一本书都是一个世界。"（No man is an island; every book is a world.）

简而言之，"无人为孤岛，一书一世界"，这是小岛书店的招牌。每个人都不是一座孤岛，但每个人都很容易成为孤岛。要想避免自己成为一座孤岛，就必须通过读书来拯救自己，去关爱家人以及他人。每一本书都有它的读者，每一本好书都有更多的读者，它们成为读者了解彼此的通道。每本书都打开了一个世界，更多的书打开了更多的世界，它们让我们这个世界变得丰富多彩，不断滋润着我们的心灵。

《岛上书店》，这是一个和书有关的故事，还是一个和爱心有关的故事。在全民防疫的当下，这本书仿佛有了新的意义。

微信扫码

听后人口述历史
了解真实民国大师风貌

◆ **倾听采访录音**

五位大师后人独家一手采访录音首次曝光

◆ **还原大师风貌**

历时13年打磨，真实呈现民国大师风貌

还可扫码添
加智能阅读
向导，获取

☑ 民国趣事